발칙한
늑대

이하윤
장편 소설

발칙한
늑대

Sweet
tooth

DAHYANG ROMANCE STORY

L A Y

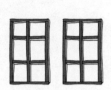

contents

프롤로그

햇빛이 따사롭게 살랑대는 화창한 주말 오후.

다혜는 고급 호텔 커피숍에 들어섰다. 분주한 주말의 거리와 달리 카페 안은 선을 보기 위한 남녀가 차분히 각각 자리를 차지하고 앉아 있었다.

'역시나 어쩌면 이리 다 똑같나.'

다혜는 자신도 모르게 얼굴을 찡그리고 말았다. 맞선을 위한 만남의 장소에 모여든 이들의 모습이란 하나같이 다 똑같았다. 마치 그네들을 위한 풍경이란 듯.

"이 인간은 어디 있어?"

다혜는 사진 속에서 본 사내의 얼굴을 기억하며 한번 카페를 쓰윽 둘러보았다. 하지만 찾고자 한 인간은 벌써 점수를 깎아 먹고 있었다. 어디에도 그는 안 보였다.

'아, 댁도 매너 한번 더럽구나.'

다혜는 이미 사람들이 다 차지한 창가 자리에서 시선을 돌려 구석에 위치한 자리에 털썩 주저앉았다. 생애 첫 맞선 상대가 기본적인 에티켓이라고는 없는 남자라고 생각하니 저절로 아랫입술이 잘근 깨물렸다. 저 역시 억지로 나온 것인데 상대방은 머리털조차 보이지 않다니.

"에혀."

결국 다혜는 이 여사의 성화에 못 이겨 공들인 화장과 머리에 노고를 취하며 다시 한 번 손거울을 들여다보았다.

'아직 난 늙지 않았어!'

서글픈 여자 나이 서른 살.

본인은 아직도 이팔청춘인데 주변 사람에게는 아니었나 보다. 일명 노처녀. 아직 자신은 건재하다 하지만 씨알도 안 먹히는 소리였다.

이 여사님께서는 다혜가 25살 때까지만 해도 줄기차게 금값을 외치셨다. 하지만 그 금값은 한 해, 두 해가 지나면서 바뀌었다. 금에서 은으로, 은에서 결국엔 구리값까지 내려갔다.

아니, 여자의 나이 서른이 어때서 이러는 건가. 요즘은 서른 넘어서 결혼하는 게 다반사건만 노처녀라고 하시다니!

다혜는 자신의 어머니 이 여사를 생각하며 이를 앙다물었다. 그동안 얼마나 시달렸는가. 그동안 얼마나 구박을 당했는가. 그 잔소리만 생각하면 아직도 머리에 두통이 일었다.

"하아."

빨리 들어가서 눕고 싶은 생각이 간절해진다.

피곤에 절다 못해 삭신이 쑤셨다. 이런 날은 집에서 뒹굴거려야 제맛인데, 꽃단장하고 나와 다소곳이 누군가를 기다려야 하는 신세라니.

이 모든 사달의 원흉은 단 한 사람이었다. 백기를 든 순간 아침부터 이것저것 참견을 하며 꽃단장시키기에 여념이 없으셨던 엄마와의 전쟁. 한숨이 저절로 나온다.

'너 이번 맞선자리까지 거절하면 알지?'

그것은 사형선고와 다를 바가 없었다. 이제까지 들어온 선을 다 마다했지만 끈질긴 이 여사의 집념에 다혜는 지고 말았다. 이 선 자리에 나서지 않았다면 집에서 서러운 눈칫밥과 함께 이 여사의 강력한 레이저빔을 맞으면서 주말을 지내야 할지도 몰랐다. 차라리 그뿐이면 다행이게. 그 뒤끝은 그 누구도 상상할 수가 없다는 게 문제였다.

"근데 왜 안 와?"

얼마나 시간이 지났을까. 째깍째깍 귓가에 시침 소리라도 들리는 듯했다. 슬슬 인내심이 바닥이 나기 시작했다. 혼자 앉아 있기가 얼마나 민망스러운지 꼭 바람맞은 여자가 된 기분이었다. 한참을 두리번거리며 앉아 있자니 또다시 유리에 비친 제 모습이 거슬린다.

"아, 진짜. 미치겠다."

그때였다.

"김다혜 씨?"

따분함이 극에 달한 순간, 누군가 그윽한 목소리로 자신의 이름을 불렀다. 다혜는 고개를 들었다.

'어머!'

순간 다혜의 마음속에서 쉴 새 없이 울려 퍼지는 소리 없는 탄성!

아, 심봤다!! 아니, '올레!'를 외쳐야 하나?

낯선 사내는 다혜가 보았던 사진과 전혀 다른 모습으로 탈바꿈된 일명, 흔히들 말하는 잘난 사내가 서 있었다.

작고 단정한 조각 같은 얼굴, 긴 속눈썹과 우수에 찬 눈빛, 오똑한 콧날, 날렵한 턱선, 그리고 흡사 다비드를 연상케 하는 균형이 잘 잡힌 몸. 아, 반칙이다. 이건 잘나도 너무 잘났잖아!

감탄이 저절로 나오는 돋보이는 외양에 그의 주변에 빛이 나는 듯 보였다. 어쩌면 이리 다를 수 있을까.

사내의 모습은 사진과는 너무 달랐다. 오히려 지금 그의 말끔하게 정리된 머리하며 골격에 맞게 차려입은 슈트 차림새는 저절로 만세를 외치게 만들었다.

"처음 뵙겠습니다."

'목소리 합격. 체격 합격. 스타일 합격. 그리고 저 광채 나는 얼굴을 보라.'

다혜는 눈앞의 사내를 머리부터 발끝까지 빠르게 스캔을 하기 시작했다. 언제부터 자신이 이렇게 얼굴을 밝혔나. 하지만 이왕이면 다홍치마라고 사내의 잘생긴 모습에 자신도 모르게 기분이 좋아져 즐기고 싶어졌다.

'오, 백 점 만점에 백 점!'

다혜는 재빠르게 관찰을 끝내고 다소곳이 인사를 건넸다.

"제가 좀 늦었죠? 기다리게 해서 죄송합니다."

사과하는 남자를 정면으로 바라본 다혜는 정말로 눈이 호강한다는 게 무엇인지 알게 되었다. 하지만 그 호사를 누린 것도 잠시, 순간 다혜의 머릿속에는 의문의 물음표가 무수히 떠올랐다.

'왜?'

이런 남자가 뭐가 아쉬워서 이곳에 나왔을까. 듣기론 이 남자, 금융계 기업 한성의 사장이란다. 직업도 빵빵한 데다 보다시피 저 쌔끈한 외모, 도저히 흔히들 말하는 노총각, 아니 짝 없는 남자로 보이지 않았다. 남자는 외모까지 완벽한 훈남, 그 자체 아닌가.

'성형했니? 아니면 성격이 더럽나?'

머릿속에서는 수많은 질문이 오간다. 이 사내는 뭐가 아쉬워서 이 시간에 자신을 만나러 나온 거지? 신이 축복을 과다하게 내렸는지 어디 하나 못나 보이는 데 없어 보이는데. 혹 남모르는 하자가 있나?

다혜는 낱낱이 사내를 살피는 데 여념이 없어 자신의 눈동자가 빠르게 돌아가는 줄도 몰랐다.

그때였다.

"다혜 씨. 정말 아름답습니다."

"……."

"네?"

갑자기 들려온 말에 다혜는 감탄을 내뱉던 모든 사고회로가 정지되었다. 저 남자, 뭐라고 한 거지? 아니, 잘못 들었을 것이다. 절대 저 조각을 깎아 놓은 듯한 미남자의 입에서 나온 말이 아닐 거다. 다혜는 그윽한 그 음성을 외면했다.

하지만 애석하게도 환청이 계속 들려온다.

"정말 매력적이십니다."

"네에?"

"첫눈에 반했습니다. 매우 아름다우시네요."

"……."

설마 저 사내가 말하는 건 아니겠지. 다혜는 어색하게 웃으며 잘못 들은 거라 단정 지었다. 어디서 자꾸 환청이 들리는 거람?

"저 다시 한 번."

"아름다우십니다."

'염병!'

저절로 헉 하고 입이 벌어진다. 저 덜떨어진 표현은 뭐야, 대체! 이 남자, 눈에 하자가 있던 거야?

갑자기 뒷골이 땅긴다. 묘하게 단전부터 올라오는 불안하고도 암울한 이 기분은 결코 외면할 수 없는 현실을 일깨우게 만들었다.

"꼭 그렇게 이야기 안 하셔도 돼요."

"아닙니다. 정말 아름다우십니다."

"……."

삽시간에 감탄하며 그를 보던 시선이 바뀌었다. 그를 채점했던 백 점 만점이라는 점수가 소낙비 내리듯 우수수 떨어져 마이너스가 되는 순간이었다. 신이 내린 과다한 축복이 아마 어딘가에 부작용을 일으켰음이 확실해지는 순간이었다.

"저기. 그러니까 굳이 그렇게 이야기 안 하셔도……."

"아닙니다. 다혜 씨에게 반했습니다."

다혜는 이 엉뚱하고도 낯부끄러운 사내의 말에 정신이 혼미해져 오는 걸 느꼈다.

처음 낯선 곳에서 남녀가 만났다. 그리고 1분도 안 되어서 사내가 말한다. 아름답단다. 무슨 쌍팔년도 작업멘트도 아니고 누구에게 반했다고? 남자의 거듭된 강조에 뒷골이 당기다 못해 이젠 저릴 지경이다. 이건 대체 무슨 시추에이션이냐고 지나가는 누군가에게 물어보고 싶었다.

'뭐, 뭐라는 거야?'

지금 이게 무슨 상황인지, 좋아해야 할 일인지 갑자기 눈앞의 사내가 부담스럽게 와 닿았다. 아니 당신 제정신입니까? 다혜는 속으로 절규 아닌 절규를 내질렀다.

"바, 반했다고요?"

"네."

다혜는 재빨리 결론을 내렸다.

'그럼 그렇지! 내가 무슨 복이 있다고!'

이 번지르르하게 생긴 사내가 시각에 문제가 있을 줄이야 누가 알았겠는가. 다혜는 보면 볼수록 아깝다는 듯 사내를 바라봤다. 저 잘나고 출중한 얼굴과 매치가 안 된다. 저 허우대에 깔끔한 마스크에 대체 왜! 라고 육성으로 외치고 싶은 마음이 간절했다.

아냐, 설마 하자겠어? 아직 후회하기엔 너무 빠른 감이 있다고 생각한 다혜가 차분히 입을 떼었다.

"저기요."

"아, 제 이름은 이현성입니다."

"네, 이현성 씨."

"정말 미인이십니다."

'⋯⋯미인? 염병!'

할 말이 없다. 다혜는 객관적 기준으로 봤을 때 결코 미인이라는 소리를 들을 정도로 예쁘지 않았다. 그럼 지금 이 현실을 어떻게 받아들여야 할까.

의례적 멘트로 받아들이려 했지만, 저 근엄한 표정. 분명 진심이라고 적혀 있는 저 이마빡을 보자 쓸데없던 머리가 갑자기 팽팽 돌아가기 시작했다. 자, 이제 어떡한다. 앉아 있다는 것도 잊은 채 뒷걸음질 치고 싶은 마음이 물밀 듯했다.

"저기."

"이현성."

사내가 유독 이름에 예민하게 구는 것처럼 느껴지는 건 착각일지 모른다. 하지만 지금 그보다 저 남자 입에서 나오는 누군가를 찬양하는 말이 거슬렸다.

"보기보다 취향이…… 아니, 미적 감각이……."

주절주절 무슨 말을 하고 있는지도 모르겠다. 댁의 눈이 제 기능을 하고 있느냐고 물어보고 싶었으나 차마 묻지 못했다. 어차피 다혜의 기준에서 볼 때 이미 이상한 사내로 머리에 입력이 끝나 버린 후였다.

"다혜 씨가 매우 아름다워서 제 가슴이……."

"아악!"

더는 못 듣겠는지 다혜는 오그라드는 손을 잡아채며 비명을 질렀다. 이 사내, 부담스럽다. 저 사내의 눈빛이 스칠 때마다, 저 반짝이는 눈빛이 오롯이 자신만을 담고 있을 때는 정말 환장할 거 같았다. 지금 이 상황에서는 정말 환장이라는 단어뿐이 생각이 안 난다. 딱 그랬다.

'엄마! 이 사람 정신이상자였나 봐!'

다혜의 얼굴은 이미 화끈거렸으며 머릿속의 빨간 경보등에 불이 들어왔다. 점잖게 앉아 있기엔 꺼림칙하다. 아니, 이건 그거와 다르다. 이제 할 일은 하나였다.

다혜는 사내를 바라본 뒤 입가에 썩은 미소를 지어 보이고 후다닥 일어섰다. 그러곤 재빠르게 고개를 숙였다.

"죄송합니다! 병원 가 보세요!"

다혜의 사과에 이목이 몰렸지만, 창피고 뭐고 필요 없다. 이럴 때는 삼십육계 줄행랑이 최고다. 그는 자신이 상대할 레

벨의 사내가 아니다.

'오, 신이시여. 왜 제게 이런 시련을 주시나이까.'

다혜는 뒤도 돌아보지 않은 채 내달렸다. 사람이란 겉모습으로는 도저히 믿을 수가 없다는 걸 체험했다. 아, 이 얼마나 값진 체험인가. 절대로 사람은 함부로 판단해서는 안 된다는 깨달음을 준 이가 저 미남자라니. 그것도 생애 첫 맞선에서!

'이 여사! 그렇게 날 팔아 치우고 싶었던 겨?'

집에서 콧노래를 부르고 있을 이 여사를 향한 원망이 치솟아 오른다. 아무리 계란 한 판이라지만 자식인데 이럴 순 없음이다.

다혜는 뒤에서 누가 붙잡을세라 뒤태 따윈 생각지 않고 뛰다시피 걸었다. 무서웠다. 부담스러운 그 남자가 아름답다면서 쫓아와 잡을지 몰라서 냉큼 그의 시야에서 사라지고 싶었다.

'서른 살도 서러운데! 왜 내게 이래!'

"아아아악."

시내 한복판에서 다혜는 비명을 질렀다. 걸려도 저런 남자라니! 그리고 그 비난의 화살은 다른 곳으로 돌아갔다.

"이 여사! 두고 봐!"

1. 연애감각 제로

고요한 정적을 깨트리는 어느 인간의 웃음소리가 들렸다. 신경을 거슬리게 만드는 웃음소리. 차라리 시원하게 웃기라도 했다면 이런 비참한 기분 또한 들지 않았을 것이다.

하지만 마치 이런 상황을 즐기려고 작정한 듯 원수 같은 인간은 그러지 않았다. 철면피를 두른 채 싸늘한 냉기가 느껴지지도 않는지 본인이 느끼는 감정에 충실한 반응을 하고 있었다.

"푸……흐흡."

저 얄미운 인간이 아침부터 사무실에 쳐들어와 저러고 있으니 거슬린다. 그냥 대놓고 웃는 꼴도 못 보지만 저러고 기괴한 소리를 내고 있는 거 또한 봐줄 수가 없었다. 더 이상 들어 줄 려야 들어 줄 수 없는 한계에까지 다다르게 되자 현성은 기어코 탁자를 주먹으로 내려쳤다.

"그만 좀 하지?"

이 정도면 상대방이 화가 났다는 걸 알아야 하는데 눈앞의 인간은 전혀 분위기 파악을 하지 못했다. 오히려 보란 듯이 이번엔 대놓고 웃는다. 그것도 박장대소를 하면서까지. 그래, 웃고 싶은 만큼 웃으라 하고 내버려 두었더니 다 웃었는지 그가 입을 열었다.

"대체 무슨 짓을 한 거냐?"

"……"

"어떻게 하면 맞선 자리서 오 분도 안 돼 여자가 도망을 가냐고."

"닥쳐!"

현성은 지끈거리는 머리를 부여잡고 칼 같은 눈초리를 보냈지만 헛수고였다. 상대방은 마치 이럴 줄 알았다는 듯 피식 웃을 뿐이었다. 누군들 그러고 싶었겠는가. 누군들 여자가 그리 도망갈 줄 알았겠는가. 현성은 저놈의 웃는 낯짝에 주먹을 날리고 싶은 욕구를 참아 내려는 인내심을 끌어모아야 했다.

"대체 네 비법이 뭐냐?"

또다시 밉살스러운 놈이 신경을 긁는다. 저런 쳐죽일 놈이 있나 잇새로 내뱉었지만 끄떡도 없는 저놈은 진정한 갑이었다. 사람 속을 작정해서 긁기로 했는지 이제는 눈까지 반짝거리면서 묻는 꼬락서니라니. 상대방이 이 정도면 짜증이 솟구치고 있다는 게 눈에 보일 텐데 상관도 안 해?

"닥쳐."

현성은 사납게 상대방에게 내뱉었다. 하지만 저놈이 어떤 놈인가.

"진짜 이현성 너란 놈 예술이다."

"시끄러워. 이게 다 너 때문이야."

지금 이 사태가 누구 때문에 일어났는데 저딴 말을 지껄이고 있단 말인가. 제발 그놈의 입 좀 닥쳐 달라는 의미로 말을 했지만 들은 척도 안 한다. 모든 원흉은 다 저 녀석 때문이었다.

"왜 내 핑계를 대?"

"네놈 말을 들은 내가 등신이지."

"말은 바로 하자. 난 가서 여자를 꼬시라 했지. 도망가게 하라 한 적 없다."

말이라도 못하면 얄밉지는 않을 것이다. 노기가 솟구치는데 친구라는 놈은 아침부터 신경을 긁고 있으니 돌 지경이다. 현성은 지금 혼자만의 시간이 필요했다. 그 누구의 방해도 없는 그저 혼자만의 시간이.

"안 가냐?"

"내가 왜?"

"여기 내 일터다."

그러든지 말든지라는 표정이다. 머릿속은 뒤죽박죽인 데다 눈앞에서 얄미운 인간이 어슬렁거리는 바람에 일은 손에 잡히지도 않았다. 지끈거리던 머리는 상태가 심각해져 기어코 두

통약을 찾게 만들었다.

"그래, 말 좀 들어 보자. 뭐라 했길래 여자가 사색을 해서 도망갔냐?"

"······."

"말 좀 해 보래도?"

또 시작이다. 도통 갈 생각은 하지 않고 사내놈이 꼬치꼬치 캐묻는데 그것도 한두 번이어야 참지, 계속 저러니 이제는 짜증이 일었다. 최선의 방법은 이야기하고 그냥 보내는 것뿐이었다. 현성은 얄미운 놈에게 이실직고했다.

"아름답다고."

"뭐?"

"네 말대로 아름답다고 이야기했다."

"아니, 아름답다고 하는데 왜 도망가지? 여자들에게 최고의 찬사인데?"

그게 왜 여자가 도망갈 이유냐며 의문스런 표정을 보내는데 현성 본인이야말로 모를 일을 물어보면 어찌한단 말인가.

현성도 그게 궁금했다. 그 여자를 처음 발견했을 때부터, 현성의 눈에 띄었을 때부터 그녀는 예뻤다. 머리부터 발끝까지, 덤으로 그 초롱초롱한 눈까지 못 견디게 예뻐 보였다. 여인에게 가장 좋은 찬사는 '아름답다'라고 알려 준 이가 되묻는데 그걸 자신이 어찌 안단 말인가. 그러니 저 얼간이의 말을 듣고 실행한 게 잘못이었다.

넉 달 전에, 그녀를 처음 보았다. 눈길을 한순간에 사로잡는다는 말을 믿어 본 적이 없다. 그런 일을 경험해 보지 못했기에. 하지만 그날은 달랐다.

단 한 번의 스침.

신호 대기에 차를 멈추고 아무 생각 없이 고개를 돌렸던 그의 눈에 그녀가 들어왔다. 정말 한순간이었다. 그저 스치고 지나가도 되었을 법한 그런 평범한 일상 중의 하루였는데 단지 눈에 박힌 순간 미묘하게 그 틀이 깨져 버렸다. 시간이 멈춘 듯했다.

눈앞에 펼쳐진 장황한 광경.

여자의 치마가 말려 올라갔는지 늘씬하고도 미끈한 허벅지가 그대로 그의 시야에 노출되었다.

크림처럼 부드러워 보이는 뽀얀 살에 시선을 거두지 못하고 멍하니 바라보다 혹시나 자신 말고 누군가 보고 있지는 않은지 주변을 살폈다. 다행히 아직 인근에 차나 사람은 없었다.

현성은 저걸 알려 줘야 하나 말아야 하나 하는 고민을 할 새도 없이 뒤돌아선 그녀와 시선이 마주치고 말았다.

단 3초간의 마주침.

심장이 고장 난 듯 뜀박질을 했다. 처음 느껴 보는 낯선 감정에 현성은 자신도 모르게 가슴을 움켜잡았다.

현성은 창밖으로 손을 빼 손짓으로 그녀의 치마를 가리켰다. 누구에게도 그녀의 크림처럼 뽀얀 다리를 보여 주고 싶지 않았다. 하지만 그녀는 그의 손짓을 보지도 못했는지 오히려 외면한 채 고개를 돌려 버렸다. 이대로 있다가는 다른 누가 보

고 말겠다. 현성은 마음을 졸이며 안 되겠다 싶은 마음에 클랙
슨을 두어 번 눌렀다.

빵, 빠앙-

갑자기 울려 대는 경적에 화들짝 놀란 그녀의 시선이 그제
야 그에게로 향했다.

"눈치 좀 채라 좀."

영문을 모르겠다는 표정을 짓고 있는 그녀.

현성은 재차 그녀에게 손짓했다. 그제야 그녀가 손짓에 따
라 시선을 내렸다. 정확하게 2초 후 그녀의 얼굴색이 순식간
에 변했다. 이제야 알아차렸는지 당황하며 드러낸 다리를 보
자마자 말려 올라간 치마를 황급히 내리며 가렸다.

우왕좌왕하며 복숭앗빛으로 물이 들어 버린 그녀의 뺨. 고
개를 돌려 가며 주변을 살핀 뒤 그녀는 두 걸음 정도 다가왔
다. 창피함 때문이었을까. 그녀가 아랫입술을 질끈 베어 물자
마치 입술이 아주 가까이서 본 듯 시야에 들어왔다.

이미 두 볼은 홍당무처럼 빨개져 있는데 부끄러움을 가득
담은 채 고맙다며 고개를 숙이는 그녀의 모습이 왜 이리 사랑
스러워 보이는 것일까. 제대로 시선도 못 마주치면서 와 닿은
시선이 부끄러웠는지 그녀가 재빠르게 뒤로 물러나 도망치듯
가 버렸다. 순식간에 든 아쉬움이 이루 말할 수가 없었다. 과
연 저 붉은 입술은 얼마나 달콤할까? 복숭아처럼 물든 저 뺨
은 과연 어떨까.

현성은 신호가 바뀌었는데도 차를 출발할 수가 없었다. 그

저 그녀의 행동반경을 따라 시선이 움직일 뿐이었다. 두 번째 신호가 바뀐 순간, 뒤에서 요란한 경적이 울렸다. 현성은 도로 한가운데서 자신이 운전하고 있다는 사실조차 잊어버린 것이다.

"이런, 내가?"

누군가에게 첫눈에 반하는 일 따위는 없다고 생각했다. 그런 이야기를 들었을 때조차 코웃음을 쳤었다. 아니 만약 일어난다고 해도 자신에게는 해당되지 않는 일이라 철석같이 믿었었다. 하지만 그 믿을 수 없는 일이 일어났다.

그날부터 그녀의 얼굴이 머릿속을 떠돌았다. 발그레한 홍조가 피었던 뺨. 촉촉하게 젖어 든 그녀의 입술. 뭔가 채워지지 않아 답답했던 나날의 연속이 그녀로 인해 달라졌다. 그게 시작이었다.

김다혜란 여자를 담게 된 그날이. 그리고 그렇게 혼자만의 속앓이가 시작되었다.

회사에 출근하는 시간이 채 되기도 전에 이른 시간부터 현성은 그곳에서 그녀를 기다렸다. 단 한 번의 마주침이었음에도 다시 한 번 그녀를 보기 위해서 그는 시간을 아끼지 않았다. 만약 보게 되면 어떻게 말을 건네야 할까. 첫눈에 반했다고 하면 놀라지 않을까. 피하지는 않을까. 미친놈으로 보지 않을까. 조바심과 초조함 속에서 현성은 기다렸다.

그리고 3일 뒤에 그토록 고대했던 그녀를 볼 수 있었다.

봄 햇살처럼 포근하게 느껴지는 여자.

그에게 그녀는 그렇게 느껴졌다. 보는 것만으로도 마음이 따듯해졌다. 행동 하나하나가 그렇게 예쁠 수가 없었다. 당장에라도 그녀를 본다면 말을 걸어 보겠다는 결심도 잠시, 그녀 앞에 나아가 어떤 말을 꺼내야 할지 막막해졌다. 그래서 택한 게 다가가기보다는 그녀를 지켜보는 쪽으로 결론을 내렸다.

그렇게 2주일, 눈으로만 좇던 그에게 믿을 수 없는 모습이 보였다. 그녀는 혼자가 아니었다. 첫눈에 반한 여자가 하필이면 사내아이와 함께 버스정류장에 서 있었던 것이었다. 그 순간 현성의 머리는 커다란 망치로 뒤통수를 가격당하는 기분을 맛보아야 했다.

"설마……."

벌써 그녀에게 저만한 아이가 있었단 말인가. 첫눈에 반한 그녀는 이미 다른 사내의 여자였다는 것인가. 충격은 이루 말할 수가 없었다. 현성은 생각조차 하지 못했던 막연한 모습 앞에서 혼란스러웠다.

'아니야. 설마 조카나 동생의 아이일지도 모르잖아?'

하지만 그 예상을 비웃기라도 하듯 그다음 날도 그 다다음 날도 그녀는 그 꼬마와 함께였다. 아니 마치 그의 이런 마음을 알기라도 한 듯 확인사살처럼 이번엔 그 아이가 해맑게 웃음을 띠며 달려오자 그녀가 손을 내미는 모습을 보게 되었다.

'역시 그녀의 아이인가?'

애써 아니라며 위로했지만 결국 무너져 내리는 처참한 기분을 느껴야 했다. 미친 듯이 울분이 터져 나왔다.

첫눈에 사람을 마음에 담을 수 있다는 것을 알게 되었는데. 그 경험을 직접 겪게 되었는데 이럴 수는 없었다.

왜 먼저 그녀를 만나지 못했는지 속에서 열불이 나고 마음이 답답했다. 이제야 이 감정을 알게 되었는데, 심장이 이렇게 미친 듯이 요동치는데. 절망이 몰려왔다. 아니라고 수없이 되뇌어도 눈앞에 보이는 현실 앞에서 부정할 수가 없었다.

"제기랄."

그녀의 아들이 아니기를 바랐지만 만약 진짜라면 자신의 감정은 정리해야 할 것이었다. 또다시 모자간처럼 편안한 모습이 머릿속에서 끊임없이 스쳐 갔다. 현성은 시작도 하기 전에 마음을 전하지도 못한 채 멈춰야만 했다. 그게 맞는 이치였다. 아니, 당연한 일이었다.

씁쓸함을 뒤로한 채 그렇게 그곳을 떠났었다. 그리고 그 뒤로 그곳을 외면했다. 아니 차마 스쳐 지나갈 수가 없었다.

그 뒤로 그의 생활은 엉망이었다. 이미 마음을 준 이는 감히 욕심낼 수 없는 존재라는 생각에 현성의 생활리듬이 산산이 깨졌다. 이렇게 마음을 가두는 것만으로도 힘들 때에, 웬수 같은 친구 놈은 자신의 일이 급하다며 하필 그 길로만 갈 수 있는 장소로 그를 불렀다.

거북한 마음으로 약속장소에 가기 위해 나섰다. 평소에는 그곳을 지나치는 것조차 싫어 불편해도 먼 곳을 돌아가곤 했었는데 결국 이렇게 지나가게 되었다. 그리고 재수 없게도 차가 그 근방에서 멈추고 말았다.

지지리 운도 없는 하루였다. 하필이면 차가 멈추다니. 보험사를 불러 차를 처리한 뒤 약속시간에 맞추기 위해 현성은 항상 그녀가 있었던 그곳에 서 있었다.

감회가 새로웠다. 이 자리에 서 있는 그녀를 지켜보았던 사람이 바로 자신이었는데 지금 이렇게 그 자리에 있게 되다니. 그리운 마음을 담아 생각에 잠겨 있던 현성은 곧 자신이 타야 할 버스노선을 살펴보기 시작했다. 아무리 봐도 이 복잡한 버스노선은 대체 알아볼 수가 없었다.

"젠장."

뭐가 이리 어려운지 눈으로 노선을 좇던 그를 누군가 뒤에서 톡톡 건드렸다.

"저기요."

"……."

"이봐요!"

톡톡톡.

"좀 비켜 주세요."

가뜩이나 짜증이 몰려오는데 누군가 그를 이봐요, 저봐요 하면서 불러 대니 솟구치는 감정이 가히 좋지가 않았다. 현성은 표정을 가누지도 않은 채 불편하게 뒤를 돌아보았다.

"헉."

현성은 새로운 사실을 직면하게 되었다.

그녀였다.

첫눈에 그를 사로잡았던 여자. 그녀가 눈앞에 있었다.

가까이서 보는 것이 처음이라 두 눈을 마주치기도 어려운데 한 아이의 말소리가 그의 고개를 자동으로 돌아가게 했다.

"선생님! 저 아저씨 화났나 봐요."

속닥속닥 어린아이가 자기 딴엔 작게 내뱉은 말소리가 그의 귀를 강타했다.

'선생님?'

잘못 들은 게 아니었다. 분명 그녀에게 선생님이라고 말했다. 삼 주 전 그에게 절망을 안겨 준 아이가 또렷하게 그녀에게 엄마가 아닌 선생님이라고 불렀다.

마음이 요동친다. 희망의 노래가 미친 듯이 귓가를 점령했다. 그 순간만큼은 믿지 않았던 신이 마치 자신에게 자비를 내리는 것처럼 그의 앞에 새 길이 펼쳐졌다.

현성은 여전히 믿기지 않는 듯 확인차 그녀를 쳐다보고 다시 꼬마아이를 쳐다보았다. 꼬마는 여전히 그녀를 선생님이라고 부르고 있었다.

"선생님. 저 아저씨 이상한 사람이야."

"응?"

"저 아저씨 표정이 이상해."

그녀와 아이가 주거니 받거니 하는 내용은 이제 필요가 없었다. 그녀가 적어도 아이 엄마는 아니란 게 중요했다.

"저기요. 떡하니 이렇게 노선표지판 앞을 막고 계시면 어떡해요."

조잘조잘 그녀가 야무지게 말을 한다. 아니 그건 그녀가 그에게 설교한다고 봐야 할 듯했었다. 하지만 그의 귀는 그 목소리조차 감미롭게 들렸다. 또 이렇게 가까이서 그녀를 볼 기회는 흔치가 않았다. 그녀의 반듯한 이마가, 그녀의 또렷한 눈망울이 그의 눈에 박혀 들었다. 그녀의 항의는 더 이상 들려오지 않았다. 오밀조밀하게 자리 잡은 눈, 코, 입이 그 어디도 못나 보이는 데가 없었다. 그저 예뻤다. 이제까지 그녀를 지켜볼 때와는 다르게 그녀가 참을 수 없을 만큼 예뻐 보이기 시작했다.

"저기요. 듣고 있는 거예요?"

"선생님. 그냥 가요. 저 아저씨 이상해요. 버스 왔다."

버스가 완전히 떠난 다음에도 현성은 한참을 그 자리에서 떠나질 못했다. 그녀가 떠난 그 자리를 홀로 서서 방금 있었던 일을 정리해 보았다.

그리고 그때부터였다. 현성이 행동으로 옮기게 된 것은.

집념이라 할 정도로 현성은 그녀를 지켜보았다. 며칠을 보다 보니 그녀가 어느 학교 선생님인지 알게 되었고, 자연적으로 그녀가 싱글이라는 것도 알게 되었다.

현성은 주변의 인맥을 동원해 그녀와의 선 자리를 주선해 달라고 했고, 그 결과 그녀를 어느 오후 한 카페에서 다시 만날 수 있게 되었다.

그런데 왜 일이 이렇게 되었단 말인가.

"정말 아름답다고만 했어?"

"……."

"너 딴짓거리라도 했냐?"

"뭐?"

"그 설마 혹시 말이다……."

"내가 변태냐?"

말끝을 흐리는 것이며, 저 음흉한 시선이며 그 뒤는 이야기 안 해도 알 만했다. 설마 미치지 않고서야 현성이 맞선자리에서 변태 같은 행동을 했겠는가.

현성은 상대방을 노려보았다. 그러자 당최 이해할 수 없다는 시선이 와 닿는다. 무슨 짓을 했냐니. 죄라면 오로지 아름답다는 말만 한 죄뿐이 없는데 여자가 도망간 것을.

"네 말대로 아름답다고만 말했다고!"

"근데 왜?"

추가 설명을 더 해 보라는 눈빛이 날아온다. 현성은 드문드문 자신이 그날 행했던 일에 대해 하나하나 이야기했다. 그리고 잠시 후 친구 놈의 입에서 나온 외마디는.

"헐."

녀석의 입이 크게 벌어진다. 바로 앞에서 바라보고 있는 현성이 보기엔 참으로 보기 안 좋은 모습이었다. 그런데도 친구 놈의 입은 다물어지지가 않았다. 현성은 턱이라도 빠진 듯 벌어진 입을 보며 결국 미간을 찌푸리며 외면했다.

"너 설마 보자마자 그랬냐?"

"어."

"너……."

한동안 싸한 정적이 감돌았다. 입을 열심히 나불대던 놈이 조용해지니 세상이 조용한 듯했다. 하지만 곧 청천벽력과 같은 말이 들려왔다.

"미쳤어?"

현성은 자신도 모르게 외면했던 고개를 돌려 맹렬하게 원수를 노려보았다. 두 번째다. 벌써 요 근래 들어서 저 미묘한 표정과 미쳤다는 듯 자신을 바라보는 시선이. 이제는 친구마저 그런 시선을 보내왔다. 영문도 모른 채 그런 시선을 받자 현성은 따져 물었다.

"푸흐흡!"

갑자기 놈이 박장대소를 터트렸다. 아까 한참을 웃어 놓고 모자랐던지 이제는 대놓고 미친 듯이 웃어 대기 시작했다. 중간중간 골 때린다면서 숨이 넘어가게 웃는 게 오히려 미친 듯 보였다.

"내가 가서 아름답다고 이야기를 하면서 띄워 주라 했지. 너처럼 아름답다로 시작해서 아름답다로 들이대라고 했냐?"

"뭐? 들이대?"

"그게 그럼 들이대는 거지. 그 좋은 머리로 생각이란 걸 해 봐.!"

"야! 언제는 여자에게 미인이란 말과 아름답다는 게 최고라며?"

현성은 억울했다. 미친놈처럼 굴고 있는 이 친구 놈이 그랬다. 여자에게 최고의 찬사를 날려 주라고. 그러면 여자는 넘어올 거라고. 설마 하는 마음에 그래도 여자를 여럿 울렸다는 놈의 말을 믿고 해 본 결과가 그랬다. 결국 저놈을 믿은 자신이 미친놈이었다.

"그렇다고 보자마자 그러냐? 아오, 진짜."

진정 아무것도 모르냐고 묻는 뜻에 현성은 아무 말도 안 했다. 그러자 정말 넌 바보였냐는 시선과 어이가 없다는 시선이 날아왔다. 그 말을 듣는 현성도 어이가 없었다. 일명 바람둥이라고 불리는 친구가 저런 말을 할 정도면 그날 자신은 뭔가 큰 잘못을 했다는 것이다.

또다시 잊고 있었던 머리가 지끈거리기 시작했다. 아니 아름답다고 한 게 무슨 죄라고 저 인간은 저리 펄쩍 뛰는지 모르겠다. 자신의 시야에 오롯이 담긴 김다혜란 존재만이 눈에 차 들어온 걸 어쩌라고.

"에라이, 이 무식한 놈아."

무식하다니! 이현성 인생에 이런 모욕은 그날 이후로 또 다른 의미로 처음이었다. 가뜩이나 그녀가 기겁하며 도망을 가 상심에 빠져 있는데 이 웬수 같은 놈이 기름을 들이부었다.

또다시 상상이 됐는지 눈치 없이 웃어젖히던 친구 놈, 아니 민성은 순간 느껴지는 살벌한 기운에 진정하고 다시 상담 모드로 들어갔다.

"그래서 그 여자분이 도망가면서 뭐라고 했어?"

"죄송하다고 병원 가 보란다."

그의 생애 처음으로 맞선을 봤다. 자신의 의지로 그토록 원했던 여성과 만남을 가졌는데 그 결과는 비참했다. 현성은 정말 친구의 조언을 새겨듣고 충실히 임무를 완수하고자 했는데 여자는 자신을 미친놈이라도 본 듯 뒤도 안 돌아보고 도망갔다.

처음에는 황당했다. 그토록 원한 여자를 만났는데 이런 상황이 왜 벌어졌는지 이해가 되지 않았다. 하지만 더는 생각이 따르지 않았다. 몸이 먼저 반응을 했다. 자신도 모르게 벌떡 일어나 여자를 불렀지만 그녀는 그마저 외면했다. 마치 아무것도 안 들린다는 듯 그를 버려두고 가 버렸다. 그제야 주변 사람들의 시선과 여자의 말뜻을 이해할 수 있었다. 그녀에게 자신은 그저 미친놈으로 보였다는 것을.

"그 여자, 멋지네."

"김민성!"

이 인간을 어떻게 죽여야 잘 죽였다고 소문이 날까? 사납다 못해 살기를 띤 눈빛을 느꼈을까 이제야 사태를 파악했는지 이 인간이 정색한다.

"진정해. 진정하자고."

"너 지금 나 약 올리냐?"

싸한 정적이 감돌았다. 침묵의 시간이 몇 초간 흐르자 답답한지 밉살스러운 놈이 슬금슬금 눈치를 보더니 최대한 자신과 멀리 떨어져 문짝에 들러붙더니 뒤돌아서는 게 아닌가.

"진짜 이런 말까지 안 하려고 했거든?"

현성 또한 같은 말을 하고 싶었다. 자신 또한 네놈의 말을 듣고 싶지 않다고 거부의 의사를 내비쳤지만 그는 아니었나 보다. 끝까지 무언가 말을 내뱉고 싶었는지 민성의 입술이 삐죽삐죽거렸다.

"어이, 이성적으로 생각해 봐."

"나가."

"내가 만약 그 여자였다면…… 나도 너에게 병원을 권했을 거 같다."

"김민성!"

"야, 말이야 바로 하자. 너 같으면 처음 본 인간이 너한테 보자마자 당신 너무 쌔끈합니다. 너무 멋지십니다. 너무 멋져서 제 심장이 벌렁벌렁거립니다. 그러면 너 어떤 기분이 들겠냐?"

"저 미친놈을!"

현성은 그 말에 저절로 욕설이 터져 나왔다. 이건 손발이 오글거리는 걸 떠나서 머리털까지 쭈뼛 설 정도로 소름이 돋더니 나갔던 정신이 돌아올 정도였다. 이루 말할 수 없는 불쾌감이 들었다. 아주 듣지 말아야 할 말을 들은 듯 귀가 원망스러울 정도였다.

"거봐, 네 더러운 성격으로 보건대 넌 아마 그 자리 박차고 일어났을걸? 아, 그 여자도 불쌍하지, 어쩌다 걸려도 저 싸가지 없는 미친개한테 걸려서."

"이 새끼가!"

애도를 표한다는 표정을 보이는 놈에게 현성은 옆에 무언가를 잡아 던졌다. 이런 상황을 예측했는지 민성은 잽싸게 피하며 끝까지 입을 나불댔다.

"그러게 누가 그리 워커홀릭처럼 일만 하랬냐? 네 나이가 몇인데 맞선자리 가서 그리 차이냐? 아니지, 이건 여자가 무서워서 도망간 거지. 이현성 네 낯짝과 몸뚱이가 참 안습이다."

곧 죽어도 할 말은 다 하는 인간을 무시하고 뒤돌아섰다. 더 상대했다간 자신의 감정만 소모될 듯해 현성은 말끔하게 민성을 시야에서 치워 버렸다. 하지만 귓가를 어지럽히는 음성은 계속 들려왔다.

"진짜 그 여자가 얼마나 황당했겠어. 무작정 아름답다고 들이대다니. 그러게 내가 뭐라 했냐? 진작 여자 좀 만나고 다니라 하지 않았냐. 내 말을 대체 어떻게 들었기에. 진짜 무식하면 용감하다더니, 여자한테 환장해서 들이대는 껄떡남이 돼서 돌아와?"

계집애처럼 잔소리를 늘어놓는 민성을 보면서 현성은 생각했다. 참을 인 자 세 번이면 살인도 면한다고 했었다. 참자, 참자. 끓어오르는 분노를 참아 내다 결국은 이성이 끊겨 버렸다.

현성이 놈을 향해 냅다 서류철을 던지자, 빡— 소리가 났다. 이번엔 제대로 명중이 된 듯했다!

"아악!"

"그만 꺼지라 했다."

"야, 너 나한테 뒤끝 보이지 마라."

모든 잘못을 자신에게로 돌리지 말라는 민성의 은근한 질책에 현성은 한숨을 내쉬었다.

"후우."

대체 자신은 그때 무슨 생각을 하고 있었던 것이었을까. 머 릿속을 잠식했던 여자.

'김다혜.'

첫눈에 반한다는 걸 알게 해 준 여자. 그래서 만나고 싶었 다. 좀 더 그녀를 알고 싶었다. 아니, 사실은 갖고 싶었다.

그동안 현성에게는 수많은 여자들이 다가왔었다. 그런데도 여자를 보면서 아무런 감정이 생기지 않았다. 그저 성별이 다 른 사람이란 정도. 아무리 보아도 감흥이 없었다. 눈에 보이게 끔 접근을 했던 여자들. 그녀들은 그에게 관심을, 애정을 요구 했다. 하지만 상대를 해 주지 않자 제풀에 지쳐 떨어져 나가는 일이 다반사였다.

현성은 이제까지 다가온 여자들에게 그 어떠한 감정도 느낄 수가 없었다. 하물며 남들이 다 겪고 있는 사춘기 때조차 아무 것도 느끼지 못했다. 오히려 여자를 상대하기보다는 만족스러 운 결과를 안겨 주는 생산적인 일이 현성에겐 더 좋았다. 그 결과, 그에게 남겨진 건 '워커홀릭 이현성'이라는 별명과 일 이 전부가 되었다. 일을 하고 있을 때만큼을 갈증을 느낄 틈도 없었다.

그랬던 그가 바뀌었다. 단 한 번의 마주침이 모든 것을 앗 아 갔다. 그에게 목마름을 선사했다. 그런 존재를 보고 만났 다. 단전 밑에서부터 솟구치는 뜨거움 때문에 가만히 있을 수가 없을 정도로. 그녀가 새로운 감정을 일깨웠다.

그의 인생에 일만이 전부가 아니라는 듯 잠을 편히 잘 수도 없었다. 일만 한다는 게 이렇게 따분할 수 있다는 것을 알게 해 주었다. 거기다 처음으로 여자를 향해 뛰는 심장 때문에 병원을 찾아야 하나 고민까지 했었다.

"그 여자한테 연락 다시 해 보게? 여자는 자고로 진심에 약한 법이다."

"아직도 안 갔냐?"

잊고 있었다. 아직도 안 가고 버티고 있는 놈을.

"네 나불대는 주둥이 조심해라."

현성은 껌딱지처럼 붙어 있으려는 놈에게 경고를 날렸다. 그러자 내뱉은 말에 담긴 숨은 뜻이 무엇인지 알아챘는지 이럴 땐 또 눈치 빠르게 놈이 빠져나간다. 할 말을 다 했는지 아니면 사나운 시선을 더 이상 마주하고 싶지 않은지 웬수 같은 놈은 사라졌다.

"포기? 내 사전에 그딴 건 없다."

고작 그런 이유에 차여서 포기한다면 이현성이 아니다. 한 번 가지고자 했다면 필히 가져야 하는 이가 이현성이었다. 처음으로 목석과도 같은 자신의 심장을 설레게 한, 혼을 앗아 간 듯 정신을 못 차리게 만든 여자였다. 현성은 천지가 개벽을 하는 한이 있더라도 그녀를 만나야 했다.

"이제 어떻게 할까? 김다혜 양."

현성의 머릿속은 아까보다 더 복잡하게 돌아갔다. 처음으로 시선을 사로잡은 여자다. 포기란 개나 주라지. 그런 건 약해빠진 놈들에게나 필요한 말이다.

머리가 싸하다. 머리털이 곤두설 정도로 느껴지는 이 감각은 결코 반가운 기운이 아니었다. 다혜는 한참 이 여사의 잔소리를 듣다 해방된 지 오 분도 채 안 돼서 감지되는 이 오싹함에 몸을 부르르 떨었다.

"뭐다냐? 이 같잖은 기분은?"

아무도 없는데 물어본들 누가 대답을 해 주겠느냐마는 그녀는 꿋꿋하게 말을 내뱉었다. 정말 한순간이었다. 무언가 스치고 지나간 듯 느껴진 그 섬뜩함은 이루 말할 수가 없었다.

"아, 인생사 결혼 그깟 게 뭐라고 날 이리 못 잡아먹어 안달이냐!"

다혜는 좀 전까지 이 여사에게 시달린 한풀이를 하소연하듯 내뱉었다.

결혼. 서른 살이 죄도 아닌데 이 여사는 결혼을 못 시켜 안달 난 사람처럼 자신을 괴롭혔다. 여자 나이 서른이 어떻다고 그리 성화를 부리시는지 모를 일이었다. 주변 친구들 중에서도 시집간 친구는 고작 몇 명 안 되는데 왜 그렇게까지 딸 시집보내는 것에 목을 매시는지 모를 일이었다.

"쳇. 결혼이 밥 먹여 주나!"

아직도 귓가에 결혼이란 단어가 메아리처럼 들렸다. 대체 결혼이란 제도를 누가 만든 것인가! 아니 꼭 해야 할까. 생각지도 못한 현실 앞에서 한숨이 나왔다. 다행히 오늘 이 여사의 잔소리는 20분 만에 종결되었지만 내일은 어찌 될지 모를 일이었다. 모든 것은 그날 그 맞선 때문이었다.

원흉의 그날!

집에 쳐들어오자마자 콧노래를 흥얼거리는 이 여사를 향해 악다구니 비슷하게 다다다 내뱉고 나서야 다혜는 두려움을 느꼈다.

"네가 지금 뭐라고 하는 거냐?"

이 여사는 주방에서 양파를 썰고 있었다. 타이밍이 어쩌면 이리도 기가 막힐 수 있을까. 날카로운 이 여사의 눈빛에서 살기가 스쳐 지나갔다. 시계를 한 번 쓱 본 이 여사가 그녀를 바라본 뒤 알아서 매를 번다면서 무언가를 집어 던졌다.

"아악!"

두려움은 곧 현실이 되었다. 잠깐 눈 깜빡하는 사이에 날아온 것이 다혜의 팔을 강타했다. 양파로 맞아 보았는가.

"네가 지금 이 시간에 왜 벌써 집에 기어 들어온 거야? 선은 어쩌고?"

칼을 들고 서서히 다가오는 흥분한 이 여사의 날카로운 질문이 양파의 잔재 사이로 또렷하게 들려왔다.

"엄마. 칼은 내려놓고 우리 이성적인 대화를 해 보자."

생명의 위험을 감지한 다혜는 번득이며 날이 선 칼날에 시선을 보냈다. 이 여사의 지금 모습은 두려움을 몰고 오는 상황이었다.

"뭐? 이성적인 대화? 그래 얼마나 이성적인가 보자."

이 여사는 재빠르게 칼을 내려놓았다. 곧 양파의 무게가 실린 사랑의 매타작이 다혜의 등에서 무자비하게 일어나기 시작했다.

양파의 매운 기까지 더해진 이 여사의 손에서 느껴지는 열기가 이루 말할 수가 없을 정도로 뜨겁고 끔찍했다. 몽둥이로 두드려 맞는 북어 같은 상황 속에서 다혜가 비명을 질렀다.

"어, 엄마! 아악!"

"뭬야? 네가 시방 그 자리를 박차고 나왔어?"

"엄마! 내 말을 끝까지 들어 보라니까. 그 사람 정상이 아니라고!"

"김다혜!"

눈물과 콧물이 범벅된 상태로 맞선남이 하자가 있는 거 같다는 둥, 나사가 풀렸다는 둥, 정신이 이상하다는 둥, 급기야 변태 같다는 말까지 했지만, 이 여사에겐 씨알도 안 먹혔다. 오히려 정신 나간 사람 취급을 받은 건 자신이었다.

"네가 지금 멀쩡한 사람을 이상한 사람으로 매도해? 그 자리가 어떤 자리인데! 어떻게 그럴 수가 있어? 오냐 너 오늘 먼지 나게 한번 맞아 보자!"

이 여사의 혼신의 매타작과 잔소리는 끝이 없었다.

"그만한 자리가 어디 있다고 제 발로 복을 걷어차?"

다혜는 공포를 느꼈다. 희번덕한 이 여사의 눈동자가 무서웠다. 게다가 어찌 그리 날쌘지, 두루뭉술한 몸의 이 여사는 그날은 날아다니셨다. 오히려 멀쩡한 사내를 버리고 왔다고 알아들은 이 여사는 자신이 한 모든 말을 묵살했다. 결국 다혜는 황당함의 극치를 겪었다. 그리고 도망쳤다는 미명하에 끊이지 않는 이 여사의 화를 감당해야 했다. 정신 나간 인간 때문에 멀쩡한 자신이 왜 이 수모를 당해야 하는가.

그 일 이후 다혜는 하루도 빠짐없이 잔소리를 들어야 했다. 감히 굴러 온 복을 찼다고.

"아, 끔찍해!"

그날의 그 끔찍함은 다혜에게 양파의 '양' 자만 들어도 두드러기가 날 정도였다. 살다 살다 이젠 이런 일까지 겪게 되다니.

이 사달의 모든 원흉은 맞선남이다. 그 사람으로 인해 지금 이런 고난을 겪고 있는 것이었다.

"아, 그런데 정말 인물이 아까웠단 말이야."

입맛이 다셔진다. 그 잘난 얼굴과 다부져 보였던 몸매는 참으로 아쉽게 느껴졌다. 굳이 만져 보지 않아도 그 사내의 몸이 탄탄했을 거라는 생각이 들었다. 언제 눈이 호강해 볼까 했는데 그것으로 끝이었다. 차라리 두 눈 딱 감고 두어 번 만나 보기라도 해 볼 걸 그랬나. 아니지, 미쳤지. 아무리 남자가 고프더라도 그건 사양할 일이었다.

'아름답습니다.'

"허억."

갑자기 불쑥 귓가를 스치는 음성. 잠시 그를 탐했던 기분은 그 순간 날아갔다. 분명 기분 좋은 말이긴 했다. 아름답다는 말을 듣고 기분 안 좋을 여자가 어디 있을까. 하지만 뒤이어 부담스럽게 반짝였던 눈과 진지한 표정이 또다시 스쳐 지나갔다. 결코 마냥 좋을 순 없었던 그 순간의 오묘했던 기분. 하지만 생애 처음 남자에게서 들은 아름답다는 감미로운 목소리는 밤마다 꿈에서 그녀를 난도질하기 바빴다.

"그래. 그건 그냥 개꿈일 뿐이야."

눈 깜짝할 사이에 일주일이 지났다. 하지만 그럼에도 불구하고 변하지 않는 일상은 야속하게도 지속되었다. 일주일 내내 이 여사에게 거센 강도의 시달림을 받았지만 이제는 그마저도 지치셨는지 드디어 잔소리가 슬슬 줄어들고 있었다. 비록 꿈에서 아직도 문제의 맞선남을 만나고 있지만, 개꿈으로 치부하며 고만고만한 평화로운 생활을 이어 나갔다.

천국이 따로 없을 정도의 한가로움을 만끽하자 콧노래가 저절로 나왔다. 혼자 방 안에서 빈둥거리며 다음 주에 있을 수업 준비를 하다 보니 향긋한 커피가 생각났다.

"그래 달달한 커피 한 잔을 마시자."

가벼운 발걸음으로 주방으로 가는데 거실에서 통화하고 있는 이 여사가 보였다. 재빨리 커피를 타서 방 안으로 들어가야지 마음먹고 있었는데…….

"김다혜."

"넵."

죄지은 것도 없지만 그래도 척하면 착이라고 갑자기 이름을 부르는 이 여사를 바라보며 다혜는 눈치껏 대답했다. 하지만 저리 이름을 불릴 때면 괜히 머릿속은 바삐 움직이기 시작했다. 어느새 이 여사는 통화를 다 끝냈는지 손짓을 하고 있었다.

"앉아 봐."

"엄마, 왜?"

"두말하게 하지 말고 앉아."

"응."

날카롭게 와 닿는 시선에 얌전하게 이 여사의 맞은편에 다가가 앉았다. 무슨 말을 하시려고 저렇게 뜸을 들이는지 다혜는 의아한 눈빛으로 이 여사의 말을 기다렸다.

"너 그래도 재주가 용하다."

"응?"

뜬금없는 말에 의문이 들었다. 재주를 부린 일도 없는데 갑자기 튀어나온 단어에 다혜의 궁금증도 커졌다.

이내 간드러지게 웃은 이 여사는 오늘따라 몹시도 기분이 좋아 보였다. 다혜는 불안하게 느껴졌던 기운이 이젠 몹시도 불길하게 와 닿았다. 대체 무슨 일이 이 여사에게 화사한 미소를 안겨 주었는가. 급히 이건 무슨 상황인가 파악을 하면서도 한편으로 고민이 생겼다.

'누구냐. 이 여사에게 저런 웃음을 선사한 이는!'

"하긴 왕년에 이 엄마도 잘나갔지. 네가 누구 딸이겠니."

날카로운 이 여사의 눈매에서 어서 대답을 해 보라는 눈치가 보였다. 다혜는 본능적으로 직감했다. 이건 어서 자신을 찬양하는 대답을 촉구하는 질문이란 것을.

"저는 고매하고 우아한 이금순 여사님의 딸입니다요."

"그렇지. 이 엄마가 왕년에 좀 잘나갔지."

차마 다혜는 그 말에는 대답을 하지 못했다. 비록 그것이 사실인지 거짓말인지 알 수는 없으나 굳이 궁금하지도 않았다. 원판 불변의 법칙이 어디 가겠는가. 피를 못 속인다는 말이 어디서 나왔겠는가. 동네를 돌아다녀 봐라. 모두들 다혜에게 어떻게 그리 어미를 똑같이 쏙 빼닮았냐고 이구동성으로 말하는 걸 두 귀가 똑똑히 들은 것을. 결코 이 여사의 말에 반박을 할 수는 없었다.

"하긴 그래야 내 딸이지. 이참에 잘되었어, 그럼."

"저기."

"하긴 누구 핏줄인데 그러겠어? 안 그래?"

도통 무슨 말씀을 하고 계시는지. 분명 한국말인데 왜 다혜는 제대로 이해가 되지 않는지 모르겠다. 지금 이 상황이 대화인지 일방적인 답문인지 헷갈리며 듣고 있자니 이 여사의 입가에 맺힌 미소가 결국 더더욱 화사해지더니 발목을 붙잡았다.

"전에 그 남자 기억하지?"

"엥? 무슨 남자?"

"너 벌써부터 기억력이 그래서 어떻게 살겠니?"

이 여사님의 한심한 눈초리가 스쳐 지나갔다. 다혜는 비록 비루한 기억력이지만 사는 데 전혀 지장은 없다고 대답하려다 방정맞은 입을 꾹 다물고 그저 배시시 웃어 버렸다. 이럴 땐 잠자코 있는 게 장땡이었다. 입을 떼는 순간 어서 오십시오, 잔소리행 열차에 탑승하셨습니다, 라는 걸 몸소 겪은 뼈저린 경험이 생각났기 때문이었다.

"아이고, 정말 내가 못 살지."

"……."

"네가 버리고 도망쳤잖아."

도망? 머릿속에서는 바삐 그 의미를 알아내려고 열심히 삽질에 들어섰다. 말똥말똥 언제 그랬던 적이 있었나 싶던 차에 곧 그 의미를 깨달았다.

"아, 네……."

어째 이상하게 기분이 불안하다. 유독 반짝반짝 빛나고 있는 부담스런 저 눈빛이 밥 먹다가 사레라도 걸린 마냥 답답하게 목을 조여 왔다. 그리고 또다시 머리털이 곤두서는 묘한 기분이 척추를 타고 올라왔다. 다혜는 불안한 감정을 억눌렀다. 지레짐작할 필요가 뭐가 있겠는가.

"그, 근데 왜?"

"있잖니? 호호호. 네가 빵 차 버린 남자가 널 다시 보자고 했다네."

"응?"

"그 남자 말이야. 네가 버리고 온 남자!"

다혜의 머릿속은 전혀 예상치 못한 단어로 인해 혼란이 몰려들었다.

"남, 남자라니?"

"그래서 이 엄마가 생각할 겨를도 없이 대답 대신 해 줬다."

정체불명의 불안함이 미친 듯이 몰려들었다. 제발 아니라고 절대 이 여사님께서는 그러지 않으리라고 작은 희망을 간직한 채 물었다.

"무, 무슨 말을?"

"애 좀 봐. 뭐긴 뭐야. 알았다고 했지."

"뭘? 엄마 뭘 알았다고 한 거야?"

"당연히 나가겠다고 했지. 그러니 이번엔 잘해!"

다혜는 한동안 멍하니 이 여사를 쳐다보았다. 방금 무슨 말을 들은 거 같긴 한데 대체 이게 어떻게 돌아가는 상황인 거지? 이 무슨 날벼락 같은 소리야? 누가 누굴 봐?

다혜는 이 여사에게 설명을 요구했지만 반사적으로 날아오는 째림에 조용히 고개를 수그렸다. 목구멍을 타고 차마 내뱉지 못한 말은 머릿속에서 혼자 궁상을 떨기 시작했다. 그 남자라면 그 아름답다를 연발하던 그 정신이 약간 확 가 버린 그 사내이지 않는가.

"엄, 엄마."

"딸랑구."

'히익.'

이 여사님이 기분 좋을 때나 무언가 부탁을 할 때 부르는 공포의 딸랑구 호칭이 나왔다. 다혜는 알고 있었다. 이건 필시 암묵적인 압력이었다. 과연 무슨 말을 하려고 저러시는가. 갑자기 등골이 오싹해졌다.

"너에게 자비를 베푸는 건 이번 한 번뿐이란다."

"자, 자비?"

맙소사. 방금 들은 말이 무슨 뜻인지 이해를 하는 데 시간이 걸렸다. 정녕 이렇게 자신을 해치우려고 하시는 건가. 비록 이 여사의 기준에서 노처녀일지언정 아직 자신의 마음은 이팔청춘인데 이럴 수는 없었다. 다혜는 눈 꼭 감고 발악을 했다.

"나보고 그 남자를 또 만나라고? 그 사람 이상하단 말이야."

"너!"

"난 그 남자 싫어."

그가 싫고 부담스러울 뿐만 아니라 그를 다시 볼 생각을 하니 머리가 다시 지끈거리기 시작했다. 무언가 잘못되어도 한참 잘못된 듯했다.

"이것이! 네가 지금 찬밥 더운밥 가릴 때냐?"

"왜! 왜!"

"잔말 말고 나가."

반항은 절대 용서치 않겠다는 이 여사의 집념이 엿보였다. 또 그 남자라니! 이대로 물러설 수는 없다. 마지막 반항이라도 처절하게 해야 할 때였다.

"서, 서른이 어때서!"

"지금 네가 서른이라 말했어?"

"그, 그래."

"서른 살이면 이미 시집가서 애가 한두 명은 있어야지? 그런데 대체 언제까지 네 뒤치다꺼리를 하게 해서 이 엄마 허리를 휘게 하려고?"

철이 들고 나이가 들어 학교에 다니면서 각종 아르바이트를 섭렵하고 용돈도 알아서 벌어 썼는데 대체 황당무계한 이 무슨 말인지. 다혜는 이 여사에게 항의했지만 묵살되고 말았다.

"엄마! 날 그렇게 치우고 싶어?"

"당연한 걸 왜 물어?"

"난 결혼 생각 없어."

"이 지지배가 미쳤나."

반항의 말을 꺼내기가 무섭게 드디어 이 여사의 잔소리가 시작되었다. 도끼눈을 한 이 여사가 이제는 숫제 자신을 향해 비난의 눈초리를 보내더니 웅장한 설교를 시작하였다. 이제껏 자신을 키우기 위해 소비한 시간과 삶에 대해서.

"왜? 날 왜 그리 치우려고 하는 건데."

"엄마도 신혼을 즐기려고 한다."

다혜는 요즘따라 자신의 귀에 이상이 있나 싶었다. 신혼? 이 무슨 해괴한 소리인가. 이 여사와의 대화는 갈수록 오리무중이 되어 가고 기가 막힐 따름이었다. 무슨 이런 환장할 일이 있는가. 부모님 제2의 신혼을 위해 딸내미에게 희생을 강요하다니 이 무슨 말도 되지 않는 소리인가. 극심한 충격이 몰려왔다.

"지, 지금 뭐라고 했어?"

"이젠 귓구멍이 막힌 겨?"

다혜야말로 환장할 노릇이었다. 멀쩡한 귀를 한순간 막히게 한 사람이 누구인데 이러는지 모르겠다. 아니 지금 자신을 팔아치우듯 치우고 이 여사는 제2의 황금기를 맞이하겠다는데 누가 이성을 잃지 않겠는가. 서럽다. 이렇게 서러울 수가 없었다. 숫자 2와 3의 차이가 이토록 대단하다니.

"네 나이 서른. 이제 네 뒤치다꺼리는 그만하련다. 그리고 이 엄마도 자식에게 효도 좀 받아 봐야지. 사위 사랑은 장모 아니겠어?"

"내가 효도할게."

"엄마도 제2의 신혼을 맛봐야지?"

다혜는 불끈 효도를 외쳤지만 소용없었다. 오히려 은근한 압력이 귓가에 날아와 박혔다.

"딸랑구."

"왜?"

"잔말 말고 나가렴. 지금 이 엄마는 너에게 부탁을 하는 게 아니란다."

그 말 뒤에 생략된 말은 굳이 묻지 않아도 알 수 있었다. 명령이란 것을.

2. 그와 그녀

화창한 날씨는 바깥 외출을 하는 이들에게 기분 좋은 설렘을 느끼게 만들었다. 물론 현성에게는 이보다 더 좋을 일은 있으려야 없었다.

그날과 같았다. 문제의 맞선 날과 같은 날씨. 그리고 똑같은 커피숍. 비록 그곳에서의 만남의 끝은 좋지 못했지만 지금은 그런 걸 가릴 처지가 아니었다.

쿵쾅쿵쾅.

그녀를 만난다. 힘차게 요동치고 있는 그의 심장. 그녀를 다시 본다는 이유 하나만으로 주체할 수 없는 떨림이 느껴졌다. 그렇게 헤어지고 상심했던 며칠간을 생각해 본다면 지금 이 순간은 큰 계약을 따낼 때보다 더 좋았다.

'김다혜. 기다려라.'

현성은 굳게 결심했다. 이번엔 어떤 반응을 보일지 알 수는 없지만 저번처럼 도망가게 내버려 두진 않을 것이다. 과연 다시 보게 된 자신을 보고 그녀는 무슨 생각을 하고 있을까.

저번처럼 늦지 않기 위해 회사에 들러 꼭 봐야 할 서류만 체크한 뒤 오늘 하루 모든 스케줄을 취소했다. 일생일대의 자신의 여자가 걸린 일. 허무하게 끝나 버린 맞선과 다르게 오늘은 고이 놓아주지 않으리 다짐을 하며 패기 있게 커피숍에 들어섰다.

약속시간보다 20분이나 먼저 와서 그런지 그녀는 보이지 않았다. 현성은 창가 쪽 햇빛이 잘 드는 곳에 자리를 잡았다.

'앞으로 20분만 기다리면 된다.'

현성은 가만히 앉아 있자니 과연 그녀가 올 것인가 불안한 마음이 앞섰다. 평소에는 이런 기다림의 미학 따위는 그에게 없었다. 가차 없이 제시간에 맞춰 계획적으로 일을 처리하고 보았던 자신이었다. 그런데 지금 누군가를 이렇게 기다리고 있는 모습이라니 저도 모르게 입꼬리가 올라갔다.

톡톡톡, 테이블을 두들기며 빨리 시간이 가길 기다렸다. 그래야 그녀를 볼 수 있다는 희망을 가지고.

"흐음."

오늘따라 시간이 안 간다. 시간을 수시로 확인하며 현성은 입안이 타들어 가는 증상에 거침없이 물을 들이켰다. 물 한 잔이 두 잔이 되고 석 잔이 되어 가는 순간 떨떠름한 음성이 들렸다.

"안녕하세요."

오매불망 기다리던 그녀가 왔다. 현성은 재빠르게 몸을 일으켜 그녀에게 인사했다. 그 행동이 순간 과격했을까 의자와 함께 테이블이 덜컹거리며 시끄러운 소음을 만들었다.

"다혜 씨!"

하늘거리는 연분홍 시폰 원피스 아래로 보이는 가느다란 다리가 눈길을 사로잡았다. 예쁘다. 정말 그녀는 다리조차 아름다웠다.

현성은 또다시 치솟는 목마름을 내색하지 않은 채 한 발짝 뒤로 물러서는 그녀에게 자리를 권했다. 그녀가 다소곳이 자리에 앉자 뜨거운 감정이 복받쳐 올라왔다. 미치겠다. 방정맞게 떨리는 심장 소리가 그녀에게 들릴지 모를 일이지만 그녀가 사랑스럽다. 자신의 생에 이런 감탄할 지경의 감정을 느끼다니.

"저번에 그렇게 가고 오랜만이죠?"

"네."

여전히 떨떠름하게 대답하는 그녀지만 그래도 좋았다. 눈이 이렇게 행복할 수 있다고 느껴 본 지가 언제인가. 이미 정신은 공중에 떠서 날아갈 듯 두둥실거렸다.

비록 그녀가 지그시 눈을 내리깐 채 자신을 보지 않고 있지만 이런 것쯤은 이해할 수 있었다.

현성은 이 어색한 분위기를 무마하려면 무슨 말이든지 할 필요를 느꼈다. 그래서 막 입을 열려던 찰나 그녀가 먼저 말을 건넸다.

"저기요."

"이현성입니다."

주입식 세뇌 방법이라도 써서 자신의 이름을 알려 줘야 했다. 그녀가 끝까지 이름으로 부르지 않아 마음속에서 조금 불만이 터져 나오려 했지만 참아야 했다. 앞으로 그녀의 입에서 실컷 자신의 이름을 들을 수 있을 테니 그런 날들을 기다리며 애써 마음을 다잡았다.

"그래요. 이현성 씨."

그녀가 뜸을 들인다. 무슨 말을 하고 싶어 저러는 걸까. 설마 또 그날과 같은 말을 하려고 하는 것일까.

"그날은 죄송했어요."

현성은 작고도 앙증맞은 입에서 나오는 말에 속으로 환호성을 질렀다. 이리저리 눈동자를 굴리며 말을 하는 그녀의 모습이 너무나 귀여웠다. 어쩜 이리도 마음에 들까. 주체할 수 없는 감정이 자꾸 튀어나오려 했다. 감출 수가 없다. 바라보는 것만으로도 그저 좋다.

현성은 이제까지 유지했던 평정심이 무너져 내리기 시작했다. 이러면 안 되는데, 안 되는데 마음속에서는 싸움이 일어났다. 망할 놈의 입이 또다시 입방정을 떨려고 준비 운동을 하고 있었다.

'침착하자.'

모든 일에는 순서와 계획이 있는 법. 스스로 되새기며 여자에게 어떻게 해야 어필할 수 있는지, 어찌해야 마음에 들어 하는지 인터넷에서 본 매뉴얼을 생각해 냈다.

눈을 자주 마주치자. 미소를 지어 보이자. 그리고 말을 아끼되 유머러스하게 하자. 마지막으로 마음에 든다는 의사를 피력하자!

"아닙니다."

"사실은요."

첫 만남부터 꼬여서인지 선입견이란 쉬이 바뀌지가 않았다. 거부의 의사를 내비쳤지만 결국 무시무시한 이 여사의 협박에 도살장에 끌려가는 소마냥 오게 되었다. 자력으로 가지 않겠다면 끌고서라도 같이 가겠다는 이 여사의 두려운 말의 힘이 컸던 이유도 있었다. 하지만 역시나 부담스러운 자리였다.

다혜는 여전히 떨떠름한 표정을 지울 수가 없었다.

눈앞의 사내의 표정은 보는 이로 하여금 팍팍 부담감이 느껴질 정도였다. 왜 저럴까? 나오기 싫은 자리를 억지로 나오니 모든 게 다 요상하게 보인다. 다혜의 눈에는 그저 저 잘난 낯짝 빼고는 볼 게 없었다.

"사실은요."

"네."

다혜는 상대의 모습에 벌써 머리가 지끈거리기 시작했다. 아, 저 광채 나는 눈동자를 제발 좀 치워 달라고 하고 싶다. 무슨 맛난 음식이 눈앞에 있기라도 하는지 반짝거리는 눈동자가 심히 거슬렸다. 다혜는 헛기침을 한 번 내뱉고는 본격적으로 대화에 들어가려 했다. 만남은 오늘로 마무리 짓자고 말할 참이었다.

"음……. 날씨가 참 좋네요."

'이런, 옘병.'

막상 말을 꺼내려니 사내의 빤히 쳐다보는 시선 앞에서 다른 말이 나오고 말았다. 아니 사실은 무슨 말을 하려고 했는데 까먹었다. 그게 다 저 시선 때문이다. 바로 코앞에서 부담스런 시선을 마주하기엔 다혜는 그만한 배짱이 없다는 게 문제였다. 지난날에 이어 이런 고초가 있다니. 차라리 말로 하란 말이다, 하고 내뱉고 싶은 걸 꾹 참았다.

"애프터 신청해서 놀랐죠?"

"놀라기만 했겠나요. 기겁……."

'망할.'

마음속에서 주절주절 나불거렸던 말이 툭 하고 튀어나왔다. 다혜는 억지로 어색하게 미소를 지어 보였다. 무의식중에 본심이 기어 나왔지만 눈앞의 상대방은 전혀 아무렇지 않아 보였다. 상대방이 제대로 들었는지조차 의심스러웠다. 오히려 애교 살이 접히도록 미소를 짓고 있지 않는가.

'뭐 저런 맹추가 다 있어?'

다혜는 나사가 하나 풀려 보이는 듯한 사내를 한심하게 바라봤다. 심히 사내의 멘탈이 궁금했다. 보통은 기분이 나쁜 내색이라도 해야 하는 게 정상 아닌가. 아, 볼수록 매력남이 아닌 볼수록 덜떨어진 인간을 상대하고 있는 기분이 들었다.

대체 저 사내의 어디가 그리 이 여사와 맞선을 주선한 아주머니의 입이 닳도록 칭찬을 하게 만들었는지 심히 의구심이 들었다. 무엇일까? 이 사내가 아줌마들에게 매력적으로 보이게 된 비결이.

눈앞에 상대를 두고 곰곰이 생각해 보았지만 역시 다혜는 알 수가 없었다. 그렇다면 이제 할 일을 하고 마무리를 지어야겠단 생각으로 대화에 응했다.

잠자코 한동안 일상적인 이야기를 나누었다. 은근슬쩍 시간을 확인하며 이제 이만했으면 할 일은 다 한 듯해 본격적인 이야기의 운을 뗐다.

"죄송한데요. 저는 싱글이 좋아요."

"압니다."

다혜는 곧바로 나온 대답에 속으로 쾌재를 불렀다. 생각보다 이야기가 쉽게 끝날 수도 있다는 희망이 보였다. 그런데 기분 나쁘게 사내가 계속 웃고 있었다. 안다니? 알면 우리 그만 일어나야 하지 않겠어요. 눈짓을 보냈지만 사내는 부담스런 시선으로 계속 바라볼 뿐이었다.

"다혜 씨."

"네."

"전 다혜 씨가 마음에 듭니다."

사내의 말에 다혜는 기가 막힌 표정으로 그를 바라보았다. 그런데도 사내는 제 할 말을 계속했다. 속에서는 컥컥 숨이 막혀 목구멍이 막힌 기분이 들었다. 그래서 어쩌라고. 처음부터 당신이 마음에 안 든 자신은 어쩌자고 이러는 거냐고 묻고 싶었다.

"어디가요?"

"아름다우시고 제 가슴을 뛰게 합니다."

"저기요."

"이현성입니다."

다혜의 기분은 그 무엇으로도 표현할 수가 없었다. 아니 딱 한 줄로 요약하자면 환장할 노릇이었다. 결코 저 사내의 이름을 듣고자 나온 게 아니란 말이다. 저놈의 이름은 오지게도 알려 준다.

"제 말은요. 전 아직 연애나 결혼을 생각하고 싶지 않은, 그러니까 자유로운 싱글을 원해요."

"전 당신이 무척 마음에 들어요."

말귀를 못 알아듣나 보다. 이건 무슨 벽에다가 이야기하는 것도 아니고 미치겠다.

"저는요. 그냥 혼자 자유를 누리고 싶어요."

돼먹지도 않는 상황을 이야기해야 하다니 가슴을 열어 진심을 보여 줄 수도 없는 노릇에 답답할 지경이었다.

"제가요. 진짜 주선하신 분과 저희 어머니 때문에 이 자리에 다시 나온 거거든요. 저번 일도 있고요. 그래서 제 딴에는요. 나와서……."

"좋아합니다."

다혜는 갑자기 다 맺지도 못한 말 사이로 들려오는 말에 황당함을 감추지 않은 채 어이없는 표정을 지었다. 분명 다혜는 자신의 의사를 다 전달했다고 생각했다. 이 자리에 나온 것은 본인의 의지가 아닌 타인에 의해서 나온 것이며 이 자리를 끝으로 그만 보자는 뉘앙스까지 풍겼는데 사내는 전혀 다른 말을 내뱉었다.

"감사하게 생각할게요. 근데요. 저는 그쪽과 같은 마음이 아니에요."

다혜는 확실하게 의사를 표현했다. 이렇게까지 거절했는데 상대방이 설마 어떻게 하겠냐는 생각으로 다시 한 번 거절을 이야기했다. 그런데 눈앞의 사내는 꼼짝도 없었다. 오히려 계속 좋아한다고 만나고 싶다고 또 이야기하는 게 아닌가.

"미치겠네. 이봐요. 언제 봤다고 절 좋아해요?"

"반했습니다. 사귑시다."

누가 그랬다. 사람이 어이가 없으면 나올 말도 안 나온다고. 지금 자신이 그랬다. 다혜는 우습기 그지없는 이 황당한 상황 속에서 혼자 외로이 떨어져 나온 듯했다. 이건 말 그대로 이 인간은 뭐하는 사람인가 생각만 들 뿐 말은 나오지가 않았다.

"김다혜 씨, 우리 사귀면 안 될까요?"

"이현성 씨, 병원 가 보실래요?"

순간적으로 튀어나온 말이었다. 왜 그녀는 이 사내에게 병원을 권유하고 싶은 것일까.

"안 가도 됩니다."

"왜요?"

다혜는 정말 궁금해서 물었다. 다혜가 볼 때 그의 증상은 병원을 가야 할 듯 보였다. 그래서 그저 걱정스러운 눈길로 그에게 조심스럽게 물었다.

"갈 이유가 없으니까요."

"……."

미치고 환장할 노릇이다. 묻는 자신도 이상하지만 화도 안 내고 대답하는 저 남자도 이상했다. 올해 운수가 어떻게 나왔더라. 갑자기 머릿속이 복잡해졌다. 다혜는 지금 이 사태를 어떻게든 종결짓고 더는 이 사람과 만나고 싶지 않았다.

"우리 사귑시다."

번개처럼 무언가 뇌리를 스쳤다. 아, 어디서 많이 본……. 꿈이랑 어쩜 이리 똑같을까. 데자뷔 현상을 겪게 되다니. 그 맞선 이후로 다혜는 꿈에서 시달렸다. 그런데 딱 그 꿈속 상황이 지금과 같았다. 꿈속에서조차 막무가내로 다짜고짜 나타나 손을 부여잡고 사귀자고 했던 사내가 이 사람이었다. 오늘 이 사람과 결론을 짓지 않으면 꿈속에서조차 계속 자신을 괴롭힐 것만 같았다.

"죄송합니다."

더는 듣고 싶지 않아 자리에서 일어났다. 그리고 일언지하에 거절의 말을 내뱉으려는데 사내가 갑자기 손목을 잡아챘다. 다혜는 화들짝 놀랐다. 사내의 악력은 생각보다 셌다.

"왜, 왜 이러세요."

"이대로는 못 갑니다."

"놓으세요."

말로 합시다. 왜 이러시는 겝니까. 그리고 가겠다는데 못 간다니? 첫 만남부터 꼬여 버린 이 사내가 곱게 보이지 않았다. 다혜는 야무지게 자신을 붙잡고 있는 사내에게 앙칼지게 말했다.

"손 놓으라고 했어요."

"다혜 씨와 만나고 싶습니다. 저, 결코 어디 이상한 사람 아닙니다."

"이상한 사람이 이상하다고 말하는 거 봤어요?"

이 사람의 정신은 홈런을 치다 못해 저 멀리 어딘가로 떠나 버린 듯했다. 쓰리아웃제라면 이 남자는 벌써 아웃하고도 남았을 것이다.

"그럼 두어 번만 더 만납시다."

"놓아주세요."

이 무슨 생각지도 못한 복병인가. 진드기에게 잘못 걸린 듯했다. 이 여사의 제2의 황금기고 뭐고 필요 없다. 자신의 인생사가 걸렸다. 왜 자신은 이 여사의 명령에 굴복하고 말았는지 이제 와서 땅을 치고 후회한들 어찌할 수가 없었다.

"놓으라고요!"

끝까지 손을 놓지 않는 사내를 바라보다 무슨 생각으로 그랬는지 모르겠다. 순식간이었다. 그녀도 모르게 무릎이 나간 것은.

"아악!"

'아, 망했어요.'

눈앞에 닥친 현실에 다혜는 울고 싶어졌다. 재수가 없어도 어쩜 이리 없을까. 뒤로 넘어져도 코가 깨진다더니 지금 상황이 딱 그 꼴이었다.

명중이었다. 하필이면 거시기가…….

'아, 하늘도 무심하시지.'

다혜는 아득하니 현기증이 일었다. 이걸 어쩌면 좋단 말인가. 왜 하필이면 거기가, 그러니까 그리 제대로 꽂아 맞듯 명중이 되었냐 말인가. 다혜도 이런 예상은 해 본 적이 없었다. 하지만 현실은 잔혹했다. 상상하고 싶지 않은 일이 기어코 일어나고야 말았다.

"아, 난 몰라."

"……."

"저기요. 괜찮으세요? 죽는 거 아니죠?"

다혜는 불안하게 땅바닥을 구르고 있는 남자를 바라보았다. 그의 표정은 정말 아픔에 가득 찬 얼굴이었다.

진정 자신은 고의로 그런 게 아니었다. 그녀도 모르게 무릎이 솟구친 걸 어쩌란 말이냐. 미치겠다. 어쩌면 좋단 말인가.

그의 극심한 고통에 찬 표정이 클로즈업이라도 된 듯 눈에 내리박혔다. 그리도 힘 좋고 단단해 보이던 사내가 한순간에 주저앉다니. 다혜는 저가 정말로 사고를 크게 친 것을 실감하고 말았다.

'많이 아픈가 봐.'

저것이 진정한 사내의 아픔인가. 미간에 뿌리내린 주름, 허옇게 뜬 얼굴, 고통에 찬 몸부림, 주변의 이목을 끌어들이는 이 쪽팔림. 다혜는 지금 이 사태를 어찌 해결해야 할지 몸 둘 바를 몰랐다.

그녀가 대형 사고를 친 것이다.

"으윽."

낮은 신음 소리가 들렸다. 아픔을 인내하는 표정, 극심하게 부들부들 떨고 있는 몸. 기어이 사고를 치고 말았다. 결코 이런 불상사를 바라지는 않았는데 재수가 없었다.

"그러게 왜 손을…… 안 놓았어요."

다혜가 원망의 말을 내뱉은들 이 사람 귀에는 들리지 않을 것이다. 주변 사람들은 이 상황을 멍하니 바라볼 뿐이었다.

"괜찮아요?"

"……."

"괜찮아요? 괜찮냐고요."

그는 여전히 말이 없었다. 아니 아픔을 인내하는 신음 소리가 간간이 들릴 뿐이었다. 다혜는 우왕좌왕하면서 이 사태에 대해서 해결을 어떻게 해야 할지 몰라 사내의 옆에서 계속 말을 걸었다.

"이현성 씨. 진짜 미안한데요. 말 좀 해보세요. 괜찮아요? 네?"

"다혜 씨⋯⋯가 보⋯⋯기엔 괜찮⋯⋯아 보⋯⋯."

다혜는 차마 그의 말에 대답할 수가 없었다. 자신이 보기에
도 그는 전혀 괜찮아 보이지가 않았다. 진작 손을 놓아줬으면
자신이 발로 찰 일도, 저렇게 고통스러워할 일도 없었을 텐데.
다혜는 이곳에서 도망가고 싶은 마음은 가득하나 차마 그러지
는 못하고 발만 동동 구를 수밖에 없었다.

"미안해요."

'어쩜 좋아.'

말로는 무슨 말을 못 할까. 다혜는 쭈그리고 앉아 고통에
신음하고 있는 사내를 바라보았다. 사내에게 거기를 차인 아
픔이란 것은 가장 견디기 힘든, 그러니까 굳이 비교하자면 산
모가 애를 낳을 때의 그 고통에 비등한 아픔이라던데.

"구급차 부를까요?"

"됐⋯⋯습니다."

그가 힘겹게 말하는 걸 보면서 미안함에 몸 둘 바를 몰랐
다. 그건 그렇고 왜 다들 구경만 한단 말인가.

"심호흡을 해 보세요. 자, 따라 해요. 후아, 후아."

숨 쉬는 게 버거워 보이는 그에게 말하자 어이없다는 시선
이 와 닿았다. 하지만 지금 이 순간, 그녀의 머리에 든 생각은
이 사내가 제발 정신을 차려 빨리 이곳에서 탈출하고 싶을 심
경뿐이라는 것이었다. 아마 그건 바닥에 쪼그리고 있는 이 사
내 또한 같은 마음이라는 생각이 들었다.

"나갑⋯⋯시다."

같은 마음이었을까, 아니면 주변의 웅성거림이 쪽팔렸을까. 소란스런 상황 속에서 다혜는 자신이 저지른 일에 대해 한 자락의 고심도 못 해 보고 천천히 그를 일으켜 세웠다.

"걸을 수 있겠어요?"

"……."

대답이 없었다. 아니, 그의 표정이 말해 주고 있었다. 걸을 수 있어 보이냐고. 딱 봐도 그건 불가능해 보였다. 아, 이 죽일 놈의 눈은 이미 사내의 바지 속을 투시라도 하듯 바라보기 바빴다.

'터지진 않았겠지?'

변녀처럼 생각을 하고 있을지언정 아주 가능성이 없어 보이지 않아 불안했다. 식은땀이 나도록 고통스러워하는 그를 보니 사달이 나도 아주 큰 사달이 난 듯했다. 다혜의 머릿속에는 그런 불상사는 아닐 거란 생각과 그런 최악의 상황은 면하고 싶은 마음만 가득했다.

"그……만 바라 보……시죠."

"아, 넵."

그도 느꼈나 보다. 그녀가 집요하리만치 어느 부분만 뚫어지게 바라보고 있다는 것을. 얼굴이 후끈 달아오른다. 발칙하게도 시선이 닿았던 곳에서 눈을 돌리며 주변 사람들을 바라보았다. 마치 재미난 구경거리라도 있다는 듯 모두 이곳만을 바라보고 있었다. 다혜는 이제까지 난동을 피운 걸 고개 숙여 인사하곤 외쳤다.

"볼일들 보세요!"

다혜가 처음 보았던 말끔했던 이현성 씨는 없었다. 전쟁에서 패한 패잔병만이 있을 뿐. 다혜는 사내를 부축해 자리를 피했다. 더 있기엔 자신도, 이 사내의 쪽팔림도 감당할 수가 없었다.

그를 부축해 가까운 벤치에 앉힌 뒤 다혜는 상대방의 표정을 면밀히 살펴보았다. 미간에 자리 잡힌 주름은 좀처럼 없어지지 않았고, 그의 불편한 심기 또한 여과 없이 동공에 박혔다. 왜 아니 그러겠는가. 한순간 동물원의 원숭이가 되어 버렸는데…….

"저기요."

"……."

"저기요오."

다혜는 불러도 상대방이 말이 없자 불안했다. 차라리 화라도 내었으면 좋겠는데 입을 꾹 다물고 있으니 답답했다. 하긴 화를 식힐 만한 시간이 그에게는 필요할 듯했다. 어찌 되었든 순식간에 그녀로 인해 처참한 상황을 겪었으니 이해가 될 만했다. 혼자 그런 생각을 하며 고개를 주억거리고 있었는데 뜬금없는 말소리가 날아 들어왔다.

"제 이름, 모릅니까?"

한참 만에 입을 뗀 그가 물었다. 그의 이름을 모를 리가 있겠는가. 이 와중에도 그가 예민하게 이름으로 반응을 하는 게 오히려 더 신기했다.

"아, 알죠."

"근데 왜 저기요입니까?"

다혜를 응시하는 그의 눈동자엔 약간의 짜증이 담겨 있었다. 지금 이름을 안 불러 줬다고 삐친 건 아니겠지? 하면서도 은근슬쩍 그를 바라보면서 일단 짚고 넘어가야 할 일부터 바로잡고 넘어가야지 하는 생각이 앞섰다.

"이현성 씨."

"네."

"좀 괜찮으세요?"

"……."

"제가 정말 고의로 그런 게 아니거든요."

"네."

짤막한 대답 이후 그는 말이 없었다. 다혜는 계속 상대방의 눈치를 살펴보며 안절부절 서 있었다. 차라리 말을 해라! 말을 해! 하면서 속으로 퍼부었지만 그는 너무나 조용한 사람처럼 말이 없었다. 그렇다고 사고 친 당사자가 큰소리를 칠 수 있는 노릇도 아니지 않던가. 다혜는 일단 분위기야 어찌 되었든 사내의 사고에 대해서 확인해야 할 필요성이 느껴졌다.

"저기."

"……."

"아, 이현성 씨."

"네."

"저랑 같이 어디 좀 가실래요?"

이름을 불러야 그는 대답했다. 다혜는 설마 그런 걸로 이 사내가 짜증을 부리고 있는 건 아니겠지 하는 생각이 들었었는데 그게 답이었다. 일단 그보다 시급한 일이 먼저다.

그를 데리고 가야 할 곳이 떠올랐다. 시간이 얼마 안 남았다. 빨리 데리고 가야 늦지 않게 도착할 듯했다.

"이제 걸을 만해요? 아니다. 제가 부축해 드릴게요."

❖

적절한 후속 조치를 취하고 초저녁이 되어서 집에 오게 되었다. 너무나 고된 하루였다. 재수가 없었던 날이라고 치부하기엔 너무나 꼬였다. 왜 매번 이런 황당하기 그지없는 사달이 나는지 이해할 수가 없는 게 문제였다.

"김. 다. 혜."

집 안에 들어서자마자 한 음절씩 내뱉어진 자신의 이름에 다혜는 도둑이 제 발 저린 듯 움찔거렸다.

왠지 이 여사의 서릿발 인 시선이 심상치가 않아 보였다. 설마 낮에 카페에서 벌어진 일이라도 알고 계시는 게 아닌가.

지레짐작 겁이 서린 다혜는 이 여사의 눈도 마주치지 못하고 고개를 외면했다. 하지만 점점 따갑게 와 닿는 시선에 다혜는 그 낮의 일에 대한 최대한의 변명을 해야 하는 상황에 직면한 느낌이 들었다.

"에휴."

누군들 그러고 싶었겠는가. 누군들 그 사내의 거시기에 그리 무릎이 딱 꽂히길 바랐을까.

"네가 또 사고를 쳐?"

"어, 엄마. 난 정말 그러려고 그런 게 아니야. 하필이면 사내의 거기에 니킥을 날릴 거라곤 생각도 못 했어! 정말이야, 엄마."

"뭬야?"

다혜는 자신도 모르게 이 여사에게 낮의 위험천만했던 사건에 대해 주절주절 떠들었다.

"네가 시방 남자를 버리고 도망친 걸로도 모자라서, 이제는 고자로까지 만들어?"

"엄마. 고, 고자라니!"

고자라는 이 여사의 말에 고개를 빳빳이 들고 발끈 소리를 쳐 봤지만 매서운 눈빛에 고개가 저절로 수그러져 버렸다.

"아니, 엄마 그게 말이지."

"네가 사내의 생식능력에 하자를 내려 한 겨?"

"하, 하자라니?"

"그럼 너로 인해 지대한 영향을 받았으면 어쩔 뻔했어? 어쩔 뻔했냐고!"

아니 그거 한 대 맞았다고 그 사내가 고자가 될 일도 없을 뿐더러 다혜는 그 사내를 붙잡고 병원까지 갔다 온 사람이었다. 그런데 이 무슨 망측한 소리냐고.

"아니야. 정말 아니야."

"뚫린 입이라고 말은 잘하지?"

"아무 이상 없다고 했단 말이야."

"그럼 이상이 있었으면 네가 책임이라도 지려고 했어?"

"그, 그건······."

"흐미. 이 가시나 사람 잡을 생각만 하네. 멀쩡한 남정네를 한 방에 훅 보내려 한 주제에."

말똥말똥 다혜는 이 여사를 바라보았다. 멀쩡한 남정네? 그건 아닌 거 같다고 이야기를 하고 싶었지만 내뱉을 수가 없었다. 그러기에 자신의 죄를 너무 잘 알고 있었다. 이 여사의 노기가 가득 서린 잔소리에 찍소리도 못 하고 다혜는 얌전히 경청해야 했다.

"진짜 어쩌면 좋냐? 맞선을 나가라 했더니 남자를 줘 패서 이젠 비뇨기과를 같이 가?"

카페를 나선 순간 다혜는 다른 생각은 없었다. 무작정 사내를 끌고 비뇨기과로 향했다. 최악을 상상했던지라 확인이 필요했었다. 사실 처음에는 순순히 따라왔었다. 하지만 비뇨기과 간판을 본 후 그의 표정은 적나라하게 굳어졌다.

'묻지마 비뇨기과. 금일은 오후 4시까지 진료합니다.' 라는 문구 앞에서 그는 문 앞에서 버티고 서 있었다.

'여긴 왜 온 겁니까?'

'아프잖아요. 빨리 들어가요. 시간 없단 말이에요.'

'안 갑니다.'

　괜찮다고 말하는 사내를 끌고 들어가기란 여간 힘든 게 아니었다. 그는 마치 도살장에 끌려가는 소처럼 거세게 항의를 하며 몸부림을 쳤다. 안 들어간다고 놓아 달라고 오히려 난리 법석이었다.

　하지만 어쩌겠는가. 다혜는 안심이 안 되는걸. 극구 사양을 한들 안 되었다. 눈앞에서 모든 모습을 다 보았는데 어찌 그냥 돌려보낼 수 있겠는가. 아, 묻지도 따지지도 않는다는데, 왜 그리 발버둥을 친단 말이냐. 그렇게 비뇨기과 앞에서 성인 두 명이서 얼마나 실랑이를 벌였는지 결국 그에게서 확답을 받고 나서야 들어설 수 있었다.

　"내가 그래서 안 만난다고 했잖아."

　"뭘 잘했다고 꼬박꼬박 말대답을 해?"

　"하지만 나도……."

　다혜는 어찌 되었든 본인이 저지른 실수에 최선을 다했다. 분명 그 일이 잘했다고는 할 순 없지만 그를 부축해 병원까지 데리고 갔다 왔다. 할 수 있는 최선을 다했다고 말하고 싶었지만, 이 여사님의 눈초리는 그마저 허용하지 않았다.

　"입 안 다물어! 진짜 살다 살다 별꼴을 다 겪네."

　다혜 본인이야말로 별일을 다 겪고 있는 중이었다. 다혜는 억울했다. 그건 그렇고 이 모든 정황을 이 여사는 대체 어떻게 알게 된 것인가. 갑자기 의문이 들었다.

아무리 초스피드 시대라지만 불과 몇 시간 전 일이라고 벌써 이리 이 여사의 귀에까지 상세히 전달이 되었단 말인가. 이건 엄연히 사생활 침해가 아닌가. 누가 이 모든 정황을 고자질한 것인가. 설마 이현성 씨가 본인 입으로 민망하게도 거시기를 여자한테 차여 비뇨기과를 갔다고 말할 리는 없을 텐데.

찌릿—

"엄마 근데 내가 사고 친 거 어떻게 알았어? 내 뒷조사했어?"

"이년아! 이게 뒷조사냐? 네 죽상인 얼굴만 봐도 딱 사고 친 게 보이는데 그냥 넘어가? 한 번 콕 찌르니 지가 다 주절거리면서 떠든 주제에. 너 이 사장 어떻게 할 거니? 네가 제정신이야? 사람 많은 곳에서 그 사달을 만들어 놓고 조용히 묻히길 바랐어?"

'아, 그랬군요.'

다혜는 빠르게 수긍했다. 결국 모든 건 자신의 입이 떠들어댄 결과였다. 드디어 잔소리행 열차에 탑승이 완료되었다. 구구절절 나오는 잔소리를 들으며 기진맥진했던 하루의 마지막도 이렇게 마감이 되는구나 생각했다.

"할 짓이 없어서 하필이면 거시기에 킥을 놔?"

"아니야. 난 진짜 그럴 생각이 없었어!"

'나도 그러고 싶지 않았다고요!'

평소에는 반사 신경이 둔했던 몸뚱이가 그렇게 기지를 발휘

할 줄 누가 생각이라도 했겠는가. 이런 저질스런 몸뚱이가 다 있냐고 둔한 행동력을 욕해 보았더니 그새 바짝 정신이라도 차린 건지 그토록 놀라운 발전을 했을 줄이야.

"이것아. 진짜 너를 어쩌면 좋아? 기껏 자리를 마련해 줬더니 이거는 사고만 연달아 치고."

"아니, 엄마. 나는 정말 그러려고 그런 게 아니란 말이야. 그래, 난 정당방위였어!"

"말만 갖다 찍어 붙이면 다야? 어디다가 정당방위를 갖다 붙여! 이 사장이 네게 해코지를 했어? 때리기를 했어?"

"그건……."

할 말이 없었다. 그러고 보니 정당방위라고 주장할 만한 이유가 없었다. 갑자기 복잡해지는 심경이 뭐라 표현을 할 수가 없었다. 아니 솔직히 갑자기 대뜸 가겠다는데 손을 잡은 그 남자가 잘못 아닌가.

다혜는 분명 본인의 의사를 다 피력했고 말을 끝내고 일어섰었다. 하지만 안 된다고 손을 붙잡고 놓아주지 않은 이는 그였다.

"아이고, 양심에 털 난 년."

"엄마!"

"어따 소리를 질러!"

'그 남자만 만나면 뭔가가 다 꼬인단 말이야.'

재수가 없었던 것뿐이라며 속으로 자기변명을 하고 있을 무렵, 이 여사의 1절부터 시작한 잔소리는 이젠 4절을 넘어서고 있었다.

"내가 진짜 못 산다. 너 때문에 이 엄마가 어찌 그 사람을 보냐고!"

다혜는 굳이 이 여사가 볼 필요는 없는데 말하고 싶었지만 그 순간 등짝으로 날아올 아픔이 무서웠다.

"정말 잘났다, 잘났어? 어떡하면 좋아. 내가 진짜 너 때문에 못 산다. 이 가시나야!"

다혜는 자신이야말로 울고 싶어졌다. 왜 이 모든 게 제 탓인지, 애초에 이 여사가 자리를 마련하지만 않았어도, 그를 만나지만 않았어도, 그 사람이 손을 놓아 달라 했을 때 놓아만 줬어도 이런 일은 없었을 텐데. 누군들 그 사내의 거시기를 치고 싶어서 쳤느냐고 말하고 싶었지만, 그 말을 하기엔 이미 이 여사의 분노는 극에 달해 있었다. 다혜는 그 앞에서 순한 강아지가 되어야 했다.

"엄마."

"입 다물어. 진짜 도무지 너 때문에 이 엄마는……."

이글이글 스팀이라도 뿜어 나오려는지 이 여사의 가슴팍이 흥분으로 올라갔다 내려갔다 하는 게 보였다. 결국 뒷목을 붙잡고 혈압이 상승한다는 이 여사에게 싹싹 잘못했다 빌고는 다혜는 조용히 방 안으로 들어가려 했다. 물론 덤으로 등짝을 한 대 맞았다.

"김다혜."

"넵."

"네 나이, 서른이다."

'그놈의 서른! 또 서른 가지고.'

"내년이면 넌 서른하나야."

서른, 알 만하죠. 계란 한 판을 으깨어도 시원찮을 그 서른을 어떻게 잊겠어요. 다혜는 힘이 쭉 빠진 채로 방 안으로 기어 들어갔다.

털썩.

씻지도 않고 옷도 벗지 않은 채 침대에 몸을 던졌다. 몸도 마음도 피곤했다. 하루가 너무 긴 느낌이었다. 아니 고단한 하루라고 해야 맞는 듯했다.

"이현성 씨. 우리 또 만나야 하나요?"

비뇨기과에 들어서기 전 그가 말했었다. 이곳에 들어가겠다고 하면 그럼 두 번 만나 줄 것이냐고. 완강하게 버티던 확답을 달라 말했다.

'다시 생각을 해 보시는 게?'

'만나 줄 겁니까?'

'아니, 그니깐 그게요.'

'회피하시는 겁니까?'

볼 때마다 일이 꼬이는데 그 사내는 그래도 좋다고 만나잔다. 대체 그 집념은 어디에서 나오는 것일까. 자신 같으면 뭐 이런 재수 없는 여자가 다 있나 하고 다신 꼴도 보기 싫어 할 텐데. 아, 생각을 계속하기엔 이미 과부하가 걸린 머리는 그만 쉬고 싶다고 신호를 보낸다.

"그래. 다음 일은 다음에 생각하자."

3. 진격의 그

"푸하하하!"

"……."

"와, 이현성 네 인생도 그렇게 꼬이는 날이 오긴 오는구나."

얍삽한 놈은 빅뉴스 거리라도 보고 왔는지 아침부터 쳐들어
왔다. 아침부터 저 떠버리 목소리를 들어야 하나 생각했는
데…… . 예상 밖, 상상하기조차 싫은 말이 귀를 때렸다.

"나 그제, 거기 있었잖아."

그제? 거기? 현성은 갑자기 확 치달아 오르는 불안감을 느
껴야 했다. 패닉상태에 빠진다는 게 무엇인지 알게 해 주는 섬
뜩한 기운이 온몸을 휩쓸었다. 설마 그랬기야 했겠나 싶었는
데 아니나 다를까.

"너 볼만하더라?"

현성은 암담함을 느껴야 했다. 웬수 같은 놈이 하필이면 그날 그 카페에 있었을 줄이야. 하늘도 무심하시지, 걸려도 저놈에게 걸리다니. 자신의 인생사가 이리될 줄 누가 알았겠는가.

"제발 가 줘라."

"이리 재미난 이야깃거리가 있는데 어떻게 가냐? 아, 오만한 황태자가 여자 한 명 때문에 좋 나는 순간이었는데."

저걸 죽여 살려 째려보았지만 놈은 오히려 더 크게 웃을 뿐이었다. 이미 그나마 남아 있던 자존심은 금이 가다 못해 산산조각이 나 버렸다.

"무슨 배짱으로 다시 만났어? 아니 나한테 적어도 이야기 좀 해 주지 그랬어? 내가 그날 진짜 네 그 모습을 보고……."

현성은 이를 악물었다. 누군들 그런 불상사를 생각했겠는가. 단지 자신은 인터넷에서 본 대로 했는데 이런 시행착오적인 오류가 있을 줄은 생각지도 못했다. 하물며 치욕스러웠던 그 순간은 결코 잊으려야 잊을 수도 없었다. 근데 하필이면 그 모습을 눈앞의 상대가 봤다고 생각하니 속이 부글부글 끓어올랐다.

"안습이다. 눈물이 나올 정도로."

"작작해."

부정하고 싶지만 자신 또한 그리 생각했다. 당하는 자와 구경하는 자는 엄연히 다를 것이다. 파워가 넘치는 일격이 하필이면 자신의 중요한 부위를 때려 맞출 줄이야. 그의 시야가 암흑으로 변하는 데는 순식간이었다.

눈앞이 깜깜하고 형용할 수 없는 고통이 온몸을 덮었다. 숨을 쉴 수가 없었다. 몸뚱이가 열일곱 등분이라도 되는 듯 조각조각 나뉘어서 분해되는 기분을 어떻게 설명해야 할까. 그 순간은 인간이 느낄 수 있는 고통의 한계를 넘어선 듯했다. 사람들의 웅성거림 따윈 귀에 들어오지도 않았다. 쪽팔림도 이겨 버린 그 고통.

"나 너 비뇨기과에 끌려가는 거 봤는데?"

현성은 밉살스럽게 떠드는 그 말에 홱 하니 고개가 돌아갔다. 분노의 불꽃이 활활 타올랐다. 스토커도 아니고 대체 저 자식은 모르는 게 뭐지? 아니 어떻게 그 치욕스러운 그 모습까지 다 봤단 말이냐. 이대로 저놈을 상대하다간 제정신을 유지할 수가 없을 듯했다.

"닥치고 제발 가."

"네 거시기 성능은 문제없대?"

"김민성 꺼지라고!"

누구나 감추고 싶은 사연이 있는데 저 자식은 그걸 뼈째 다 드러내었다. 가뜩이나 잊고 싶은 일이건만 친구라는 놈은 그를 가만두지를 않았다. 녀석의 비웃듯 말려 올라간 입술을 볼 때마다 그 입가를 그냥 팍 잡아 늘려 버리고 싶은 충동이 느껴졌다.

"근데 그렇게 좋더냐?"

"제발 꺼지라고 했다."

"알았다, 가마. 헌데 너 연애를 일처럼 글루 배울 생각은 하지 마라. 연애란 자고로 단계가 있는 거야."

어느새 책상 위에 놓여 있던 프린트물들을 봤는지 손가락으로 가리켰다.

알고 있다. 지금 안 그래도 뼈저리게 느끼고 있다. 나름 한다고 한 것치고 수확이 없었다. 매뉴얼대로 하는 건 이제 믿을 수가 없어 집어치운 지 오래였다.

"근데 정말로 네 똘똘이는 안녕하냐?"

친구 놈이 궁금하단 듯 자신의 아랫도리를 쓰윽 내려다보았다.

"김민성!"

참을 수 없는 한계에 치달아 자리에서 일어난 순간 놈이 잽싸게 문을 열고 도망갔다.

묵직한 한숨이 흘러나온다. 평평대로를 달렸던 이현성 인생이 어느 순간부터 이렇게 바닥으로 추락했는지 모르겠다.

"김다혜."

한 번도 일에선 패배를 맛본 적이 없었다. 성공가도를 달렸고 인생 또한 앞으로 내리 쭉 그럴 줄 알았다. 하지만 유일하게 패배감을 안겨 준 이가 자신을 동나게 하는 여자라니. 거기다 저 촉새 같은 놈이 그 꼴을 다 보았다. 이제 소문이 파다하게 나기까지는 얼마 남지 않았다.

그동안 여자들이 그토록 매달리고 상대해 주길 바라면서 주변을 맴돌았던 기분을 이제야 알 듯했다. 하지만 다른 여자들에게 멋있어 보이면 뭘 하는가. 그녀 앞에선 망가질 대로 망가진 것을. 이미 그녀에게 못 보일 꼴까지 다 보였다. 하물며 비뇨기과까지 같이 가지 않았던가.

"당신, 내 인생 책임져야 해."

사무실은 고요했다. 정적이 감돌아 그 누구도 쉬이 근접할 수 없는 분위기가 한 곳에서 흘러나왔다.

"어떻게 해야 할까?"

현성의 머릿속은 한시도 쉬지 않고 팽팽 돌고 있었다. 업무도 팽개치고 오직 그의 머릿속에는 이름 석 자만 곱씹고 있었다. 그 이유는 그 인물이 예상도 못 하게 난해했기 때문이었다. 일단 만나면 제대로 되는 일이 없었다. 첫 만남도, 그리고 두 번째 만남 또한 무엇을 해 보지도 못하고 제대로 마무리된 적이 없었다.

"젠장!"

난공불락 그녀, 김다혜.

그에게는 버겁고도 잡히지 않는 존재였다. 감히란 단어를 가져다 붙여도 전혀 어색하지 않을 정도로 그녀는 특별했다. 그녀에게는 범접할 수 없는 오로라가 느껴졌다. 그리고 그때마다 현성은 그녀에게 기상천외한 모습만을 선보였다.

서른넷에 여자로 인해 인생이 그리 파란만장해질 수 있다는 것을 정말 누가 상상이나 할 수 있겠는가. 그 모습들이 모두 인생사에 오점으로 남을 만큼의 못난 모습이었다는 게 문제라면 문제라는 것도.

결코, 그것은 그가 원한 게 아니었다. 어쩌다 보니 자의가 아닌 타의로 인해 단 두 번의 만남에 종지부를 찍을 듯 강한 인상을 남겼다.

"아……."

어느새 현성의 미간에 구김살이 새겨졌다.

생각하고 싶지도 않은 사고……. 갑자기 떠오른 추태에 메마른 얼굴을 쓸어내렸다. 심히 창피했다.

다시는 경험하고 싶지 않은 그 순간.

뭐라고 형용할 수 없는 김다혜란 여자를 만나면서 이토록 오미자와 같은 감정의 맛을 다 맛보다니. 죽음 직전까지 간 듯한 그 고통의 몸부림, 그 후의 창피함. 그리고 마지막으로 자신을 혹 보내 버린 비뇨기과. 하지만 발칙하게도 마치 이 순간만을 기다렸단 듯 아랫도리가 불끈거리며 자신의 건장한 생존을 알리기 시작했다.

"그래. 아무 이상 없다고."

현성은 속마음을 다잡으며 잡다한 생각을 떨쳐 버렸다. 지금 그에게는 이보다 더 중요한 무언가가 필요했다.

'김다혜 사로잡기!'

지금 현성이 해야 할 일은 난공불락과 같은 그녀를 어떻게 함락시켜야 하는지에 대해서 머리를 짜야 하는 일이었다. 이렇게 집요하리만치 소유욕으로 들끓고 있는 감정이 내재되어 있다는 것을 그도 몰랐다.

무엇이 이토록 끌리게 만들었는지 그도 이제 모르겠다. 하지만 이거 하나는 확실하게 알 수 있었다. 지금 자신에게는 김다혜란 여자가 필요하다는 것을 말이다.

김다혜를 향한 이 감정은 불가항력과도 같았다. 미치도록 한 사람을 그리워하고 가지고 싶어 안달이 난 적이 서른넷을 살아오면서 한 번도 없었다. 아니 이런 감정 자체를 느껴 본 적이 없었다.

"미치겠다."

미치도록 그녀가 보고 싶고 가지고 싶다. 그 추태를 보였음에도 끝내 포기라는 단어조차 떠오르지 않았다. 오로지 어떻게든 그녀를 다시 만나야 한다는 간절한 바람만이 떠돌았을 뿐이었다.

창피함을 무릅쓰고 만든 두 번의 기회.

반드시 이 기회를 발판삼아 그간의 행동을 만회해야 했다.

"흐음."

이제까지 상대해 온 일들과 그녀를 비교해 보았다. 수많은 일들에 대한 성과는 그 결과가 모두 말을 해 주었다. 하지만 그녀는 전혀 예상할 수가 없었다. 일에서도 사람을 상대할 때조차 냉철하게 원하는 것을 끌어내었는데 왜 그녀에게는 이모든 게 통하지 않는 것일까.

현성은 일단 그녀에 대해서 간단하게 메모를 해 보았다.

첫째. 그녀는 특별하다.

둘째. 그녀는 예측불허다. 어디로 튈지 모른다.

셋째. 그녀는 어렵다.

넷째. 그녀는 자신을 이상한 사람으로 본다.

다섯째. 그녀와는 그 어떠한 공통점도 없으며, 만날 때마다 꼬인다.

자신이 적은 글을 보면서 현성은 한숨을 내쉬었다. 이건 정말 답이 보이지가 않았다. 시험은 답이라도 있지, 이건 전혀 감도 안 잡힌다.

메모지를 바라볼수록 현성은 한숨만 내쉬었다. 사업과는 너무나 다르다. 세상에서 일이 가장 쉬웠다면 쉬웠다. 그녀는 절대 만만하지도, 쉽게 손에 쥘 수도 없는 존재였다. 아마도 당최 종잡을 수 없다는 게 맞는 대답 같았다.

분석이 끝났으니 이제는 이것을 바탕으로 무언가 실행에 옮겨야 할 때였다. 톡톡, 손가락으로 책상을 두드리며 생각을 하다 메모 위에 한 줄의 문구를 써 내었다.

"기가 막히다. 이젠 이런 거까지 해야 하나?"

그동안 수많은 여자들이 주변을 맴돌다가 떠났는데 지금 자신의 이 꼴을 본다면 비웃고도 남을 일이었다. 이현성이 일이 아닌 무심하기 그지없어하던 여자 문제로 고민을 하며 연구를 하고 있다니. 일단은 바로 김다혜 프로젝트에 들어서야 할 듯했다. 일명, 이현성 일생일대의 좋아하는 여자를 사로잡는, 나름대로 거창한 그만의 프로젝트.

"망가지는 건 한 번으로 족하다."

설마 여기서 더 얼마나 망가지고 바닥까지 보여 주겠냐 싶은 불안감이 떠오르긴 했지만 더 이상 그런 일은 절대로 일어나서는 안 되는 일이었다.

"자, 생각을 하자."

머리를 굴려야 했다. 억지로 기회를 잡았기 때문에 지금부터 어떻게 해야 할지 차근히 고민해 볼 필요가 있었다.

"어떻게 잡은 기회인데!"

두 번 더 만나자는 말에 그녀의 표정은 단번에 거절의 의사를 드러내고 있었다. 그것도 아주 극적인 표정을 하면서 극심한 거부감을 표했었다. 하지만 쉽게 기회를 놓을 그도 아니었다. 비록 그 기회가 생각지도 못한 우스운 꼴을 보여 얻은 거였지만, 그래도 그때만큼은 이도 저도 눈에 보이는 게 없었다.

만약 그녀가 끝까지 거부했다면 불상사의 사고를 원인으로 책임을 지라고 했을지도 몰랐다. 다행히 그녀가 허락해 준 덕에 마지막 카드는 내놓지 않았다. 그렇다고 안심할 수가 없었다.

"기필코! 사로잡는다."

현성은 두 번의 만남을 통해 깨달은 게 있었다. 작은 틈 하나조차 허락하지 말아야 한다는 것을. 잠시 한눈을 파는 사이 그녀는 도망갈 태세를 갖춘다는 걸 알았다. 앞으로 그녀에게는 선택의 여지 따위는 주지 않을 생각이었다. 그녀를 갖겠다 결심했고 행동으로 이제 옮겨야 할 때였다.

"그래. 안다고!"

그는 자신도 모르게 분풀이를 하듯 내뱉었다. 어떤 식으로 접근해야 할지, 어떤 방식으로 유혹을 해야 할지 감이 잡히지 않았다. 이미 머리와 마음에서는 그녀를 가지겠다는 확고한 마음과 그녀를 유혹할 수 있다는 생각으로 차 있었지만 막상 현실 앞에서 그도 한낱 연애 초짜였기 때문이었다.

처음으로 그의 사전에 전혀 상관이 없는 단어가 떠올랐다.

'후회.'

한 번도 여자 경험이 없다는 걸 후회해 본 적이 없었다. 하지만 이번만큼은 후회가 앞섰다. 그것도 아주 몸서리가 쳐지게 느껴졌다. 얄밉지만 속을 뒤집는 소리를 하고 간 웬수 같은 놈도 그러지 않았는가.

여자가 없진 않았었다. 현성과 민성의 주변에는 여자가 차고도 넘쳤다. 하지만 유들유들하고 오는 여자 안 막고 가는 여자를 안 잡는 민성에 반해, 현성은 대부분 상대를 안 해 주는 덕에 여자들이 제풀에 꺾여 나가떨어지곤 했다.

그런데 이제껏 느껴 보지 못한 다양한 감정을 단 한 명으로 인해 느끼게 되다니 이건 무슨 신의 장난일까 싶기도 했다. 그녀에게 자신 좀 상대해 달라고 껄떡대야 하는 입장이라니. 그런데도 오직 그는 그녀 생각뿐이다.

"넌 지금 뭘 하고 있을까?"

❖

"김다혜!"

이 여사는 그 일이 있는 뒤로 툭하면 자신을 불러 대기 시작했다. 물론 부른 이유는 정말 하찮고도 이해할 수 없는, 그렇다고 무시를 하기엔 애매한 그런 이유에서였다. 차라리 고차원적인 괴롭힘이면 이보다는 나았을 것이다.

결국 터덜터덜 자신의 방에서 나와 거실로 나가자 소파에 앉아 일명 요즘 젊은이들이 말하는 미소년 꽃돌이를 보고 계시는 이 여사의 곁으로 갔다.

"느려 터져서는."

"왜?"

불렀으면서도 시선 한 번 주지 않는 고매하신 이 여사님께서는 무언가 필요한 게 있으셨나 보다. 시킬 것이 있다면 빠른 주문을 원하는데 이 여사님께서는 도통 입을 열지 않으셨다. 다혜는 이 여사의 뒤에서 입술을 삐죽삐죽거렸다. 시킬 일이 있다면 빨리 시키라는 암묵적인 자신만의 항의였다.

"물 떠 와."

황당하다 못해 기가 찼다. 거실과 주방은 코 닿으면 엎어질 만큼 가까웠다. 그럼에도 손수 떠 드시기보단 자신을 불러 물 한 잔을 떠 오라고 하시는 것이었다. 해도 해도 너무한 기분이 들었다. 아무리 사고를 쳤다지만 고작 그런 걸로 이런 취급은 너무했다.

"안 떠 와?"

"아냐. 빨리 대령해야지."

다혜는 쭈뼛쭈뼛 주방에 들어갔다. 갑자기 울컥 서러워졌다.

"물 만들어서 떠 와?"

잠시 처량한 신세 한탄을 할 기회조차 허락지 않는 잔인한 이 여사는 진정한 이 집의 갑이셨다. 칼칼하게 울리는 이 여사의 음성에 물 한 잔을 대령하자 시원하게 원샷을 하시는 것이었다.

"노처녀."

"진짜 엄마 이럴래?"

다혜는 참다 참다 발끈함을 드러냈다. 심히 거슬리는 호칭에 히스테릭한 증상을 보였지만 끄떡도 없었다. 오히려 눈에서 이글이글 타들어 갈 듯한 불빛이 보였다면 착각이었는지도 몰랐다.

다혜의 이마가 자신도 모르게 찡그려졌다. 언제부터인지 어머니, 이 여사는 자신을 시집을 못 보내서 난리셨다.

"억울하면 시집가든가."

"엄마!"

"어따 또 성질을 내려 해! 그 성깔 때문에 남정네 거시기에 사고도 친 것이!"

맙소사.

앞으로 안 봐도 훤히 보이는 이 여사의 수법이 보였다. 뒤끝이 길어서이신지 이제 그만 우려먹어도 되실 듯한데 결코 그럴 기미가 안 보인다. 아마 평생 우려먹고도 남을 분이겠지만. 애초에 그런 희망적인 바람을 가진다는 게 김밥 옆구리 터지는 상상이었을지도. 빈 컵을 내밀면서 이 여사는 말했다.

"이 사장이 책임지라 안 하던?"

"아악. 엄마, 진짜 왜 그래!"

"그 사람, 마음이 아주 태평양처럼 너그럽네그려."

다혜는 기가 막혔다. 도대체 이 여사는 이현성 그 사람을 언제 보았다고 딸을 앞에 두고 그 남정네의 너그러움에 대해서 논하시는지 모를 일이었다.

"너그럽기는 무슨."

다혜는 이판사판이었다. 대체 언제부터 태평양이 그렇게 좁아졌던가. 그건 너그러움과는 달랐다. 그 사람 많은 곳에서 거시기에 치명타를 입고 자빠졌는데 창피함 때문에 무언가 사고할 여력이 있었을까? 너그러움이란 게 언제 그런 의미로 탈바꿈되었는지는 모르겠지만 다혜가 생각할 땐 그건 아니었다.

"책임질 일 했으면 져야지."

"그런 거 없다니까!"

"없긴 왜 없어? 자칫 잘못해서 그 집안 대를 네가 끊을 뻔했는데."

다혜는 기가 막히고 코가 막히는 상황에 맞닥뜨렸다. 요즘 들어 무수히 겪게 되는 미치고 환장할 노릇이란 게 아주 뼛속 깊이 각인되는 듯했다. 이건 무슨 말을 해도 씨알도 안 먹히고 상상의 나래는 끝도 없이 펼쳐지니 당최 어떻게 할 수가 없을 지경이었다.

"진짜 괜찮았다니까!"

"흥."

아무래도 조만간 이 여사에겐 '묻지마 비뇨기과'에서 아무 이상이 없다는 확인서를 떼서 보여 줘야 믿지 않을까 싶은 생각이 들었다. 그래야만 이 문제를 더는 거론하지 않을 듯했다.

"너는 지금 다행인 줄 알아라, 그게 얼마나 아픈 건지 네가 몰라서 그러지. 당한 자만이 알 수 있는 고통이여, 이것아!"

"알아, 안다고! 나도 그쯤은 알아!"

'근데 정말 그 사람 잘못되었으면 나 한순간 훅 가는 거였네?'

위험하고 발칙한 상상이 나열되며 그날 그 참혹했던 순간이 머리에서 그려졌다. 갑자기 등골이 저릿해지더니 싸한 기분이 올라갔다 내려갔다. 그런 불상사는 일어나지 않았다는 게 얼마나 다행인가. 비록 재수가 없었던 상황이었지만 마무리는 그나마 제 딴에는 잘한 듯했다.

"네 방에서 벨소리 울린다."

"응?"

이 여사의 말처럼 저 건넛방에서 우렁차게 빰빠빠 하며 벨소리가 들려왔다.

"가서 전화나 받아. 벨소리도 꼭 지 같은 걸로 해요."

다혜는 쌜쭉하니 이 여사를 바라보다 저 멀리 방 안에서 울리고 있는 기특한 핸드폰을 향해 가벼운 발걸음을 옮겼다. 안 그랬다면 계속 이 여사 옆에서 별것도 아닌 일로 꼬투리 잡혀 고문 아닌 고문을 당하고 있었을지 모를 일. 기회는 이때뿐이라는 걸 알고 잽싸게 자리를 피했다.

"누구냐. 이 여사에게 해방을 시켜 준 이는? 내 특별히 너를 예뻐해 주마."

기분 좋게 룰루랄라 하며 핸드폰을 집어 든 순간 난생처음 보는 번호 앞에서 고개를 갸웃거렸다.

"누구지?"

목록에 뜬 낯선 번호를 의아하게 바라보았다. 이런 야심한 저녁에 전화를 하는 사람은 누구일까. 보통 오후 9시가 넘어서면 오는 전화가 없었다. 그 묻지도, 따지지도 않고 빠른 대출을 콜해 준다는 사람들도 밤에는 휴식을 취하지 아니한가. 누군지 궁금한 마음에 통화 버튼을 눌렀다.

"여보세요?"

다혜는 혹시나 하며 목소리를 쫘악 깔고 착한 마음을 담아 말했다. 그리고 곧 후회가 밀려왔다. 왜 이 전화를 받았을까? 이 손을 저주하고 싶었다.

'오, 젠장맞을.'

괜히 받았다. 예뻐해 주긴 개뿔! 차라리 대출 전화가 훨씬 나았다. 결코 다시는 듣고 싶지 않은 음성이 수화기 너머로 들려오고 있었다. 그냥 거실에서 이 여사와 담소나 나눌 걸 뒤늦게 후회를 한들 이미 머리와 따로 노는 입은 열심히 대답하기 시작했다.

주말이 아닌 평일에 사내를 만나 보긴 처음이었다. 멋스럽고 깔끔한 슈트 차림으로 나타난 사내는 약속시간에 맞춰 나타났다.

"오래 기다렸나요?"

"아뇨."

딱히 그에게는 할 말이 없었다. 멀뚱멀뚱 쳐다보기도 뭐하고 그렇다고 처음 보자마자 거시기는 이제 괜찮나요? 물어보며 굳이 자신의 만행을 도로 되새길 필요는 없었다.

"갑자기 시간 내라고 해서 미안합니다."

"아니에요."

사내가 나타나자마자 뜨거운 시선이 몰려들었다. 그리고 그 시선 속에 따갑게 느껴지는 시선 또한 있었다. 아마 잘난 남자를 만나고 있는 그녀를 향한 시선일 것이다. 다혜도 그들의 시선이 무엇을 뜻하는지 안다.

그나저나 이 남자, 볼수록 외관은 정말 잘나고도 잘나셨다. 지금 사람들의 시선이 한곳으로 모여드는 걸 이 사내는 알까? 다혜는 그를 보면서 속으로 조금 아주 조금은 한탄했다.

'허우대, 마스크는 백 점인데 왜……'

"뭐 마실까요?"

"배고파요. 밥 먹으러 가요."

그를 감상하는 와중에도 찾아오는 신호에 솔직하게 말했다.

다혜는 진정으로 배가 고팠다. 배에서는 뱃가죽이 등짝에 붙을 지경이니 어서 바삐 밥을 내놓으라고 아우성치고 있는 중이었다.

아무리 생각해도 그간 이 여사의 구박에 제대로 영양을 섭취하지 못한 이유도 포함된 듯했다. 그게 비록 불편하게 느껴지는 사내와 밥을 먹는 것이라도 일단 살고 봐야 할 일이지 않는가.

튼튼한 위는 체하는 법을 몰랐다. 그러니 이 남자와 밥을 먹는 것에 아무 거리낌도 없었다. 그저 굶주린 배만 채우면 될 일이었다. 어차피 시간은 때워야 하니 식사하며 적당히 시간 때우고 간단히 상대한 뒤 집에 가면 그만이었다.

'뭐를 먹을까?'

카페서 장소를 옮겨 레스토랑에 도착한 다혜는 앉자마자 스피드하게 메뉴판을 펼쳤다. 지금 그녀의 상태는 눈앞에 음식이라도 있다면 이것저것 가리지 않고 다 먹을 수 있을 정도였다.

"점심을 제가 좀 부실하게 먹었어요."

이리저리 메뉴를 고르다 와 닿은 시선이 부담스러워서 말 같지도 않은 변명을 내뱉었다. 분명 점심을 밥 한 그릇을 뚝딱 해치웠는데도 왜 이리 속이 허한지 이 여사의 구박은 먹어도 허기를 느끼게 하는 재주도 있는 모양이다.

"드시고 싶은 대로 시키세요."

"그래요?"

다혜는 어차피 먹다 죽은 귀신 때깔도 좋다고 이미 이 사람이나 자신이나 챙길 이미지도 없고 먹고 보자는 심보로 이것저것 주문하고 보니 생각보다 많은 양이 주문되었다. 그래도 사내는 그저 흐뭇하게 미소를 짓고 있었다.

'저 인간, 또 실실거리네.'

"이야기 들어 보니 꽤 높은 직급에 계신다면서요?"

"네. 다혜 씨는 어떠세요?"

"저야 뭐, 활기찬 어린양들 바른길로 인도하는 길잡이죠!"

다혜는 꿈과 희망을 먹고 사는 어린양들의 선생님이었다. 하지만 이 여사는 팩하니 외면하며 비웃으셨고, 주변 친구들마저 그런 자신을 이상하게 바라보았다.

속된 말로 교대를 진학하고 임용고시에 합격한 순간 다들 놀라워했었다. 아니 자신이 교사가 되는 게 어때서 그런 반응들인 건지. 설마 이 남자도 그런 것인가 하며 눈치를 보니 여전히 살인미소를 흩뿌리고 계셨다.

"그래서 다혜 씨가 풋풋해 보이셨군요."

"푸흡!"

앞으로 폭포수마냥 내뱉어진 물이 하필이면 현성의 면상 위에 흩뿌려졌다. 망했다가 절로 기어 나왔다. 왜 하필이면 물을 마시고 있을 때 그런 말을 하는 거야!

"아……."

잇새로 한숨이 흘러나왔다. 한순간에 잘나디잘난 사내는 갑작스런 물세례를 받은 꼴이 되어 버렸다. 갑자기 머리에서 떠오르는 문구가 생각났다.

최악의 시간을 보내고 계십니까? 여기 그 현장이 있습니다.

아마 그 말은 지금 이런 상황을 두고 한 말인 듯했다. 진정 추태의 끝은 어디란 말인가. 다혜는 본인의 실수에 한숨을 내뱉었다.

"괜찮으세요?"

조용히 사내가 손수건을 꺼내 얼굴을 닦아 내렸다. 다혜는 요즘 들어서 미치고 팔짝 뛸 일이 왜 이리 많은지 모를 일이었다. 정말 이 사람은 볼수록 매력이 넘쳐나는 게 아니라 볼수록 미안한 감정을 마구 날리게 해 주니 이래서 더 불편한 것이다.

"미안해요. 절대 전……."

"압니다. 고의로 그런 게 아니겠죠."

그의 뼈가 있는 말이 팍하니 가슴에 안겼다. 진실로 그녀는 이런 사람이 아니라고 해명을 하고 싶은데 그동안 뒤따라온 행동은 결코 믿음을 줄 수 없는 그런 것들뿐이었다. 가뜩이나 그런데 미안함마저 쌓이니 이것도 못할 짓이었다.

다혜는 슬쩍슬쩍 그의 행동을, 표정을 살펴보았다. 그의 낯빛에서 일말의 불쾌함이 묻어 나오진 않았을까 하며 조마조마했다.

"그것 봐요. 만나면 꼭 이상한 사달이 나잖아요."

힘없는 하소연이 나왔다. 다혜는 일부로 그러려고 그런 건 아니었다. 갑자기 풋풋이란 단어에 자신도 모르게 뿜어져 나

온 걸 어쩌란 말이냐아아아 하고 소리를 치고 싶었지만 그럴
수 없다는 게 문제였다.

"신경 쓰지 않으셔도 됩니다."

"저기요."

"이현성입니다."

"네, 현성 씨. 앞으로 한 번만 더 참으시면 돼요. 그럼 이런
일 안 겪으셔도 되고요."

다혜는 나름의 위로를 한답시고 웃으면서 말했는데, 사내의
인생이 급격하게 확 바뀌었다. 물을 뒤집어썼을 때조차 저런
표정을 지은 적 없던 사람이 갑자기 차가운 표정을 하니 조금
은 무서웠다.

다혜는 주춤 무엇을 잘못 말했는지 방금 전 했던 말을 다시
되풀이해서 생각해 보았다. 아무리 짚어 본들 그다지 그의 신
경을 거슬리게 한 말은 안 한 듯한데 사내의 미간에 주름이
잡히고 있었다.

"이현성 씨."

"……."

사람 속내를 꿰뚫어 보듯 박혀 드는 시선. 볼 때마다 미소
를 짓고 있던 이의 표정이 저리 바뀌니 이상했다. 거기다 그런
불편한 표정으로 말이 없는 사람을 앞에 두고 계속 보기가 여
간 힘든 게 아니었다.

다혜는 그 순간 티슈를 손에 쥔 채 테이블에 남아 있는 자
신의 잔재물을 닦아 내었다. 여전히 그는 꼼짝도 없었고, 뚫을

듯한 시선은 계속되었다.

'왜 저래? 나 또 뭐 잘못했나? 무슨 실수를 저지른 건가?'

사람이 갑자기 훅 바뀌니 괜히 안절부절 가만히 앉아 있을 수가 없었다. 무엇이 저 사람의 심기를 건드렸기에 북풍한설 같은 싸늘하고도 매서운 표정을 짓고 있는지 낯설고도 불편했다.

"김다혜."

"네, 네?"

갑자기 호명된 이름에 퍼뜩 고개를 들어 그를 바라보았다. 그의 꾹 다물어진 입매가 비틀리듯 올라가 있는 게 눈에 보였다.

"어째서 한 번이지?"

"네?"

화가 난 사람처럼 굳어진 표정이 비틀린 입매와 묘하게 어우러져 음산한 분위기를 자아냈다. 그 순간 그가 자신의 이름만 불렀다는 것도, 반말을 하고 있다는 것도 눈치챌 수가 없었다. 단지 이 분위기가 꺼림칙하게 느껴졌다. 마치 그에게서 뿜어져 나오는 기운이 한 치의 뜻도 거스르지 못하게 하는 느낌이었다.

"말해 봐."

"뭐, 뭐를요."

"어째서 그리 단정하지?"

"두 번 만나기로……."

다혜는 고개를 갸웃거리며 생각했다. 저번에 분명 그와 두 번의 만남에 대해서 약속을 했고 그래서 지금 오늘 이 자리에 나온 것인데 무슨 뜻으로 그가 이런 말을 하는지 모를 일이었다. 더군다나 저렇게 무서운 표정으로 말하니 입을 떼기도 애매했다.

"아, 그래서 그랬나? 헌데 어쩌지? 앞으로 나는 그럴 생각이 없는데."

이게 무슨 개떡 같은 말인가. 사람이 급 정색을 하면서 말하는 것도 당황스러운데 들리는 말은 더욱 황당하게 만들었다.

"이현성 씨!"

"요 근래 내가 자주 들었던 말이 무슨 말인지 아나?"

"뭐, 뭔데요!"

"네 거기는 안녕한가."

그의 말에 다혜는 입을 다물 수밖에 없었다. 다혜의 시선이 맞은편 사내의 얼굴에서 가슴팍으로, 그리고 보이지도 않는 그 어딘가를 향해 점차 내려가고 있었다. 그러다 번뜩 정신을 차렸다. 분명 사고를 친 것은 그녀였지만, 사후처리까지 최선을 다했었다. 근데 이게 왜 다시 짚고 넘어가야 할 문제가 되었을까.

"사람은 책임질 짓을 졌으면 책임을 져야 한다는 거 순진무구한 어린양을 가르치는 교사라면 더 잘 알 거라고 생각하는데 아닌가?"

충격적인 사실이 머리를 강타했다. 그랬다. 그녀는 매일같이 어린양들에게 말했다. 책임감 있는 사람이 되자고. 슬기롭고 바른 사람이 되자고. 근데 지금 이 상황과 이게 맞아떨어지는 말인지 도통 헷갈려 제대로 된 사고 자체를 할 수가 없었다.

"그, 그게."

"내 말이 틀려?"

그의 입바른 말에 다혜는 더욱 할 말을 잃고 말았다. 이렇게 직접적으로 이야기를 대놓고 하니 뭐라고 해야 할지, 아니 입이 열 개라도 할 말이 없었다.

곧 눈앞에 맛깔스러워 보이는 음식들이 놓였다. 군침을 돌게끔 맛나 보였던 음식들이 놓였지만 아까까지만 해도 배 속에서 요동치던 굶주림이 쏙 들어간 듯 조용했다.

"김 선생. 사람은 누구나 책임을 질 때는 화끈하게 져야 하는 거야."

"……."

"안 그래?"

"그, 그렇죠."

다혜는 무언의 압박감에 대답했다. 그의 표정이 그녀를 조종이라도 하는 듯 그에 맞는 대답만 하게끔 만들었다.

"말해 봐. 그래도 한 번이야?"

"아, 아니죠."

"그렇지. 먹자고."

그가 이제야 표정을 풀고 웃는다. 그의 기준에서 아주 대만족에 걸맞은 대답을 했기 때문인가.

'뭐지?'

분명 다혜는 방금 무언가에 홀리듯 무슨 말을 한 거 같은데 기억이 안 난다. 단기 기억상실이라도 걸린 듯 생각이 나지 않았다.

"먹자고 어서."

해맑게 그가 웃었다. 그런데 왜 그 웃음이 악마의 웃음처럼 사악하게 보이는지 모르겠다. 이상하게도 뭔가 끝맺지 못한 대화를 한 듯했는데 그는 좀 전까지 무슨 일이 일어났냐는 듯 아무렇지 않게 자신의 접시를 가져가 고기를 썰어 주고 있었다. 아니 이제 그는 신나기까지 해 보였다.

'뭐지? 이 걸쩍지근한 기분은?'

레스토랑에서 먹게 된 스테이크는 이미 저 멀리 어딘가로 사라졌다. 지금 오로지 눈에 보이는 건 홀라당 뼈째 자신을 발라 먹으려는 사악한 놈만이 보일 뿐이었다.

다혜의 머릿속 경고음이 삐뽀삐뽀 울렸다. 여기에 이 사람과 있는 것은 위험하다.

왠지 이대로 있으면 꿀꺽 먹혀 버릴 것 같은 느낌. 아니 느낌이 아니다. 진정으로 와 닿는 꺼림칙한 이 기분을 뭐라고 해야 할까. 며칠 전의 그와는 달랐다. 그는 마치 독이 잔뜩 오른 사자와 같았다. 그에 비해 그녀는 그 앞에서 날 잡아 잡수쇼

하고 있는 토끼 같았다.

'정체가 뭐니?'

무언가 가슴에서 울컥 솟구쳐 오른다. 그건 필시 저 밉살스럽게 웃고 있는 낯짝 때문 같았다. 이미 그는 따가운 시선 따위 아랑곳하지 않은 채 정말 열심히도 고기를 썰고 있었다. 그에 비해 다혜는 고기 써는 일에 집중할 수가 없었다. 왜 아까와 다를까. 분명 좀 전의 고기는 정말로 맛있어 보였다. 그런데 그의 손이 닿을 때마다 작게 잘리는 고기는 독이라도 든 것처럼 위험하게 느껴졌다.

"먹지."

앞에 놓인 접시를 바라보며 알 수 없는 눈으로 사내를 바라보았다. 여전히 그는 남들이 볼 때 살인미소라고 할 수 있을 정도로 매력적인 눈웃음을 미친 듯이 내보이고 있었다. 참 잘생긴 얼굴에 매력적인 미소다. 문제는 홀린 듯 바라보아야 하는 시선이 자꾸 다혜에게는 위험하게 느껴진다는 것이었다.

'뭘까. 지금 이 기분은 뭐라고 설명해야 할까.'

눈앞에 놓인 번지르르하게 나 여기 있소, 맛있어 보이지? 하면서 존재를 과시하는 고깃덩어리를 앞에 두고 다혜는 생각이란 걸 하고 싶었다. 분명 방금 전 무슨 일이 일어났었다. 그것도 필히 그리 넘어가지 말아야 할 일임에도 불구하고 홀린 듯 열렬히 고개까지 끄덕이면서 동의를 했었다.

"안 먹어?"

"네?"

빤히 앞에 놓인 접시를 노려보고 있자 그가 말했다. 살포시 손에 포크까지 쥐여 주는 신사적인 모습을 가장한 가면을 쓴 채로. 하지만 속아 넘어갈 수 없었다. 이미 다혜는 눈앞의 사내가 변했던 모습을 보았다.

"먹어 봐."

'아, 먹어야지. 그래. 먹고 봐야지.'

모양 좋게 한 입에 쏙 들어가게끔 가지런히 잘린 고기를 보면서 다혜는 유체이탈을 경험하고 있었다. 홀라당 혼이 나간다는 그 뜻을.

분명 좀 전까지도 미친 듯이 배가 고팠는데 쉬이 손이 가지 않는다. 이상하게도 먹을 거 앞에서 이렇게 멍하니 넋을 놓고 앉아 있어 보는 것도 오랜만이었다. 인생사 살면 얼마나 살았다고 혼이 나가는 경험을 하게 되는지……. 아니, 이건 유체이탈이 아니라 이미 이현성이라는 남자한테 혼이 삼켜진 것일지도…….

습관적으로 포크를 가져가 조각나 있는 고기를 콕 집어 입에 넣었지만 입에서 흐물거리며 녹아야 할 육질은 고사하고 아무런 맛도 느끼지 못했다. 그저 무언가를 씹고 있다는 것만은 확실하다는 정도였다면 다행이랄까.

"자, 먹어 봐."

어느새 눈앞에 고기 한 점이 어서 입을 벌리라고 떡하니 대령되어 있었다. 다혜는 자신도 모르게 입을 열어 넙죽 그가 내민 고기를 물었다.

역시나 오물오물 입안에서 녹아야 할 고깃덩어리는 살살 녹아내리지도 않은 채 질긴 가죽처럼 느껴졌다. 자꾸 입에는 들어가는데 도통 무슨 맛인지는 모를 고기를 자신도 모르게 그가 내밀면 기다렸단 듯 넙죽넙죽 받아먹고 있었다.

"잘 먹네."

그 순간 나갔던 정신이 퍼뜩하며 돌아왔다. 정신을 차리자 자신의 음식은 손도 대지 않은 채, 다혜에게 열심히 음식을 먹여 주고 있는 그가 시선에 들어왔다.

'헛. 대체 난 무슨 만행을 저지른 거지?'

다혜가 정신을 차려 앞을 보았을 때 기특하단 시선과 함께 그는 입가에 가득 맺힌 함박웃음을 짓고 있었다.

"정말 복스럽게 잘 먹어."

"······."

"보기 좋아."

무엇이 보기 좋다고 하는 것인가. 정신줄을 놓고 넙죽넙죽 받아먹는 모습이? 아니면 복스럽다는 게? 의심 가득한 시선으로 그를 바라보았다. 그런데 갑자기 또 다른 생각이 떠올랐다.

'어라? 이 사람 언제 말을 놓았지?'

그랬다. 저 인간은 아까부터 뚝뚝 말을 잘라 내고 있었다. 편한 사이도 아닌데 말이다. 아니, 그보다 언제부터 그가 말을 놓았지? 생각이 꼬리에 꼬리를 물기 시작했다.

"저기 이현성 씨."

"왜?"

그는 당연하단 듯 자연스럽게 반말로 대답했다.

"왜, 왜 말 놓아요?"

"놓지 말아야 할 이유라도 있어?"

"그, 그게."

"다혜보다 내가 나이 많아. 그건 알지?"

"그럼요."

그녀는 서른. 그는 서른넷. 분명 그가 나이가 네 살이나 많은 건 알고 있다. 하지만 편한 사이도 아니고 앞으로 자주 볼 사이도 아닌데 왜 멋대로? 의문이 끝없이 머릿속을 점령했다.

"그런데?"

"네?"

그는 마치 말을 놓는 지금 이 상황이 불만스럽다는 것이냐고 묻는 투였다. 그의 눈초리가 할 말이 있으면 해 보라는 듯 따갑게 와 닿았다.

"난 이게 편해."

'아, 편하셔서 그러셨습니까?'

목구멍에서 그 말이 터지려 했다. 저 사악한 사내께서 편하고자 반말을 하겠다는데 뭐라고 대답해야 할지 모르겠다.

"다혜가 잘 먹으니까 나도 배가 부르네."

'언제부터 내 배가 당신의 배와 같아졌냐고!'

다혜는 목구멍에서 쉼 없이 넘어서려는 무언가에 인내를 가장해야 했다. 꿈틀꿈틀 자신의 배가 불렀음 불렀지 왜 댁의 배가 부르냐고 말을 하고 싶었다. 하지만 그러기에 저 남자의 눈빛이 이상하게 뒤통수를 간질였다.

"여기 묻었어."

어느새 다가온 사내의 손이 입가의 묻은 소스를 닦아 냈다. 다혜는 눈앞에서 사내가 소스 묻은 손가락을 핥아 내리는 걸 멍하니 보아야 만했다.

느껴진다. 이제까지의 그와는 다르다. 첫 만남과 두 번째 만남 이후로 그를 상대할 때와 분위기가 너무 남달랐다. 이게 저 남자의 본성인가? 그는 구렁이 담 넘어가듯 유유히 흘러가며 움직이는, 이제까지 자신 앞에서 추태를 보였던 그 사내가 아니다.

그는 맹수, 자신은 힘없는 초식동물.

괜히 잘못 건드렸다가 잡아먹힌다. 어떻게든 이 위험한 상황에서 빨리 벗어나야 했다. 더 이상 상대하다간 정말로 뼈째로 발라질지도 모른다.

"일어날까?"

언제 벌써 이리 접시가 깨끗하게 비워졌는지 모르겠지만 중요한 건 이 접시에 있던 고기들이 죄다 자신의 배 속으로 들어갔다는 건 알 수 있었다. 이 비싼 가게에서 좋다고 소문난 육질의 고기를 가죽 씹듯 씹어 먹고 있었다니.

'미안해. 고기님들아.'

다혜는 절망스러움이 몰려왔다. 언젠가 친구들에게 이 가게에 대해 이야기할 때 분명 자신은 소가죽보다도 질기디질긴 무언가를 씹고 나왔다고 이야기해야 할 판국이었다. 애처로움도 잠시 다혜는 바삐 자리에서 일어났다. 한사코 이곳에서 벗어나고 싶었다. 아니 솔직히는 이현성이라는 사악한 놈에게서 벗어나고 싶었다.

'아싸.'

레스토랑을 빠져나오기 무섭게 마음속으로 만세 삼창 자유를 외치던 그녀의 귓가에 해방을 방해하는 말이 들려왔다.

"어디 갈래?"

'엥?'

다혜는 재차 들려오는 그의 질문에 제발 잘못 들었기를 바랐다. 그를 향해 의아한 시선을 보이자 당연하게도 그는 빨리 어디 가고 싶은 곳을 말하라는 눈치였다. 설마 이후의 시간까지 같이 보내길 진정으로 바란 건 아니겠죠? 묻고 싶었으나 다혜는 정중히 말했다.

"집에 갈 건데요."

"집?"

"네."

'옴마야!'

다혜는 당연히 그와 식사도 했고 이제 각자 헤어져 집으로 가면 되겠다 생각했었다. 그런데 집에 가겠다는 말에 그의 웃는 낯짝이 또 바뀌고 있었다. 대체 무엇이 저 인간의 심기를 거슬렀을까.

그의 보기 좋았던 눈썹은 자취를 감추고 휙 위로 치켜 올라갔다. 그리고 자연스레 미간 사이로 주름이 잡혔다. 대놓고 마음에 들지 않는다는 따가운 표정이 눈에 확 들어왔다.

다혜는 자신도 모르게 한 걸음 뒤로 물러났다. 그러자 사내가 물러난 거리만큼 다가왔다.

"왜, 왜요?"

"그냥 가려고?"

"그럼 뭐 할 말이라도……."

얼굴도 보았고 밥도 먹었겠다. 거기다 댁의 거시기는 안녕하겠다. 더 이상 무슨 볼일이 남았다고 저러는지 모르겠다. 아니면 차라리 속 시원하게 말을 해 줬으면 좋겠는데 그의 표정은 풀릴 기미조차 보이지 않았다.

"어디 가겠다고?"

"집, 집에 가야죠."

"집?"

다혜가 이번엔 두 걸음 물러서니 그가 그만큼 다가왔다. 지레 뒷걸음질을 치면서 그의 시야에서 최대한 멀어지고 싶었으나 그럴 수가 없었다.

그가 다가올수록 확연하게 보인다. 그의 성난 눈초리가, 그의 비틀린 입매가.

다혜는 아까부터 뒷골을 잡아당기던 그 무언가를 이제야 알아차릴 수 있었다. 그는 완전히 돌변했다. 그리고 이제는 확신한다.

잡아먹힌다. 잡아먹힌다. 이대로라면 꿀꺽 잡아먹힐 것이다.

"집이라……."

"늦었잖아요. 집에 가서 음, 그래요. 내일 이것저것 준비할 게 많으니까……."

당혹스러움에 다혜는 주절주절 입에서 기어 나오는 대로 내뱉었다. 이런 적이 없었는데 이상하게 오늘따라 이 남자 앞에서 자꾸 눈치를 보듯 말을 하게 된다. 이건 필시 저 사내의 음산한 눈빛 때문일 거다. 한참을 나불거리며 떠들어 대는데 갑자기 획 그가 뒤돌아섰다.

"가지."

갑작스러운 그의 행동에 놀라고 있는데 이번엔 골이 난 사람처럼 그가 말했다. 집에 데려다 주겠다는 건가? 아님? 차마 속으로 되뇔 뿐 말은 하지 않았다. 다혜는 그저 얌전하게 그에게 대답했다.

"네."

다혜는 일단 쫄래쫄래 그를 따랐다. 그가 성큼성큼 걷다가 갑자기 보폭을 좁히더니 자신에게 맞춰 주는 게 아닌가. 이미 표정은 한창 골이 난 표정이건만 그래도 사내라고 매너를 보여 주겠다는 듯 행동하고 있었다. 그제야 다혜는 그에게 말을 건넬 수 있었다.

"이현성 씨는 집으로 가는 거죠?"

"아니."

"그럼요?"

"좋은 곳."

다혜는 좋은 곳이란 말의 의미를 해석하기가 어려웠다. 그가 말하는 좋은 곳이 어디인지 모르겠으나 굳이 안 가도 될 듯했다. 다혜는 이만 이쯤에서 이 사내와 안녕을 고해야 할 듯해 조심스레 눈치를 보며 말했다.

"그럼 여기서 전 그냥 돌아갈게요."

"어딜?"

"어디긴요. 집이요."

아까부터 앵무새마냥 집 이야기만 한 게 몇 번인지 모르겠다. 근데 이 답답한 인간은 왜 자꾸 같은 걸 물어보는 건지.

"집은 나중에 가. 일단 좋은 곳 가자고."

"엄마야!"

남정네의 손이 옷깃을 스치고 손목을 타고 내려와 손을 잡아챘다. 일방적으로 잡혀 버린 채 무력하게 다혜는 이끌려갔다.

"집에 가고 싶은데……."

차마 말은 끝맺어지지 않았다. 사내는 자신의 의견은 아랑곳 않고 다혜의 손을 잡은 채 빠르게 걸었다. 다혜는 질질 끌려가는 모양새로 차 안까지 당도했다. 혼미해진 정신은 언제 나갔다가 돌아왔는지 다혜는 이미 안전벨트까지 착하게 착용되어 앉아 있었다.

"저기요."

"현성이라고 불러."

"아니, 그니깐요."

"김다혜."

"네, 네?"

"우리 다혜 선생님은 착한 선생님일 거야. 그렇지?"

또다. 아까도 저런 식으로 혼을 쏙 빼놨었다. 이번엔 결코 무슨 말이 나와도 자신 있게 거절의 말을 내뱉을 각오를 굳건히 하고 있는데 차마 그 뒤에 나온 말로 인해 무너져 내렸다.

"난 김 선생한테 정신적인 피해 보상을 요구할 수 있어. 그렇지?"

"피해 보상요?"

"그래."

"어, 어떤 피해 보상을?"

"나 그래도 나름 사회적인 지위를 가진 사람이야. 그런데 누구 덕분에 아까도 말했잖아. 네 거시……."

"아악. 알아요. 안다고요. 그래도 안녕하다잖아요!"

'그놈의 망할 거시기!'

온몸에 소름이 돋아서인지 솜털이 쭈뼛쭈뼛 다 서 버렸다. 이 여사의 뒤끝도 알아준다고 생각했지만, 이 사내 또한 한 뒤끝 하는 줄은 상상도 못했다. 망했다. 이런 뒤끝 작렬한 사내를 만나다니. 김다혜 인생 서른 살에 마주한 이 개떡 같은 상황. 이건 심청이가 공양미 삼백 석에 몸을 내던지는 것도 아니고 이 무슨 일인 것인지. 거기다 이 사내는 민망한 말을 아무렇지도 않게 말하고 있었다.

"정말 미안하게 생각하고 있어요. 진짜로요."

"음."

여유롭게 운전을 하는 그가 수긍의 제스처를 취하고 있었다. 다혜가 볼 땐 그건 '네가 네 죄를 알렸다!' 와 같은 의미였다. 아니 솔직히 말해서 자신이 저지른 실수? 는 그래도 조금 양호하지 않는가. 누군들 그러고 싶어서 그랬겠는가.

다시 한 번 이 사내와 협상이 필요할 듯했다. 만날 때마다 참사가 일어나는데 앞으로 눈덩이처럼 쌓여 갈 것들을 생각하니 이건 자신도 살고 봐야 할 거 같았다.

"다혜야."

그윽한 그의 음성이 차 안에 울려 퍼졌다. 그는 그녀의 이름을 아주 다정하게 불렀다. 저 그윽한 음성으로. 아, 이건 반칙이다. 저 사내의 미소도, 음성도 이건 절대 이런 밀실과도 같은 이런 좁은 곳에서 듣기엔 고문이었다.

"난 다혜가 좋아."

"……."

"어떻게 생각할지 모르겠지만 좋아."

"히익."

다혜의 입에서 자신도 모르게 이상한 소리가 나왔다. 진지하고도 자상한 목소리는 여자의 마음을 뒤흔들기엔 충분했다. 이 남자 뭐야? 흠흠 헛기침을 하며 창 쪽으로 시선을 돌렸다. 다혜는 이 이상한 남자와의 인연은 여기서 끝냈으면 했다. 그런데 왜 이렇게 약하게 만드는 거야.

"그게 그러니까."

"난 너랑 계속 만날 거야."

"아니 그니깐 두 번만 만나면 된다는……."

"또 같은 말해야 하나? 난 부탁을 하는 게 아니야. 요구지."

그가 운전대를 잡은 채 엄중한 분위기로 고개를 돌려 말하는 순간 다혜는 그의 뜻을 알 수 있었다. 그가 말한 요구란 단어에 모든 게 포함되어 있었다. 정신적인 피해 보상을 만남으로 요구한다는 깊고도 심오한 그 뜻이.

정신적인 피해 보상의 대가를 만남을 통해 지불하라는 일방적인 통보였다.

"아까 김 선생 동의했다."

"네?"

"착한 김 선생은 알았다고 했지. 앞으로 우리는 계속 만날 거라고."

'이 무슨 개뼈다귀 같은 소리가!'

혼이 나갔을 때 열심히 고갯짓했던 게 이거였나 보다. 결국 다혜는 굴을 파도 너무 파서 헤어 나오지 못할 정도로 깊게 팠던 것이었다.

온순했던 그는 이제 없었다. 그저 처음부터 이상하다고 생각한 종자가 여기에 있을 뿐이었다. 그것도 한 공간에서 이렇게 나란히 앉아 그의 옆자리서 버젓이 날 잡아 잡수쇼 하고 있었던 것이었다. 하늘도 무심하시지, 이제까지 얼마나 잘못을 하고 살았다고 이런 일을 당하게 하느냐고 평소에 찾지도 않던 모든 신을 찾아 마음속으로 원망해 보았다. 하지만 그녀가 벌인 일, 그 누구에게 하소연을 할까.

"김 선생."

"네."

"좋은 곳, 어딜 거 같아?"

그의 물음에 주변을 돌보았다. 이미 차는 쌩쌩 달려 어느 한 곳에 주차 중이었다. 눈에 보이는 럭셔리한 건물이 두 눈을 돌게 만들었다.

'로블리에 호텔?'

"엄마야!"

다혜의 탄성을 듣고도 그는 느긋하게 차를 대고 있었다. 아, 미치도록 가슴이 팔짝 뛰고 두려움이 몰려왔다. 그가 말한 좋은 곳이 이런 곳이었다니.

"여, 여긴……!"

그에게 항의를 하려 했지만, 이미 그는 시동을 끄고 나서 차에서 내린 후였다. 휑하니 차 앞을 돌아 조수석의 문을 연 그가 말했다.

"내려야지."

이 남자, 만난 지 얼마나 됐다고 자신을 이런 곳을 데려오는 파렴치한 짓을 버젓이 저지른단 말인가. 입에 거품이 물렸다. 피해 보상의 의미가 이런 거였어? 정말로 자신을 통째로 잡아먹을 생각을 하고 있었다니! 그 순간 다혜는 인내의 허용치가 끊어져 버렸다.

"여, 여긴 왜 왔어요?"

"왜 오다니? 몰라서 물어?"

그는 뻔뻔한 남자였다. 정녕 그걸 몰라서 지금 이리 말한단 말인가. 차에서 나오지 않자 그가 자신을 이번에도 붙잡아 내리게 만들었다. 다혜는 오로지 앞만 향하고 있는 이 남자의 곁에서 최대한 멀리 도망가고 싶었다.

아니, 이대로 당할 순 없다! 그에게 잡힌 손목을 비틀며 다혜는 발악했다.

"집에 갈래요!"

"왜?"

"지금 왜라고 말했어요?"

"그래."

다혜는 당당하게 말하는 사내를 보며 기가 차고 어이가 없었다. 그는 뚫린 입이라고 말은 잘하고 있었다.

"어떻게 사람이 어떻게!"

이해할 수 없다는 그의 표정이 보였다. 이 사내에게는 이런 일이 흔하디흔한 일인지 모르겠지만 자신은 그러질 못했다. 아니 그러질 못하는 게 아니라 이런 걸 환영하는 대한민국의 여자는 없었다. 집에 가겠다고 했는데 끌고 오는 순간부터 이 사내의 검고 흉한 속을 알아차려야 했었다. 차 안에서 좋다고 말할 때부터 알아봤어야 했다. 이 뻔뻔하고도 부도덕한 이 남자의 정체를 말이다.

"나쁜 시키."

갑자기 막말이 터져 나왔다.

"이 시베리안허스키 같은 놈!"

"⋯⋯."

"이 나쁜 놈. 이 음흉한 놈. 천하의 바람둥이 시키."

한 번 터진 욕설은 봇물 터지듯 끝없이 터져 나왔다. 이미 사내의 표정은 더 이상 싸늘해질 수 없을 정도로 싸늘해져 이젠 냉기를 뿜어낼 지경이었다. 하지만 이젠 그런 거에 신경 쓸 필요가 없었다. 이런 개념 없는 인간이었다면, 피해 보상? 내 전 재산을 털어서라도 해 주고 끝을 보고 말 테다.

뒤로 재빨리 물러난 다혜는 씩씩거리며 차 안에서 가방을 챙겨 들었다. 이판사판이었다. 어차피 잘못은 그가 먼저 저지른 것이었다. 저런 음흉한 작자를 계속 상대했다가는 봉변을 당하고도 남을 일이었다. 냉큼 가방을 챙겨 말도 안 되는 상황에서 도망가려 하는데 그의 손이 다혜의 손목을 붙잡았다.

"이 사람이 나를 어떻게 보고!"

이미 치솟아 오를 만큼 화를 머금은 다혜는 인정사정없이 그에게 가방과 함께 꽉 쥔 주먹을 휘둘렀다.

"놔요! 이 변태가 어딜!"

흥분할 대로 흥분을 해서인지 휘두를수록 현성을 맞추지는 못했고, 그 역시 얄밉게도 요리조리 잘도 피했다. 오히려 몸이 묶여 도망가지 못하고 있는 사람은 다혜 자신이었다.

계속된 처절한 몸부림에 휴, 한숨을 쉰 현성이 움켜쥐고 있던 다혜의 팔목을 홱 잡아당겼다. 어어, 하며 다혜의 몸이 그의 몸과 순식간에 밀착되었다.

현성의 몸과 자신의 몸이 맞붙자 다혜는 사내가 토해 내는 간질거리는 숨결을 그대로 느껴야 했다.

"후회할 일은 안 하는 게 나을 텐데."

비스듬히 고개를 내린 그가 귓가에 나직이 속삭였다. 후회라는 것은 이미 그를 따라온 순간부터 정해진 일이었다.

"김 선생, 발악은 다 한 건가?"

느긋하게 말한 그가 두 손을 들었다. 잔뜩 흥분해 있는 자신에 비해 그는 침착했다. 다 하긴 뭘 다 했느냐고 입을 열려는 순간 그가 그녀의 고개를 잡아채 옆으로 돌렸다.

'오, 맙소사.'

다혜는 머리가, 아니 핏기가 가신 기분이었다. 지금 연출된 이 장면은 뭐지. 그리고 이내 아기자기한 카페 내부에 옹기종기 앉아 있는 사람들이 유리창 너머로 눈에 들어왔다.

참으로 사람의 눈은 신기했다. 왜 맨 처음 저곳이 눈에 보이지 않았는지 모르겠지만, 인간의 신비로운 인체에 대해 어떻게 설명을 해야 할까.

'하느님. 부처님. 알라신님. 정말 저에게 왜 이러세요? 네?'

다혜가 깨닫기 무섭게 현성이 나지막하게 말했다.

"저 커피숍이 나름 유명하다고 해서 데리고 온 건데, 그게 이렇게 욕을 먹어야 할 일인 줄은 몰랐어."

"……."

다혜는 돌려진 고개 때문에 계속 그 커피숍을 바라봐야 했었다. 부끄러웠다. 아마 지금 그녀의 얼굴은 아마 빨갛게 물들어져 있을 것이다. 왜 하필이면 저 호텔 로고만 눈에 들어와서 그런 낯부끄러운 상상을 했냐고 좌절을 했지만 이미 때는 늦어 버렸다.

"김 선생은 참으로 재미나."

다혜는 곧바로 원위치 된 고개 덕분으로 그의 얼굴을 똑바로 마주 볼 수 있었다. 입은 웃고 있으나 눈매가 싸늘하게 빛나고 있는 그를.

"그, 그게."

"평생 먹을 욕을 이 짧은 순간 다 먹은 기분이야."

다혜 자신도 이렇게 앞서 나가 터진 입이라고 온갖 욕을 다 할 줄은 몰랐다. 누군들 상상을 했겠냐고 불쌍한 눈초리를 보였지만 그는 무섭게도 웃고 있었다.

"난생처음 한 여자로 인해 난 요즘 색다른 경험을 많이 겪고 있어."

"저기."

"내가 이래서 김 선생을 좋아해. 안 그래?"

그가 짓고 있는 미소가 음산했다. 화를 참고 있는 그의 모습은 뭐랄까, 인내심의 한계를 보여 주고 있는 듯했다.

두 번째다. 사람의 이목을 잡아끌게 한 것은.

웅성웅성 사람들이 쳐다본다. 아, 제발 쥐구멍이라도 있다면 정말로 들어가고 싶은 이 기분. 아니 자신이 그 쥐구멍을 만들고 싶을 정도였다.

'오, 젠장할.'

빙긋 미소 짓고 있는 그를 보면서 다혜도 요즘 그와 만나면서 아주 특별난 경험을 겪고 있다는 것을 생각했다.

앞서 나가는 김다혜의 인생은 왜 이리 파란만장한 것인가.

4. 사고의 연장,
헛다리의 대가

다혜는 앞으로 닥쳐 올 상황 때문에 몸 둘 바를 몰랐다. 온몸을 감싸고 도는 이 창피함은 결국 그녀가 헛다리의 대가란 것을 알게 해 주었다. 조금만 주위를 더 둘러봤더라면, 아니 그전에 침착함을 보일걸. 아무리 이제 와서 후회한들 시간은 되돌아오지 않았다.

'어쩜 이리도 잘못 짚었단 말인가.'

자책을 수백 번 한들 이미 벌어진 일, 혼자 설레발쳤다가 옴팡 뒤집어쓰고 말았다. 김다혜, 삽질녀로 거듭난 순간이었다. 어서 이 창피한 상황에서 벗어나고 싶어 요리조리 이 사태를 피해 볼 생각이 번개처럼 머리를 스쳤다.

"다혜야."

귓기에 다정하게 들리는 음성이 사뭇 폭풍전야와 같았다.

이미 다혜의 머릿속은 이 현실에서 어떻게 벗어나야 할지 바쁘게 돌아가고 있었다. 하지만 그것도 여의치가 못했다.

"또 도망?"

귀신처럼 알아채는 사내.

눈앞의 사내를 보면서 어떻게 알았냐는 듯이 쳐다보자 그가 기다렸단 듯 씨익 웃었다. 그러더니 그가 고갯짓을 하는 것이 아닌가. 그 방향을 따라가 보니 이유를 알 수 있었다. 어느새 자신도 모르게 뒷걸음질을 치고 있었나 보다.

참으로 인간이란 간사한 존재. 머릿속으로 생각만 하고 있는 줄 알았는데 이미 몸은 그 생각을 실천하고 있으니 말이다. 착실한 몸뚱이 같으니라고. 다혜는 이미 들켜 버린 부끄러움에 자못 아무렇지 않으려는 태연함을 보이려 했었다.

"이번에도 튀려고?"

다혜는 그의 말에 고개를 끄덕일 뻔했다. 사실 그러고 싶었다. 도망가고 싶었다. 그녀뿐만 아니라 이건 어느 누구나 같은 생각일 것이다. 다혜는 또다시 주춤주춤 뒤로 물러서자 아까와 똑같은 모습이 연출되었다. 슬쩍 뒤로 물러나면 곧바로 다가오는 그.

다혜의 얼굴이 발갛게 익었다. 그가 그냥 이대로 보내 주길 바라는 간절한 소망이 담긴 눈망울로 바라보았지만 헛수고였다.

'우리 제발 이대로 헤어지는 게 어때요?'

다혜는 진정으로 여기에서 그와 안녕하고 싶었다. 하지만 속으로 열심히 내질러 본들 그가 들을 수는 없었을 것이다. 가뜩이나 주변에서 키득거리며 웃는 소리까지 겹쳐지자 정말 돌아 버릴 지경이었다.

한 발짝 다가온 그가 자꾸 뒤로 물러서는 다혜의 손을 다시 잡아챘다. 호텔 주변에 있던 사람들의 웅성거림은 꽤 잦아들었지만 흥미롭게 이 상황을 주시하면서 느릿느릿 걸어가는 이들이 대부분이었다. 왜 아니겠는가. 한 여자의 삽질 퍼레이드라는 돈 주고 못 볼 구경을 하고 있는데 이런 기회를 놓칠 사람들이 어디 있을까. 그녀 같아도 보고 있었을 것이다.

"김다혜. 아니 김 선생."

"네."

다혜는 이미 붙잡힌 손을 원망 서린 시선으로 보았지만 우악스럽게 잡힌 손은 도통 놓일 기미가 없었다. 좀 놓고 이야기해 주면 좋겠지만 아마 그는 그러지 않을 듯했다. 이제 그를 버리고 도망치는 건 불가능해 보였다.

"그렇게 쳐다봐도 소용없어. 또 도망가려고? 두 번은 안 당해."

"아니에요."

"궁금해. 다혜에게 도대체 난 어떤 이미지로 보였을까?"

그의 뚫어질 듯한 시선이 와 닿았다. 물음에 대답을 요구하는 그 시선은 다혜가 느끼기엔 감당할 수 없을 정도로 예리했다. 다혜는 이젠 없는 쥐구멍이라도 만들어서 들어가고 싶은 심정이었다.

"그, 그게."

대답해야 함에도 선뜻 대답을 할 수가 없었다. 이현성 그를 어떻게 생각하고 있었을까. 처음에는 이상한 사람으로 뇌리에 박혔다. 나사가 한두 개쯤은 풀린 사람이라고 생각했었던 거 같았다.

두 번째 만남에서는 약간 싸이코 기질을 가진 사람으로 생각했었던가? 그리고 그 후에는 어찌 보았던가.

하지만 머릿속에서는 생각을 다 끝낼 수가 없었다.

"내가 그렇게 파렴치한 놈으로 보였단 말이지."

그는 대답도 하기 전에 결론을 내렸다. 하지만 그 말에 다혜도 크게 이의를 제기하진 않았다. 사실이 그랬다. 저 로블리에 간판을 보는 순간부터 머릿속에는 차마 상상하고 싶지 않은 그림이 그려진 것을 어찌한단 말인가. 그것이 결국 이런 화를 불러들이고 덫이 되어 버린 것 또한 이제야 알았으니 문제였다.

"그랬군. 그랬단 말이지."

그가 한 손을 들어 자신의 턱을 매만지는 모습이 이상스레 위험스럽게 보였다. 창피함 사이로 느껴지는 불길한 이 떨림은 대체 무엇인지 모를 일이었다. 다혜는 그가 그럴수록 뒷걸음질치고 싶었다.

"이현성 씨."

"그렇게 음흉하고 나쁜 놈으로 보였단 말이지. 그래, 다혜가 말하는 시베리안 허스키 같은 놈?"

잘못 건드렸다.

그의 입가에 말려 올라가는 입꼬리를 보는 순간 깨달았다. 다혜는 그 순간 인정해야 했다. 빌어먹게도 그에게 또다시 여지를 주었다는 것을.

이현성이란 사내를 단 세 번의 만남으로 터득했다 생각했는데 어찌 이리 무덤을 팠단 말인가.

"난 그러니까……."

"그래. 내가 그런 놈이었다는 거네?"

"아니. 제가 착각을 좀 심하게 해서 그러니까 그게……."

"그래서 김 선생은 날 파렴치한 몹쓸 변태로 오인했단 말이군."

다혜는 암담함을 몸소 체험하고 있었다. 주절주절 서슴없이 기어 나오는 말 때문에 확 혀라도 깨물어 버리고 싶었다. 호텔에 카페가 있는 곳은 수도 없는데 어찌 그리 음흉한 생각부터 한 건지. 이걸 누구를 탓하랴. 제 발등을 이리도 찍어 내린 게 그녀 자신인데.

"다혜가 생각하는 좋은 곳은 그런 의미였구나?"

"네, 네?"

"김 선생도 그런 음흉하고 발칙한 상상을 하는군."

"……."

"정말 색다르네."

다혜의 심장이 철렁 내려앉았다. 그가 자신을 어찌 생각하든 일단 저 위험하게 빛나는 눈동자가 무서웠다. 아니 속을 꿰

뚫어 볼 듯 주시하는 그 눈동자가 부담스러웠다. 거기다가 웃고 있는 모습은 또 어떠한가. 잘못 걸려도 한참 잘못 걸린 느낌이 전신을 타고 올라와 머리털을 쭈뼛 서게 만들었다.

"나를 알아보고 왔는데 나의 이런 배려가 그런 식으로 먹혔단 말이지."

"저기 그러니까."

'너님의 배려가 나의 생각과 달라서 이런 사태가 벌어진 거아니냐고요.'

지은 죄가 있어 말은 못하겠고 속으로 말을 삼키고 있었는데 이 뒤끝이 작렬하는 사내는 도통 그만둘 생각이 없어 보였다. 아니 오히려 이 상황을 즐기는 듯 보였다. 밉살스럽고도얍삽한 놈. 마음속에서 무슨 욕이든 못할까. 다혜는 오장육부를 태우고도 남을 열기를 느끼며 욕을 울컥울컥 삼켜야 했다.

"아무래도 우리에겐 대화가 필요해 그렇지?"

"네?"

다혜는 자신도 모르게 화들짝 놀라고 말았다. 대화는 무슨얼어 죽을 대화냐고 그냥 이대로 보내 주면 아니 되겠냐고 눈짓을 해 봤지만, 손목이 아릿할 정도로 억세게 그녀의 손목을잡은 그는 요지부동이었다. 마치 놓아주는 순간 도망간다는걸 예상하고 있는지 손목을 쫙 감아 놔주지를 않았다.

"들어가지."

"어, 어딜요?"

"어디긴 어디야."

"저길요?"

유리창 너머로 옹기종기하게 모여 있는 사람들과 바깥에서 이 풍경을 흥미롭게 보는 이들이 있었다. 이미 얼굴도 팔렸겠다. 쪽팔려 죽겠는데 들어가자고 하니까 선뜻 들어갈 수가 없었다. 아무리 무식하게 용기가 넘쳐흐른다고 해도 다혜는 철면피가 아니었다.

"다른 데로 가면 안 될까요?"

"설마 아직도 그런 상상을 하는 거야? 우리 김 선생 생각보다……."

"어혁. 아니에요. 전 그런 상상을 한 게 아니라 저 카페를 꼭 들어가야만 하냐고 이야기한 거라고요!"

"그래? 설마 다른 상상을 한 건 아니고?"

다혜는 그의 표정을 읽어 내린 순간 얼굴로 전신에 있는 열이란 열이 죄다 모인 듯했다. 머릿속에서는 조금 전에 자신이 저질렀던 일이 주마등처럼 지나갔다. 김다혜. 30세. 평생 할 추태와 삽질을 이 사람 앞에서 다 선보이고 있었다.

그냥 좀 다른 곳으로 가 줬으면 싶건만, 이 시베리안 허스키는 좀처럼 움직일 생각을 안 했다. 그뿐인가! 기회라도 잡았다는 듯 진짜 개처럼 물고 늘어졌다.

훅 올라오는 이 열기를 어찌 식혀야 할지 모를 정도로 얼굴이 후끈거렸다. 이러다 어느 순간 '서울 R 호텔 앞 삽질녀' 해서 동영상이라도 뜨는 게 아닌가 싶은 상상이 머리를 스쳤다. 생각만으로도 끔찍했다.

'오, 빌어먹을!'

최악이다. 누가 그랬는가 상상은 자유라고? 이건 재난의 끝이었다.

"불타는 고구마 같다."

다혜는 귓가에 들리는 그의 음성에 휙 하니 고개를 쳐들어 노려보았지만, 그는 신기한 생물을 보듯 바라보고 있는 게 아닌가. 굳이 말해 주지 않아도 알 만한데 그걸 콕 집어서 이야기를 하다니. 얄미운 인간 같으니라고, 속으로 열변을 토하는데 이미 그에게 붙잡힌 그녀의 몸은 카페 입구 근처까지 질질 끌려가고 있었다. 점점 가까워지는 입구를 바라보자 강한 거부감이 온몸을 통렬하게 자극했다.

"다른 좋은 곳 많잖아요? 차라리 우리 그런 곳을 가요."

"좋은 곳?"

"네."

다혜는 미친 듯이 고개를 끄덕거렸다. 댁 같으면 들어가고 싶겠냐고 물어보고 싶었지만 이미 일을 벌인 건 다혜 자신이라서 말은 못하겠고 격렬히 저항의 뜻을 밝혔다. 그러자 그가 발걸음을 멈추었다. 반듯하게 서서 무슨 생각을 하는지는 모르겠지만 그나마 자신의 의견을 들어주려나 생각하니 조금은 열이 가라앉는 듯했다.

"좋은 곳이라?"

"네."

"아하. 그래? 어디? 여기 아니면 설마 위?"

밉살스럽게 그가 손가락을 위로 치켜들었다. 그 손동작을 바라보며 다혜는 생각했다.

'지금 너님은 무엇을 가리키는 겁니까?'

손가락 끝이 향하는 곳을 바라보고 다시 사내의 얼굴을 바라보았다. 그리고 그 뜻을 파악한 순간 그 자리에서 동상이 된 듯 굳어 버리고 말았다.

'위라니? 누구 마음대로!'

아니, 전생에 무슨 원한이라도 졌다고 이런 시련을 맞게 하냐고 물어보고 싶었다. 재앙도 이런 재앙이 없었다. 올해 자신에게 삼재라도 들었나 싶다. 이런 개 같은 재난이 있을 수가 있을까.

"싫어?"

"이현성 씨."

"왜? 좋은 곳 가자며? 난 다혜가 그런 생각을 하는지 알았지."

그의 놀리는 듯한 말투. 보자보자 하니 어느새 사내의 페이스에 말려들어 가고 있다는 걸 알았다. 거기다가 이 사내와 만나면 항상 일이 터진다는 건 알았지만 이건 너무하단 생각이 들었다. 다혜는 사내를 노려보았다.

"집에 갈래요!"

"누구 마음대로?"

"내 마음대로요!"

지렁이도 밟으면 꿈틀댄다고 다혜는 그의 놀림 섞인 말에 떡하니 집에 가겠다고 몸을 틀었다. 처음에 봤던 인상과 그는 달랐다. 처음에는 그래도 사람이 어수룩해 보이기라도 했는데 지금은 남을 가지고 능청맞게 상황을 이끌고 있었다.

"우린 순수한 대화를 나눠야 하지 않겠어?"

"순수?"

그가 말하는 순수의 개념을 물어보고 싶었다. 지금 딱히 그가 하는 말이 순수와는 거리가 너무 멀어 보였다. 그런데 감히 그런 단어를 입에 올리다니.

"그래. 우리 서로에게 주고받아야 할 빚이 있는 관계잖아."

굳이 관계라고까지 할 게 없다고 생각했는데 그는 아니었나 보다. 빨리 이 뭐 같은 상황을 정리하고 싶을 뿐이었다. 다혜는 그 순간 오늘 그 빚이라는 거 다 청산해 버리겠다는 결심을 했다.

"그래요. 우리 대화를 하자고요."

"가지."

"여긴 싫어요. 딴 곳으로 가요."

그녀의 바람대로 그 문제의 카페에는 들어가지 않게 되었다. 대신 아까처럼 둘이 밀실과 같은 차 안에서 그가 집까지 데려다 준다는 명분으로 나란히 앉아 있어야 했다.

좁은 공간에서 그의 시선이 자신에게 닿자 다혜는 마른침을 꼴깍 삼켰다.

"당신과 만나려면 난 대체 목숨이 몇 개여야 하는 거지?"

"네?"

"오늘도 자칫했다 변태로 오해받아서 생명의 위협을 느껴야 했던 상황 같은데?"

고개가 저절로 숙여졌다. 사실 아까 전의 상황은 그녀의 섣부른 판단이 불러온 재앙이었다. 하지만 그렇다고 절대 생명에 위해를 가할 정도는 아니었다.

'너님이 오해할 만한 행동을 하지 않았소?'

생명의 위협이라니 그 정도는 아닌데. 이 남자, 생사람 잡네. 그래서 안 만나도 될 거 같다고 했는데 굳이 죽자고 만난다고 한 이는 이 사람이 아닌가. 갑자기 이 무슨 봉창 두들기는 소리인가.

다혜야말로 이 맞선을 주선한 이를 만나보고 싶었다. 대체 대관절 무슨 원한이 있어서 꽃다운(?) 서른 살에 이런 사내와 이런 실랑이를 벌이게 만들었냐고 물어보고 싶었다.

"김 선생."

"네."

"첫 만남에서는 정신병자 취급하며 도망가고, 두 번째 만남에서는 니킥을 날려 주시고, 세 번째 만남에서는 변태로 낙인 찍고, 다음번에는 어떻게 할 거지?"

그가 대놓고 나열하자 할 말이 없었다. 괜히 죄짓는 기분이 들었다. 가슴 한복판이 찔릴 만큼 그가 말한 내용은 다 사실이었다. 양심이 콕콕 쑤셔 왔다. 다음번에는 정말 무슨 일이 일어날지 이제 본인두 모를 일이었다. 그와 만나기만 하면 사고의 연장선인 걸 그녀가 미리 알아차릴 수도 없는 것을.

"글쎄요."

"미리 좀 알고 나도 대책을 마련해야지? 안 그랬다면 오늘 정말 니킥이 아니라……."

"저 그리 폭력적인 여자 아니에요!"

다혜는 억울했다. 그날도 그러고 싶어서 발이 나간 게 아닌데 이미 폭력성이 다분한 여자로 찍힌 듯했다. 그리고 따지고 보면 이현성 이 사람도 그럴 만한 여지를 주지 않았던가.

"그리고 이현성 씨가 만나자고 해서 벌어진 일이잖아요. 그럼 앞으로 보지 말든가!"

말을 내뱉자마자 무섭게 찔러 들어온 시선에 입을 꾹 다물었다. 다혜는 살짝 그의 눈치를 보며 창문 쪽으로 고개를 돌렸다.

"아까 내가 한 말 잊어버렸어?"

"뭐요?"

"앞으로 계속 만날 거라는 거."

무표정의 그는 여전히 만남을 고수하고 있었다. 생명의 위협까지 느낀다는 사람이 그 와중에 무슨 주구장창 만나자고 하면서 포기를 하지 않았다.

"진짜예요?"

"빚졌잖아."

"빚이요?"

그에게 무슨 빚을 졌나 생각하니 그가 피해 보상이란 입 모양을 나타내며 웃어 젖혔다. 그놈의 피해 보상. 누가 보면 크나큰 사고라도 쳤거나, 돈이라도 들고 도망간 줄 알 것이다. 하물며 저 피해 보상이 대체 어떤 뜻으로 해석해야 하는 것인지 누군가가 알려 줬으면 하는 바람도 생겼다.

"빚졌으니 만나는 횟수도 늘어나야지. 보상은 그런 거야."

"헐."

다혜는 정말이냐는 시선으로 그를 바라보았다. 진심이 담긴 그의 미소가 화답처럼 날아왔다. 그 비싼 스테이크를 질긴 가죽처럼 먹었는데 어떻게 잊겠는가.

'망할 놈의 보상!'

"있잖아요. 솔직히 제가 찔리는 감이 있어서 드리는 말인데요. 왜 굳이 저예요?"

"그게 궁금해?"

다혜는 솔직히 이 꼴, 저 꼴 다 겪고 보고 있는 마당에 왜 끈덕지게 만나야 하는지 몹시도 궁금했다. 제대로 된 사람이라면 뭐 이런 여자가 다 있나 싶어 재수 없다고 안 만나는 게 정상인데도 그는 무지막지하게 억지까지 써 가며 만남을 이어가려고 한다.

"왜 이 안 좋은 꼴을 다 당하면서 당신 곁에서 안 떨어지냐고?"

현성의 말에 다혜가 고개를 끄덕였다. 본인에게 물어보기는 참 민망한 물음이었지만 다혜는 그가 속 시원히 말해 주길 바랐다.

"김 선생이 날 어떻게 생각하고 있는지는 충분히 알고 있어."

알고 있으면서 왜 자꾸 이러는 것인가! 답답해하는 다혜의 표정을 보고 있음에도 그는 여전히 동문서답처럼 알쏭달쏭한 답을 내놓고 있었다. 어떻게 생각하는지는 이제까지 만남으로 알 것이다. 그럼에도 알 만하다면서 왜 그러냐고 묻고 싶어졌다.

'근데 댁은 왜 나와 계속 만나려고 하냐고!'

"굳이 맞선이 아니어도 여자분을 만나실 수 있으셨을 텐데 왜?"

"왜 맞선에 나왔냐고?"

"네."

"왜 괴롭히냐고 물어보고 싶은 게 아니라?"

다혜는 순간 뜨끔했다. 겉이야 모르겠지만 속으로 '왜 하필 나예요?' 이러고 수없이 묻는 상상을 하고 있었는데 족집게처럼 그 부분을 찔러 내니 안 놀라고 배길 수가 있겠는가. 다혜는 짐짓 모른 척하며 고개를 돌렸다.

"더 잘나고 좋은 여자분 만나실 수 있으시잖아요."

차 안의 텁텁한 공기도 그랬고 입을 다물고 침묵을 유지하고 가기도 그랬다. 그래서 떠오른 생각을 이야기했다.

다혜는 이현성이란 사내가 궁금해졌다. 남부러워할 거 없는 그가 무엇 때문에 파릇파릇한 여자를 놔두고 맞선시장을 돌아다녀야 했을지 의문이었다. 무엇보다도 궁금한 것은 급소에 킥이나 날리는 여자에게 이리 진득하게 물고 늘어지는 것인지 가장 궁금했다.

"처음이라서."

"네?"

"처음이었어."

그가 무슨 말인지도 모를 말을 내뱉었다. 다혜는 창밖으로 돌렸던 시선을 되돌려 그를 보았다. 그의 옆얼굴을 바라보며 그다음 말을 기다렸다.

'처음? 무슨 소리지?'

"그래. 내 인생에 처음이었어."

운전을 하고 있는 그가 한 손으로 턱을 쓰다듬으며 무언가를 회상하듯 말했다. 다혜가 볼 때 그는 자기 혼자 떠들어 대고 있었다. 그의 인생사를 듣고자 했던 게 아닌데 졸지에 이야기를 듣게 생겼다.

"뭐가요?"

"여자에게 반해 본 게 처음이었다고."

"아……. 네?"

다혜는 진지하게 말하는 그의 말에 수긍을 하다가 놀랐다. 첫 맞선 자리에서 들었던 말. 시종일관 예쁘다와 반했다는 말로 사람을 기함하게 했던 그였다. 그런데 그때완 다르게 처음이란 단어가 추가되었다.

"그 처음이 김다혜 너야."

쿵쾅쿵쾅.

그의 진지한 목소리에 잠잠하던 심장이 갑자기 제 속도를 잊어버린 채 뛰어 댔다. 종이 있다면 지금쯤 사분의이박자로 땡땡땡땡 울리고 있을 것이다. 아까 전 그곳으로 가기 전 차 안에서 들었던 '좋아'라는 말과는 사뭇 달랐다.

어느새 갓길에 세워진 차 안에서 사내의 자신을 집어삼킬 듯한 시선을 마주한 채 듣고 있노라니 정신을 차릴 수가 없었다.

"너였어. 김다혜."

"흐……흡."

다혜는 놀라고 말았다. 갑자기 치고 들어온 사내의 공격. 이 남자, 지금 무슨 소리를 하는 거지? 종소리는 울리고 머리는 굳었다. 하물며 숨 쉬는 것조차 잊어버린 듯 멍하게 입을 벌리고 앉아 있었나 보다.

"김다혜. 숨 쉬어."

"후……. 딸꾹."

다혜는 그의 말을 충실히도 잘 따라 하고 있었다. 마치 얼음 땡 놀이를 하듯 사내의 말에 숨을 쉬었나 보다. 하지만 너무 놀란 나머지 딸꾹질이 차 안을 가득 메운 채 울렸다.

"잊지 좀 마."

망각의 술이라도 마셨는지 잠시 잊고 있었던 오늘의 일들이, 그의 말 한마디에 내리 새록새록 떠올랐다. 아까 차 안에서 좋아한다고 했던 그를. 이 사내가 좋아한단다. 반했다고 했다. 누구를? 바로 김다혜, 자신에게 반했다고 했다.

"그래서 계속 만나고 싶어."

"딸꾹."

"김다혜란 여자에 대해서 더 많이 알고 싶어. 너란 여자를."

다혜가 본 것이 순간의 착각일 수도 있겠지만 그의 미소가 빛 한 점 없는 어두운 차 안에서 눈부시게 빛나고 있었다.

❖

시간은 빨리도 지나가는지 날짜는 그 일이 있던 날로부터 벌써 며칠이나 지나 있었다. 마치 아무런 일도 일어나지 않았다는 듯이 그녀의 생활은 예전처럼 단조로웠다. 하지만 실생활이 그런 거지 머릿속은 달랐다. 그건 아마 어떤 사람으로 인해 비롯된 것일 거다.

'김다혜. 더 알고 싶어. 더 만나고 싶어.'

온통 머리를 헤집고 놔주지 않는 남자 이현성. 잔상처럼 남겨져 버린 그날의 기억. 문득문득 떠올라 다혜를 어지럽게 만들었다. 아직도 그때를 생각하면 죄지은 것도 없는데 얼굴이 홧홧하게 달아올랐다.

'잊지 좀 마.'

그윽했던 목소리. 다정하게 스쳤던 손길. 그리고 그의 눈에서 보았던 열망. 갑작스럽게 터져 나온 딸꾹질에 힘들어할 때 그의 손이 머리를 쓰다듬었다. 그 손길에 화들짝 놀라 고개를 들었을 때 그의 눈빛을 보고 그저 멍하니 있을 수밖에 없었다.

'난 이런 김 선생이 좋아.'

그는 웃고 있었다. 그 모습이 이제까지와 다르게 느껴졌다. 근사한 미소가 감돌았던 그 순간만큼은 힘겹게 토해 내던 딸꾹질 잊었던 거 같았다. 사심 따위는 전혀 느껴지지 않았던 손길. 첫 만남에 새겨졌던 선입견은 어느 순간 사라지고 순수하게 느껴지는 무언가가 그가 쓰다듬어 주는 손길과 함께 박자를 맞추며 안정감을 선사해 주었다.

'쉬이. 딸꾹질이 김 선생을 잡네.'

아이를 어르듯 달랬던 음성이 아직도 귓가에 어른거렸다. 마치 그가 걸어 놓은 주문에 걸린 것처럼 방심하고 있으면 그때의 일이 새록새록 떠올랐다. 그래서일까. 말로는 표현하기 어려운 오묘하고 복잡한 그날의 기억이 마음을 싱숭생숭하게 만들었다.

"김 선생."

갑자기 누군가 옆구리를 콕콕 찔렀다. 그 덕에 저도 모르게 화들짝 놀라고 말았다. 우습게도 나갔던 정신이 순식간에 돌아왔다.

"헛."

불렀던 이는 옆자리 이 선생이었다. 같은 학급을 맡는 다혜보다 두 살 많은 이 선생이 톡톡 책상을 치며 궁금하다는 눈빛으로 뚫어지게 바라보고 있었다.

"요즘 수상하단 말이야? 대체 뭐야?"

"네?"

또다. 대체 이번이 몇 번인지 모르겠다. 이처럼 계속 정신을 놓고 있는 것이. 소리 없이 길게 한숨이 내쉬어졌다. 그 날 이후로 실시간 마실이라도 나간 것인지 정신줄은 하루에도 몇 번이고 들락날락거렸다. 거기다 방금까지도 그러하지 않았는가.

결국 주변 사람이 알 정도가 되었다. 그건 아마도 도둑이 제 발 저린다는 게 맞는 표현 같았다. 다혜는 자신도 모르게 손을 올려 맨얼굴을 쓸어내렸다.

"김 선생!"

"네?"

"이상하단 말이지. 항상 활기찬 김 선생 얼굴에 나 고민 있어요. 하고 도배를 하게 한 사건이 무엇인지 말이야."

'네. 저 정말 고민 있어요. 그것도 아주 심각해요!'

어느새 다혜는 이 선생 말에 자신도 모르게 동조하듯 고개를 끄덕였다. 정말로 고민이었다. 요즘따라 이상하게 가슴 한

쪽이 콩닥거리는 게 본래의 뜀박질을 잊어버린 심장의 말로가 보였다.

이건 다 이현성, 그 사람 때문이었다. 그를 만나고 나서부터, 특히 그 문제의 날로부터 이상한 증세는 계속되었다. 숨차게 달리기를 한 것도 아닌데 심장은 펄떡펄떡 뛰질 않나 머릿속은 우글우글거리며 망상으로 가득 찼다.

무엇일까? 무엇 때문에 이리 고민을 해야 하는 것인지, 마음을 다잡을 수 없는 것인지 누군가 속 시원하게 대답을 해 줬으면 하는 바람이 들었다.

"선생님."

"응?"

"그게요."

'이걸 말해? 아니, 하지 말아야 해?'

다혜는 입술을 달싹이며 어렵사리 말문을 열었다. 이런 경우는 누군가에게 이야기하고 싶지만, 딱히 생각나는 사람이 떠오르지 않았다. 친구들조차 요즘 바빠서 제대로 대화를 나눌 시간이 없었다. 그나마 옆자리에 앉아 있는 이 선생은 항상 친언니처럼 자신을 대해 주었다.

고민 해소를 위해 이야기를 해 볼까 말까 하는 마음이 싱숭생숭하게 갈등을 때렸다. 그런데 그 새를 참지 못한 이 선생이 또다시 옆구리를 찔러 왔다.

"왜?"

"그러니까. 으음."

"뭔데? 빨리 불어 봐!"

부담스럽게도 이 선생님의 눈이 초롱초롱하게 빛나 보였다. 설마 지금 무덤을 파고 있는 격은 아닐까 싶은 생각에 쉬이 입을 열 수가 없었다. 그 순간 이 선생이 조근조근한 목소리로 다시 유혹했다.

"빨리 이야기해 봐, 응? 혹시 알아?"

그 순간 다혜의 마음속에서 이야기하면 고민이 해결될지도 모른다는 악마의 속삭임이 들려왔다. 결국 다혜는 입을 열었다.

"연애하실 때요……."

"어머! 김 선생 연애하는구나!"

다혜는 목소리가 높아지자 미간을 찡그렸다. 산통이 깨진다는 게 이런 말을 두고 하는 말 같았다. 말을 채 다 하기 전에 이 선생의 흥분한 목소리가 귓가에 울렸다. 그것도 교무실이 다 울리게끔 큰 목소리로 말이다.

'아악.'

속으로 비명을 지르며 두 손으로 재빨리 이 선생의 입을 막아 본들 이미 다 퍼진 소리는 어찌할 도리가 없었다. 교무실에 몇 분 남아 계셨던 선생님들의 시선이 몰렸다. 그러곤 사방에서 김 선생 연애 사업해? 이제 가는 건가? 국수 먹는 거야? 축하하네 등등 멘트와 함께 감격스러운 눈빛이 자신을 에워싸는 느낌을 떨칠 수가 없었다. 그녀는 아무 말도 안 했는데 이미 상황은 지레짐작으로 돌아가고 있었다.

심히 창피했다. 이 무슨 상황이 이리 훌쩍 구렁이 담 넘어 가듯 넘어갈 수 있단 말인가.

"이 쌤!"

"부끄러워할 거 없어. 그래, 뭐가 고민이야? 어서 털어놔 봐."

"모, 몰라요."

고민을 덜기 위해 하려 했던 말은 쏙 들어갔다. 다혜가 보기엔 지금 현 상황의 수습이 더 필요해 보였다. 다혜가 한 것은 연애가 아니라 맞선이었으며 그 맞선 과정에 예상치 못한 고백으로 인한 혼란이 일었을 뿐이었다.

"어서 말해 보라니까!"

자꾸 재촉하는 이 선생을 원망의 눈초리로 바라본들 아무 소용이 없었다. 이미 그녀는 더 이상은 초롱초롱해질 수 없을 정도로 눈빛을 밝히며 모든 것을 털어놔 보라는 인자하고도 상냥한 눈을 하고 있었다.

"자자, 그래, 그래서?"

"그러니까 그분이."

"누구야? 설마 박 선생?"

"여기서 박 선생님이 왜 나와요?"

갑자기 튀어나오는 박 선생 이야기에 다혜는 도리어 물어봤다. 그러자 어머 나의 실수, 하면서 이 선생이 싱긋 미소를 지으며 빨리 어찌 되었는지 그다음 이야기를 해 보라고 하는 것이었다.

"선생님. 저 그니깐요. 제가 연애가 아니라요. 제가 맞선을 보았거든요. 근데 상대방이 그니까 저에게 그 머시다냐, 그 거시기……. 그러니까 제가 좋다는……."

"어머. 어머머. 고백을 받은 거구나? 김 선생을 좋아한대? 그런 거야? 어머, 그 남자 너무 멋있다."

다혜는 화들짝 놀라 눈앞의 이 선생을 바라보았지만 이미 어머어머를 연발하고 있는 그녀의 눈은 더 이상 정상적인 눈빛이 아니었다. 혼자 다른 세계로 멀리 떠나신 분 같으셨다.

가셨다. 이미 멀리…… 구만리를…….

다혜는 헛기침을 하며 이 선생의 상상의 나래를 잘라야 했다. 그런데도 아직 이 선생은 한참 심취해 있었다.

"웬일이니, 웬일이야. 드디어 우리 김 선생에게도 봄이 찾아오는 거구나? 그렇지?"

제대로 말을 내뱉지도 않았는데 그녀의 능력은 대단했다. 마치 모든 것을 알고 있다는 듯 이해를 하고 차마 다 말하지도 못한 말들을 알아서 생각하고 결정지어 말하다니! 가히 놀라운 능력이 아닐 수가 없었다. 다혜는 괜히 말했나 싶은 후회가 뒤늦게야 들었다.

"자, 그래서 어찌했어? 그 남정네의 고백에?"

"네?"

"아니, 김 선생 고백을 받은 거잖아. 그래서 그다음은?"

"다음이라니요?"

"없어? 아무것도? 없다고?"

다혜는 눈앞에서 얼굴을 들이밀고 말하고 있는 그녀 때문에 뒤로 몸을 빼내었다. 이미 이 선생의 눈동자는 어서 다른 걸 발설하지 못할까? 이런 눈빛을 하고 있었다. 갑자기 그녀가 부담스러웠다. 아니 그다음이 왜 있어야 하지? 갑자기 들이닥친 이 상황에 대해 곰곰이 생각을 해 볼 필요가 있었다.

"김 선생? 설마 그게 끝은 아니지?"

"네?"

설마라는 말에 다혜는 눈을 오히려 댕그라니 뜨고 말았다. 그럼 그 뒤 무언가가 또 있어야 했던 것인가? 사실 그 뒤 무엇을 했는지 머릿속이 흐릿해진 게 기억이 제대로 나지 않았다. 분명 무슨 말을 주고받긴 했었다. 하지만 딱히 중요한 말이 아니라서 기억에 남지 않았다.

"그런 대답 말고 그래 그 남정네에게 뭐라고 했어?"

"아……무 말도……."

"뭐야?"

다혜는 눈앞에 있는 그녀를 진정시킬 필요성이 느껴졌다. 다혜가 볼 때 이 선생은 본인의 일로 착각을 하신 듯 흥분 상태였다. 다혜는 차근히 곰곰이 그때 무슨 말을 했는지 기억해 보려 했었다.

"아!"

"뭐라고 했어?"

"딸꾹질이 계속 나서요."

"딸꾹질? 웬 딸꾹질이래?"

"놀랐더니……."

다혜는 그날 멈추지 않는 딸꾹질로 인해 정신이 혼미해졌었다. 갑작스런 고백 공격도 물론이거니와 무차별하게 터져 나온 딸꾹질에 숨이 넘어갈 정도였었다.

"설마 고백받고?"

"네……."

뭐 이런 황당한 시추에이션이 있냐는 듯 이 선생의 혀 차는 소리가 들렸다. 그건 다혜 자신도 안다. 안 그래도 그날 그 우스꽝스러운 상황에서 현실 도피를 하고 싶었던 참이었기 때문에 눈앞에서 어이없다는 듯 바라보는 그녀를 제 딴에는 이해하고 있었다.

"그래서?"

"네?"

말을 채 내뱉지도 않았는데 크게 눈을 뜨고 있는 이 선생에게서 갑자기 집에 계신 이 여사의 얼굴이 떠올랐다. 이 얼마나 기막힌 데자뷔 현상인가. 포기를 모르는 불굴의 의지의 그녀. 마치 진실을 가리는 듯 낱낱이 파헤치는 그녀 앞에서 다혜는 마저 끝내지 못한 이야기를 내뱉었다.

"집에 가고 싶다고……."

"뭐?"

다혜의 눈에 더 이상은 커질 수 없을 정도의 눈과 입이 보였다. 갑자기 이 선생이 무섭게 느껴지기 시작했다. 안 그래도 그 일로 신경이 쓰여 죽겠는데 이 선생까지 잘못했다는 눈으로 쳐다보니 더욱 마음이 편치가 못했다.

"진짜 그렇게 말했다고? 진짜로?"

"그런 거 같은데요."

"혹시 말이야. 정말 그러고 끝이었어?"

"네."

다혜에게 있어 그날은 그렇게 끝이었다. 무언가 있을 만한 일이 없었다. 딸꾹질은 순간 멈추었다가 발작 비슷하게 계속 연이어 터져 나왔다. 그는 그런 모습을 보면서 갓길에 세운 차를 움직이더니 어디선가 차를 멈추곤 내렸다. 그리고 곧 생수 한 병을 들고 나타났다.

딱히 그때 이현성 그 사람은 자신에게 대답을 요구하진 않았다. 그저 말하는 이가 알아서 알아들으라는 식으로 보였다.

그는 그랬었다. 너를 좋아한다. 그럼 넌? 이런 대답을 기다리진 않았다. 아마 숨넘어갈 듯 터져 나오는 딸꾹질 때문이었는지 모르지만, 그 순간만큼은 그랬다.

"헐. 도대체?"

약간은 흥분을 가라앉혔는지 이 선생은 이해할 수 없다는 표정을 짓고 있었다. 어떻게 그런 중요한 순간에 그럴 수가 있느냐는 말을 가득 담은 눈으로 그녀를 바라보았지만 다혜는 그 시선을 외면했다.

"어우, 김 선생 사람이 왜 그래? 그래도 혹시 앞으로 연애할 수 있는 상대방한테 가혹하게 어쩌면 그럴 수가 있어!"

이 선생의 말에 다혜가 소리 없이 길게 한숨을 내쉬었다.

그럼 그 상황에서 어떻게 해야 했단 말인가. 놀란 나머지 계속 나오는 딸꾹질에 그가 내민 생수통을 부여잡고 흡수하듯 물을 마신 것뿐이 없었다. 그 후 정적이 감도는 차 안에서 대체 무슨 말을 해야 했단 말인가. 그저 다혜는 조용히 이야기했을 뿐이었다.

"그래서 그 남정네의 고백에 대답은 일언지하에 말도 없이 집에 가겠다고 한 거야?"

"아니요. 감사하다고……."

"김 선생!"

버럭 언성이 높아지는 하이톤의 음성이 귓가를 때렸다. 요즘 들어 김다혜 인생이 왜 이리 불쌍해지고 있는지 모를 일이었다. 안 그래도 이 여사에게 취조를 당했는데 일터인 학교에서마저 이렇게 취조를 당해야 하다니.

다혜는 그 날의 일을 다시 떠올렸다.

'김 선생이 좋아. 이래서 눈을 뗄 수가 없잖아. 나에겐 다혜가 매력적인 여자로 느껴져.'

그의 고백에 다혜의 정신줄은 도로 빠져나가는 듯했다. 지독한 차 안의 정적 속에서는 딸꾹질 소리만이 맴돌았다. 또다시 그의 손길이 스쳐 지나가는 순간 거짓말처럼 딸꾹질이 멈추었다.

'진심이야.'

'저는……'

'정말 김 선생이 좋아. 이래서 눈을 뗄 수가 없잖아.'

이러지도 저러지도 못하고, 다혜는 그 순간 고개를 푹 숙였다. 뒤통수를 맞은 듯 멍해지고 무슨 말을 해야 할지 이미 머릿속은 백지처럼 새하얗게 변해 버렸다. 그와는 딱 3번을 만났다. 그런데 그가 좋다고 고백을 하니 다혜 본인으로서도 무언가 인사를 해야 할 듯했었다.

'감사합니다. 이만 집에 갈까요?'

'어?'

'집에 가고 싶어요.'

하필이면 튀어나온 말이 집이었다. 그 말 한마디에 그는 운전기사 노릇을 착실히 해 주고 떠나갔다. 그날의 일과는 그렇게 끝이 났다. 그런데 이놈의 머리는 그날 이후로 생각이 많아졌다. 그때 분명히 느꼈다. 아니 어쩌면 처음으로 그에 대한 생각이 바뀌었는지 모르겠다.

이상했다. 처음 그를 만났을 때 뭐 저런 인간이 있나 생각했는데 어느새 생각이 바뀌다니. 쓰다듬었던 손길 사이로 그가 지어 보였던 미소에 가슴이 설레었다. 자꾸만 왜 이럴까. 갑자기 그 생각을 하자 가슴이 울렁거렸다.

'딜레마다.'

아리송한 마음이 맹렬하게 솟구쳐 올라 도통 감을 잡을 수가 없었다. 이상하다. 가슴이 이상하게 반응을 하고 있다. 과연 이건 무엇일까. 다혜는 가슴께로 손을 가져다 놓고 아직도 옆에서 혼자 열불을 내고 계시는 이 선생을 쳐다봤다.

"이 선생님."

"응?"

"저, 이상해요."

심장이 갑자기 그를 떠올리자 잔잔했던 고동이 들쑥날쑥 뛰기 시작했다.

5. 작전이 필요한 날

확 트인 야경이 한눈에 보이는 호텔의 스카이라운지는 종종 현성이 찾는 곳이었다. 그저 술이 필요할 때 편하게 찾던 곳이었지만 오늘은 그답지 않게 누군가를 기다리고 있었다.

'내 꼴이 말이 아니군.'

평소 그나마 즐겨 보던 그 좋은 야경조차 감상할 여력이 없었다. 현재 그에게는 아무것도 눈에 들어오지 않았다. 결국, 이렇게 되고 말았다. 이현성 인생에 연애와 여자로 인해 이런 치명적인 오류가 생길 줄은 생각지도 못했다. 아무리 생각하고 고민을 해 보았지만, 머리만 복잡해질 뿐 명쾌한 답을 얻지 못하였다.

'이게 잘하는 짓인가?'

의문이 들었다. 현성은 혼자 해결하고 싶었지만 아무리 시간을 쓰며 고민해도 답이 나오지 않았다. 결국 마지막 방법으로 아니, 어쩌면 최악의 보루일 그를 불러냈다. 그런데 이게 잘한 짓인지 아니면 자신이 무덤을 판 것인지 자꾸 꺼림칙한 기분이 들었다.

"하아."

저절로 내뱉어진 한숨에 잔을 닦고 있던 바텐더의 시선이 느껴졌다. 곧 그 시선이 앞에 놓인 빈 잔으로 향하더니 바텐더가 새로운 잔에 그가 항상 마시는 갈색의 술을 따라 내밀었다. 평소라면 고맙다고 눈짓이라도 했겠지만, 아쉽게도 지금의 현성은 그럴 여유가 전혀 없었다. 뚫어질 듯 눈앞의 술을 쳐다보았지만 오늘따라 술은 아무런 도움이 되지 않았다.

결국 술잔을 잡는 대신 의자에 몸을 맡긴 채 다시 짧은 한숨을 내쉬었다. 누군가 목을 조여 오는 듯 답답했다. 고난도의 업무도 이리 어렵지는 않을 것이다. 그 어려웠던 협상 건도 지금 이 상황에 견줄 수가 없었다. 이건 마치 출구가 없는 미로 속에서 맴돌고 있는 기분이었다. 여자의 심리, 아니 김다혜, 그녀의 심리를 들여다보고 싶었다. 그 많은 능구렁이 같은 사람을 상대해도 이런 난감한 기분은 들지 않았는데…….

"젠장."

나지막한 한숨이 현성의 입에서 터져 나왔다. 얼마나 이곳에 앉아 아무런 감흥도 주지 않는 익숙한 야경을 바라보고 있었을까. 피식 웃음을 흘려내며 잔을 기울이던 그때, 익숙한 한 인영이 눈에 들어왔다.

"어이."

얄미운 낯짝을 한 채 손을 들어 보이는 인간을 보는 순간 뒤늦은 후회를 한들 이미 늦었다는 게 느껴졌다. 어차피 아쉬운 이는 바로 현성 자신이었다. 이제 와서 이게 잘한 짓인지 못한 짓인지 생각을 하기엔 이미 늦었다. 솔직한 심정으로 차마 이러고 싶지 않다고 절규를 한들 뾰족한 수가 없는데 어찌하겠는가. 어쩌면 저 인간의 도움이 필요할지도 모른다는 일말의 기대가 유혹하고 있는 것을.

'까짓것.'

그만큼 절실했다. 그 누군가에게 털어놓고 싶은 답답한 이 문제를 이 웬수 같은 인간에게 털어놔야 한다는 게 마음에 들지 않았지만 한계였다. 연애란 이름 앞에서 이미 현성은 약자가 되어 버렸기 때문이었다.

"왔어?"

"네가 불러 놓고 싱거운 소리 한다?"

"훗."

김민성. 친구이면서 웬수 같은 놈. 자칭 연애의 도사이며 자기 입으로 수많은 여인네를 울렸다고 자랑하는 이였다. 그러면서 그는 사랑하고 사랑받는 일이 가장 좋다고 한다. 이런 모순적인 이야기를 읊조리는 인간이 바로 김민성이었다. 그래서인지 민성의 주변에는 항상 여자가 끊이지가 않았다. 비록 저번에는 실패했지만, 지금은 다른 의미로 그에게서 실마리를 얻고 싶었다.

"한 잔?"

현성은 바텐더에게서 건네받은 잔을 민성에게 내밀었다. 그러자 그는 기다렸단 듯 잔을 깨끗하게 비워 버렸다.

"뭐냐? 보자고 한 용건이 뭐야?"

독하디독한 술을 원샷 하고는 용건을 말해 보라는 저 인간을 보면서 현성은 피식 웃음을 터트렸다. 그 용건이란 게 연애 상담이라고 한다면 눈앞의 이 인간의 표정은 과연 어떻게 변할지 볼만할 듯했다.

하지만 현성은 뜸을 들이며 쉬이 입을 열지 않았다. 한참을 이야기를 않자, 오히려 보자고 한 이는 현성인데 어서 말을 해 보라고 안달이 난 쪽은 민성이 되어 버리고 말았다. 결국 미지근한 반응 때문이었을까 눈치를 보던 민성이 다물었던 입을 열었다.

"빨리 불어라."

"뭘?"

"인간적으로 항상 내가 널 찾아갔지. 네가 먼저 나한테 보자고 한 건 손으로 꼽히거든?"

"그랬나?"

"어쭈, 대답하는 거 봐라?"

생각해 보니 그랬다. 항상 사무실로 쳐들어온 이도 김민성, 그였고 그런 그에게 그만 가라고 등 떠밀듯 쫓아내던 사람은 현성 자신이었다. 이렇게 생각해 보니 오늘 제가 이렇게 민성을 불러낸 일도 드문 일이었다.

"김민성."

착 가라앉은 목소리로 그를 부르자 그의 능글맞던 표정이 자취를 감췄다.

"무슨 일이야? 왜 목소리를 깔아. 이것 봐라. 너 사고 쳤냐?"

"너 말이다."

현성으로서는 이것도 모험이었다. 차후를 생각하면 입이 떨어지지 않았다. 과연 민성의 저 촐싹맞은 주둥이를 믿어도 될는지 걱정이 앞섰다. 얼마나 뜸을 들였을까, 결국 답답한 침묵에 숨넘어간 인간이 버럭거렸다.

"야, 이현성!"

"감사하다고 하는 건 무슨 의미지?"

"뭐?"

침묵을 깨고 나온 말에 민성의 황당한 표정이 눈에 들어왔다. 아마 사람을 물어다 놓고는 뜬금없이 감사하다는 게 무슨 의미냐고 묻고 있는 듯했다.

"쌩뚱맞게 무슨 소리냐?"

"감사하대."

"그건 또 뭔 소리냐?"

현성이야말로 되새기고 곱씹어 봐도 그녀의 말뜻을 이해할 수가 없었다. 그녀가 말한 그 의미는 과연 무엇이었을까? 무엇에 관해 그녀는 감사하다고 한 것일까. 며칠 동안 현성을 괴롭혔던 그 말이 새록새록 또다시 그날을 떠올리게 만들었다.

그녀는 과연 무엇에 감사하다고 했었던 것일까.

"너 여자에게 반해 봤냐?"

"이 자식이 오밤중에 사람 불러서 헛소리를 연발하네?"

"감사하다고 하더라고."

"아놔. 감사한 게 감사한 거지 거기에 뭔 의미를 부여해?
너 일만 하더니 머리가 어떻게 된 거냐?"

옆에서 역정을 내고 있는 녀석의 말소리가 오히려 작게 들
렸다. 현성의 머리는 아직도 복잡하고 혼란스러웠다. 과연 그
녀는 무엇에 감사하다고 했었던 것일까. 고백이 감사했던 것
일까. 아님 좋아해 줘서 감사하다는 걸까. 그것도 아니면 딸꾹
질을 멈추게 해 줘서 고맙다고 한 것일까. 현성의 머리에 오만
가지 생각이 휩쓸고 지나갔다.

"민성아."

"아악. 이 자식 진짜 미쳤나 보네."

"너무 어렵다."

점점 알 수 없는 대화 때문이었을까. 민성이 얌전하게 포기
한 채 말을 기다리고 있는 모습을 보면서 현성은 자조적인 웃
음이 터져 나왔다.

"그녀에게 고백했어."

"뭐?"

웬수 같은 놈의 얼굴이 놀라움으로 변했다. 아마 저도 모르
게 꽥 소리를 질렀다는 것도 모르는 거 같았다. 항상 얼굴에
장난기를 가득 담았던 그의 표정은 황당함을 넘어서 차마 혼

자서는 보기 어려울 정도로 경악을 담고 있었다.

"너, 너……."

현성은 삿대질을 하는 친구를 바라보았다. 민성은 말조차 제대로 나오지 않을 정도로 충격이었나 보다.

"너 미쳤구나? 어떻게? 일이 인생의 다였던 네가 지금 고, 고백을 했다고?"

"어."

"일이 전부일 거 같은 네가? 세상이 두 쪽이 나도 일만 파고들던 워커홀릭 이현성이?"

현성은 아직도 주절주절 떠들고 있는 민성을 바라보며 한숨을 내쉬었다. 소문으로 듣는 거와 직접적으로 듣는 것과는 천지 차이였다. 아무리 일을 좋아한다고 했더라도 저 정도로 기겁할 줄은 생각도 못했다.

가만히 보고 있자 하니 지금 눈에 보이는 민성의 상태는 혼자 무언가를 납득하려고 노력하고 있는 듯했다. 현성은 아무래도 현 상황에 대해 이상한 상상을 그만두게 만들어야 했다.

"김민성."

"현성아. 잠깐 나도 생각이란 걸 하자."

민성의 반응을 보고 있자니 도대체 왜 제가 생각이란 걸 하고 정리를 해야 하는지 알 수 없는 노릇이란 생각이 들었다. 이게 그렇게 놀라운 일인가? 그저 연애 상담을 하고자 했더니 이건 잘못 짚어도 한참 잘못 짚은 듯했다. 얼마나 있었을까. 무슨 생각의 결론이라도 지었는지 민성이 갑자기 자신의 두 손을 붙잡는 게 아닌가.

"현성아."

"뭐냐?"

"돌겠네. 나랑 병원 가자."

"미친놈."

역시 믿을 놈이 아니었다. 고작 내린 결론이 저따위라니. 현성은 갑자기 뒷골에 통증이 느껴졌다. 아무래도 상대를 잘못 선택한 듯했다.

"현성아. 그러지 말고."

"닥쳐."

말이 필요 없었다. 역시 망할 놈의 직감은 거짓이 아니라는 걸. 왜 이놈에게 연애 상담을 하기로 결심했는지 뒤늦은 후회가 물밀 듯이 밀려왔다. 도움은커녕 오히려 복잡했던 머리가 더 엉키어서 난리가 나고 있었다.

'아, 너를 택한 내가 미친 거였다.'

현성은 노골적으로 불만이 가득 찬 표정으로 민성이의 행태를 잠자코 지켜봤다. 아직도 눈앞에서 병원이라느니 미쳤느니, 머리가 혹시 어떻게 된 게 아니냐고 호들갑을 떨고 있는 민성을 한심하게 바라보며 현성은 고개를 젓고 말았다.

"너 가라."

"뭐?"

"머리 아프다. 진정하든지. 아니면 계속 그리 생쇼를 할 거면 술 퍼마시고 그냥 가."

분위기상 장난이 아니란 걸 알았을까. 갑자기 흐물대던 녀석이 급 정색을 하며 표정 갈무리하기 시작했다.

"자. 이제 우리, 심도 있게 네 사랑에 대해서 깊은 대화를 해 보자."

피식, 웃음이 나왔다. 아니 어쩌면 현성은 상대에게서 다른 걸 읽어 냈는지도 몰랐다. 민성의 두 눈이 반짝이고 있는 것을. 갑자기 뒷골이 싸하게 느껴지는 것은 과연 착각인 것일까.

"자, 이 형님에게 어서 말해 봐."

'형님은 얼어 죽을.'

현성이 보기엔 이왕지사 이리된 마당에 더 이상 팔릴 것도 없었다. 친구 놈이 이제야 좀 사람답게 재정비한 모습을 보이기에 며칠 내내 머릿속에 자리한 고민을 털어놓기 시작했다.

쉬이 털어놓지 못할 거 같았던 이야기는 술이 들어가는 순간부터 주저 없이 나왔다. 아마 답답한 속마음을 누군가에게 토해 내고 싶었던 건지도 몰랐다. 과연 그녀가 말한 감사하다는 그 말의 진정한 의미는 무엇이었던 것인지 풀지 못했던 궁금증을 풀고 싶었다.

'감사합니다.'

아직도 그녀의 그 말이 계속 귓가에 맴돌았다. 그녀는 과연 무엇에 감사를 표했던 것이었을까. 그럼 자신이 한 고백은 어찌 되었단 말인가? 도통 생각을 해 보아도 답이 나오지 않았다.

"하아."

하고픈 말을 다 끝내고 나자 한숨이 나왔다. 끝끝내 그를 괴롭혔던 질문. 과연 연애기술의 달인이라고 칭한 친구는 무슨 해답을 내놓을 수 있을지도 의문이었다. 과연 이놈은 그 해답을 알까.

"그 여자분 선수냐?"

"뭐?"

현성은 방금 제대로 들은 것인지 고개를 들어 민성을 바라보았다. 헌데 친구란 놈의 표정은 웃는 낯짝이 아니라 오랜만에 볼 수 있는 진중한 모습이었다.

"아니야?"

"그녀가?"

현성은 실소가 흘러나왔다. 김다혜와 선수가 과연 무슨 연관성이라도 있다는 것일까. 무엇 때문에 그런 말을 하는지 모르겠지만 당치도 않는 말이었다. 하지만 녀석의 심상치 않은 표정이 평소와는 너무나 달라 보였다.

'김다혜가 선수라고? 어딜 봐서?'

"설마 그럴 리가 없어. 그렇진 않다."

"그럼 네가 딸리는 거냐?"

그렇지 않고서야 여자가 너를 마다할 리가 없다는 녀석의 소리에 현성은 웃어야 할지 말아야 할지 몰랐다. 연애에도 기술이 따른다는 놈의 말은 쭉쭉 이어졌다. 연애학 강좌도 아니고 그럼 그렇지. 이젠 살다 살다 친구 놈에게 별소리를 다 듣는다는 생각이 들었다.

하긴 별소리만 들었겠는가. 그녀를 만난 순간부터 이현성 인생사에는 절대 일어날 수 없는 일들이 벌어지고 있지 않았던가. 평생 잊지 못할 경험을 몸소 체험하게 해준 이가 바로 그녀였다. 그래서 지금 이렇게 이 모양 이 꼴로 친구 놈 앞에서 엎어지고 있는 경험을 겪는 중이었다. 그럼에도 포기할 수 없는 간사한 마음만이 맴돌 뿐이었다.

"네 연애 기술이 딸리는 거, 아니면 그분이 타고난 연애 체질이거나? 뭐, 너와 있던 사건들만 생각해도 대단하긴 하지."

말하면서도 위아래로 내려다보는 녀석의 시선이 거슬렸다. 터진 입이라고 말하는 모양새를 보고 있자니 김민성의 입을 한 대 쥐어 패 주고 싶은 충동감이 살살 돋아나기 시작했다.

"내가 틀린 말은 한 건 아니잖아?"

결코 틀린 말은 아니었다. 현성이 생각하기에도 김다혜란 존재는 대단했다. 실상 자신이 이토록 무섭게 한 여자에게 몰두할 수 있게 만든 이가 그녀였다.

갑자기 의문점에서 그녀에 대한 생각으로 옮겨 가자 미치도록 그녀가 보고 싶어졌다. 미치겠다. 그녀는 지금 무엇을 하고 있을까? 조금이라도 자신을 떠올리기라도 할까? 현재 현성의 모든 신경과 정신은 그녀에게 향하고 있었다. 바로 김다혜 그녀에게로.

"무엇보다 너 같은 놈을 이렇게 흔들 수 있다는 점에서 점수를 후하게 쳐주고 싶다."

그 뒤로 민성은 기념주를 마셔야 한다고 노래를 불렀다. 이렇게 사람을 변하게 할 수 있냐는 둥, 이제야 사람 냄새가 난다는 둥 이상한 소리를 해 대기 시작했다. 오히려 녀석은 친구 놈이 여자에게 너무 관심이 없어 보여 혹 이상한 쪽으로 생각하고 있는 건 아닌지 의심까지 들었다는 헛소리까지 지껄였다.

"뭐야?"

"그렇잖아. 여자들이 그렇게 달라붙는데 관심 없어 보이면 그렇지 않아? 아, 이 형님이 너무 기쁘다."

민성은 제 일처럼 좋아했다. 그의 변화가 감격스럽다고 했다. 누가 이현성에게 뜨거운 심장을 일깨워 줬는지를 대단하다고 연신 손을 치켜세웠다.

"정말 대단해!"

현성이 사랑에 빠진 모습이 낯설면서도 차차 연애의 참맛을 알았냐느니 대체 변화시킨 주인공이 누구인지 감사의 인사를 하고 싶다는 엉뚱한 소리까지 했다.

"네가 여자 문제로 내게 면담을 요청하다니. 그것도 워커홀릭 이현성이?"

언제 일 외에 무언가로 이렇게 고민을 한 적이 있었던가? 아무리 손에 꼽으려 해도 꼽을 수가 없었다. 이미 예전과 많이 달라져 있다는 것을 굳이 말하지 않아도 현성도 느끼고 있었다. 알고 있다. 지금 이런 모습은 평소의 모습과는 너무나 다르다는 것을. 하지만 지금은 그런 게 중요한 게 아니었다. 의문점과 해결점을 찾아야 했다. 그게 바로 오늘 만남의 목적이었다.

"내 질문에 대한 답은?"

"흐음."

대답하지 않고 녀석은 그저 느긋하게 자세를 취할 뿐 그에 대한 답을 말해 주지 않았다. 오히려 목이 타고 급한 건 현성 자신이었다.

"몰라?"

"너 설마 그 숙녀분에게 개같이 물어 댄 거 아니냐? 그래서 기겁을 하게 만든 건지도?"

"……."

"잘 생각해 봐. 설마 고백이 아니라 협박을 했는지? 아니면 너 혼자 고백을 한 거라고 착각을 한 건 아니고?"

"너 날 대체……."

"그게 아니라면 그녀는 널 왜 마다했을까?"

현성은 녀석의 질문에 잔뜩 인상을 구겼다. 그 대답을 알았다면 이 쪽팔림을 무릅쓰고 물어보지도 않았을 거라고 속으로 수없이 말을 되뇌었다. 하지만 눈치마저도 없는 친구 놈은 열심히 주둥이를 놀렸다. 그것도 사람 속을 뒤집어 가면서 말이다.

'뭐? 고백을 착각한 걸지도 모른다고? 이런 것도 친구라니.'

"김민성. 난 심각하다."

현성은 시선을 돌려 뚫어지게 민성을 노려보았다. 그러자 흠칫 뒤로 몸을 뺀 녀석이 헛기침을 내뱉었다.

"고백했는데 인사를? 차인 건가, 그럼?"

"뭐?"

아무렇지 않게 내뱉은 녀석의 말에 고개가 반사적으로 쳐들어졌다. 간신히 평정심을 유지하고 있었는데 그런 뜻이라면 인정할 수가 없었다. 눈에서 불똥이 일었다. 차인 거라니? 고백에 대한 답이 그런 의미가 있다는 건가? 그런데 왜 감사하다고 했겠는가. 그럼 미안하다고 해야 정상이 아닌가.

'차인 건가? 아닌가? 차인 건가? 아니다! 그럴 리가 없다.'

현성의 머리가 뒤죽박죽 노닐며 생각이란 게 이상하게 겉돌기 시작했다. 이러다가 제대로 된 사실을 알기도 전에 오답부터 멋대로 만들 기세였다.

"설마. 그럴 리가!"

"왜? 그럴 이유 다분하지 않냐? 너 솔직히 그 여자 앞에서 멋진 모습 뭐 보인 적 있긴 있어?"

현성은 친구 말에 할 말을 잃었다. 멋진 모습이야 눈 씻고 찾아보지 못할 정도로 온갖 추태를 다 보인 마당에 무슨 얼어죽을 '멋진'을 찾는단 말인가. 하물며 제대로 된 모습조차 보여 준 적이 없는데…….

현성은 입술이 바짝 마르는 경험을 하고 있었다. 어째 이야기를 나눌수록 기분이 이상해져 갔다. 술과 함께 고민을 풀어놓으면 힐링이 될 줄 알았는데 이건 힐링이 아니라 킬링이 되어 가고 있었다. 전의가 상실되고 기대했던 마음이 사라지며 한없이 작아지는 기분을 맛보아야 했다.

그나마 의구심을 가졌던 문제점이 거대한 두려움으로 몰려왔다.

"차라리 물어보지 그래?"

"뭘?"

뭐냐는 말에 민성이 길게 한숨을 내쉬었다. 그러곤 답답한지 녀석이 자신의 가슴을 쳐댔다. 그런 녀석을 바라보니 갑자기 민성이 홱 고개를 치켜들고 바짝 얼굴을 들이밀었다.

"뭐냐?"

"너 설마 머리가 일할 때만 돌아가는 거냐? 도대체가 일을 할 때 너의 그 명석한 두뇌는 왜 이럴 때는 그리……."

"이봐."

"생각을 해 봐라. 도대체 너의 그 치밀했던 모습은 어딜 가고 이건 뭐. 네가 하는 일이 뭔데? 사람의 심리를 교묘하게 이용한 적이 한두 번이냐?"

"도대체 하고 싶은 말이 뭐냐, 너?"

현성은 자신도 모르게 이를 갈며 말했다. 이리저리 뱅뱅 돌리지 말고 그대로 이야기하라는 듯 노려보자 녀석이 실소를 머금었다. 지금 자신은 노심초사 그 해답을 듣고자 하는데 얄미운 낯짝이 웃으며 속을 태우니 돌아 버릴 거 같았다.

"확 까고 나 차인 거냐고 물어보라고."

답답증에 톡톡 테이블을 두들기던 현성의 손동작이 멈칫거렸다. 물어보는 건 얼마든지 물어볼 수 있다. 하지만 만약 자칫 그랬다가 그 대답이 상상하기도 싫은 대답이라면 과연 어떻게 해야 할지 자신이 없었다. 겁이 났다. 혹여 만에 하나라도 그녀가 거절한다면 자신은 온전할 수 있을까. 지금도 이러한데…….

"만약 그렇다고 하면?"

"맞는다고 하면 차인 거니 너 자신을 알아서 반성하고 각색해서 다시 도전해 보든지 아니면 포기해야 하지 않을까?"

현성은 두려움이 몰려왔다. 민성이 말한 대로 만약 그녀가 그랬다면 그대로 물러설 수 있을까? 아니다 절대 그러지는 못할 듯했다. 어떻게 만난 여자인데 그리 쉽게 포기를 할 수 있단 말인가. 아직 제대로 시작도 해 보지도 못했는데 그럴 수는 없었다. 포기란 이현성 사전에 절대 있을 수 없는 단어였다.

"진짜 사랑을 하면 바보가 된다고 하는데 너는 어째 시작도 하기도 전에 바보가 되는 거냐?"

"……."

"진심으로 궁금하다. 도대체 얼마나 대단한 여자이기에 일에 미쳐 있던 이현성을 이렇게 만들었는지 말이야."

현성은 친구의 말에 자신이야말로 묻고 싶었다. 사람을 좋아하게 되면 이렇게 변하게 되냐고. 원래 이런 거냐고 어떻게 정신줄을 이렇게 꽉 잡고서 놔주지 않는지 물어보고 싶었다. 일하다가도 그녀의 생각이 난다. 식사할 때도 그녀가 생각난다. 온통 그의 생활에서 그녀의 모습이 떠오른다. 어느새 현성의 삶 속에 그녀의 그림자가 드리워졌다.

"네 지금 모습, 정말 혼자 보기 아깝다."

"그만 나불대."

"어때? 차라리 화끈하게 차이고 다른 여자를 알아보는 게?"

웬수 같은 놈에게서 감히 입에 담고 싶지도 않은 말이 기어 나온 순간 갑자기 푹 가라앉았던 기분이 무언가에 자극이라도 받은 듯 맹렬하게 일어섰다. 이렇게 이것저것 생각하고 추려 내는 짐작으론 아무런 답을 얻을 수 없었다.

그렇다면 답은 하나였다. 이미 나오지 않았는가. 갑자기 뭉게구름 피어오르듯 답답했던 머리가 맑아지는 기분이었다. 이럴 때 보면 녀석도 괜찮은 놈이었다.

"그래. 이만 가자."

"뭐?"

"일어나자고. 너 더 마실 거냐?"

"그럼 마셔야지 그냥 가자고?"

당연한 질문을 뭐하러 하냐는 녀석을 보면서 현성은 씩 웃어 보였다. 아마 그다음 말을 듣는다면 민성이 어떤 반응을 보일지 눈을 감아도 알 수 있을 듯했다. 현성으로서는 이미 볼일이 다 끝난 셈이었다. 굳이 자리를 지키고 앉아 머리를 싸매고 있을 필요가 없었다. 그보다 급한 게 먼저였다.

"잘 마셔라."

민성의 황당해하는 표정이 눈에 들어왔지만, 지금은 그런 걸 따질 겨를이 없었다. 이현성 일생일대의 여자가 걸린 일인데 한가로이 술을 퍼마시고 있을 수만은 없었기 때문이었다. 바텐더에게 부탁한 후 가차 없이 일어나 돌아서자 민성이 붙잡았다.

"야, 이현성! 네가 불러놓고 지금 날 버리고 가는 거야?"

"술값은 내가 낸다. 적당히 마시다 가라."

"야! 이 미친놈아!"

"오늘 고마웠다."

"와, 정말 미쳤네. 무조건 나오라고 하더니 이제는 지는 간다고 하다니? 야!"

민성이 뒤에서 불러 댔지만 현성의 귀에는 들리지 않았다. 집으로 귀가해 내일을 생각해야 했다. 이왕이면 말끔하게 멀쩡한 목소리를 지닌 채 그녀에게 물어봐야 했다.

지금 현성의 목숨 줄을 잡고 있는 것은 민성이 아니라 다혜였다. 어차피 녀석은 술이나 다시 사 주면 되는 것이었다. 그리고 녀석은 이해할 것이다. 조금 삐쳐 있는 기간이 길 수도 있겠지만 말이다.

현성은 뒤에서 뭐라 하고 있는 녀석에게 손짓을 해 보이며 재빠르게 벗어났다.

일진이 좋았다. 며칠 동안 골머리를 앓고 있던 문제도 나름 해결방안이 생겨서 그런지 편히 꿀잠까지 잤다. 덤으로 회사에 문제가 있었던 일마저 순조롭게 풀어지고 진행이 되자 더할 나위 없이 모든 게 좋아 보였다. 그래서인지 모르겠지만,

어느새 저도 모르게 콧노래가 흥얼거리며 나왔다.

하나만 뺀다면 완벽하게 느껴질 정도의 평화로움. 그러나 딱 하나 풀지 못한 문제.

이제 며칠 동안 골머리를 앓고 있던 문제를 해결할 시간이 다가오고 있었다. 현성은 마지막 투자 건에 대한 결재서류까지 모두 사인을 끝냈다. 오늘 회사에서의 업무는 끝이 났다.

"이제 그럼 해볼까."

주변에 그 누구도 없지만 스스로에게 건네는 건투를 비는 말이기도 했다. 현성은 심호흡을 하고는 어제 머릿속에서 그려 둔 그림을 착실하게 실행하기 시작했다.

이제까지 그가 해왔던 일은 사람을 상대로 한 일이었다. 사람에게 환심과 그만큼의 기대가치를 얻기 위해 심리까지 파고들었던 자신이었다. 단지 이번엔 대상이 좋아하는 여자로 바뀐 것뿐이다. 그리고 이번엔 그가 그녀에게 아낌없는 투자를 해야 한다. 자신이 가진 것을 뭐든 사용해 김다혜를 갖기 위한 노력 말이다. 시간을 다시 한 번 체크한 뒤 폰을 집어 들었다.

뚜르르—

한 손에 쥐어 있는 폰에서는 통화음이 들렸다. 솔직한 심정으로는 직접 그녀를 찾아가 물어보고 싶었지만 그러기엔 그녀가 많이 부담스러워할지도 몰라 차선으로 택한 게 전화였다. 물론 나름의 배려를 한다는 이유로 전화할 타이밍을 점심시간으로 택한 그였다.

한두 번 통화음이 울렸을까. 건너편에서 그녀의 또랑또랑한 목소리가 들렸다.

— 네. 김다혜입니다.

"나야."

— 네?

"이현성."

— 아…….

어색한 침묵의 시간이 흘렀다. 그녀는 말이 없었고 현성은
또 조마조마 속을 태웠다.

"김다혜!"

— 아. 무슨 일이세요?

현성은 이 답답한 여자야 무슨 일로 이렇게 전화했는지가
중요하냐고 버럭할 뻔했다. 자신은 이토록 가슴이 새까맣게
타들어 가 몇 날 며칠을 보내고 있었는데 그녀는 전혀 아니었
다는 게 느껴져서 왠지 심통이 날 듯했다.

"김 선생. 점심 식사는?"

— 먹었어요. 식사하셨어요?

"아직."

— 식사하셔야죠.

지금 현성에겐 식사보다 더 중요한 게 그녀의 대답이었다.
오늘 그녀의 대답 하나로 자신의 점심은 행복한 밥상이 되느
냐 마느냐가 된다면 그녀는 과연 어떤 표정을 지을지가 새삼
떠올랐다.

"김다혜."

— 네.

"그날 말이야. 나 차인 건가?"

— ……네?

수화기 너머로 깜짝 놀란 하이톤 음색이 울려 퍼졌다. 마치 못 들을 말이라도 들은 듯 그녀의 숨 들이켜는 소리마저 들린다면 착각일까. 그도 나름대로 용기를 가지고 물어본 말이었다. 한 번 내뱉는 게 어려워서 그렇지 막상 내뱉고 나니 대답이 두려우면서도 한편으로 속은 시원했다.

"나 김 선생한테 차인 거야? 그런 거야?"

— 저, 저기 그니까 무, 무슨 말씀을…….

그녀의 목소리가 떨리고 있었다. 그녀의 당황스러운 모습 또한 그려졌다. 지금 그녀는 아마 토끼 눈마냥 눈을 뜨고 이게 무슨 사태인지 생각하느라 머리가 정신없이 바쁠 것이다. 하지만 기회는 이때뿐이었다. 오히려 만나서 이야기하는 거보다 어쩌면 이렇게 음성으로 몰아붙이는 격이 나을 수도 있다는 생각이 들었다.

"나 김 선생한테 고백했잖아. 그렇지?"

— 그, 그게.

"김 선생이 나한테 감사하다고도 했잖아. 근데 왜 기다려도 다른 말은 없어?"

— 저, 저…….

"난 무슨 의미로 받아들여야 하는 거지? 대답 안 해 줄 건가?"

— 으음. 그러니까 그게.

그녀는 횡설수설 말을 잇지 못했다. 오히려 자신만 안달이 난 듯 그녀에게 질문만을 할 뿐이었다.

"그래서 대답은? 나 정말 김 선생한테 차인 거야?"

그다음 말을 기다리는데 이상하게 수화기 너머가 너무나 조용했다. 순간적으로 들렸던 띠리링 소리가 갑자기 불안하게 느껴졌다. 단전을 타고 올라오는 싸한 기분이 설마 하는 마음으로 귀에서 폰을 뗀 순간 깨닫고 말았다. 좀 전 만남보다 음성이 좋다고 생각한 건 순전히 자신만의 착각이었다는 것을.

"김다혜!"

차라리 만나서 이야기를 했어야 했나. 그랬다면 이렇게 일방적으로 전화가 끊길 일도 없었을 텐데 말이다. 잔인하게도 대답도 하지 않고 전화를 끊어 버리는 그녀라니.

현성은 다시 그녀에게 전화를 걸었다. 몇 번 신호가 갔을까, 수화기 너머로 숨넘어가는 그녀의 음성이 들렸다.

— 죄, 죄송해요. 그니깐 저기…….

"난 대답 듣고 싶은데……."

— 그게요.

"설마 거절인가?"

그녀는 저번에 감사란 말로 의문을 심어 넣더니 이제는 죄송이란 단어로 오장육부를 태우려 하고 있었다. 어쩌면 생떼였는지도 모른다. 불안하게 떨리는 그녀의 음성이 자꾸만 그려지자 현성은 이상한 기분에 휩싸였다. 설마 이대로 그녀에

게 차이고 마는 것일까. 하지만 차인다는 건 상상도 할 수 없
는 일이었다.

— 그건 아닌 거 같은데요.

"그럼? 설마 고백인지도 몰랐다는 말이야?"

— 생각해 볼게요. 어, 그러니까. 내게 시간을 어 음.

"시간을 달라?"

통화하는 동안 더듬거리는 그녀는 많이 당황하고 있었다.
정말 그녀는 그날의 말을 아무렇지 않아 했던 것이었나? 아니
면 다른 의미로 듣고 있었단 말인가. 마치 이런 상황은 생각지
도 못했단 듯이 수화기 너머로 그런 느낌이 아주 팍팍 느껴졌
다. 그간 가슴을 졸이며 머리가 지끈거릴 정도로 고민했는데
그 결과가 결국은 그 혼자 북 치고 장구 치고 있었다는 말이
었다.

"얼마나 주면 되지?"

— 네?

"시간 말이야."

말을 내뱉자마자 수화기 너머로 또다시 숨넘어가는 소리가
들렸다. 그녀가 원하는 대로 기다려 줄 수 있다. 하지만 그게
어디까지냐는 게 중요했다. 급한 건 솔직히 자신이지 그녀는
아니란 게 문제였다. 열 번 찍어 안 넘어가는 나무 없다고 하
지만 그녀는 견고하게 무장되어 있는 벽과 같았다.

솔직히 지금 이렇게 몰아붙이듯 떠드는 것도 어떻게 보면
그녀의 입장에서는 마이너스와 같았다. 하지만 현성은 조급해

지는 성정을 억누르며 다시 한 번 그녀에게 쐐기를 박기 위해 입을 열었다.

"김다혜."

— 네, 네?

"얼마나 시간을 줘야 내가 대답을 들을 수 있지?"

— 대, 대답요?

현성은 차분한 어조로 그녀에게 고백에 대한 답변을 달라는 말을 아주 강하게 잇새로 또박또박 내뱉으며 말했다. 물론 그 대답을 들으려면 얼마만큼의 기다림이 있어야 하는지도 물었다.

— 일, 일주일?

'뭐? 일주일?'

현성은 그날 이후로 피가 마르고 있다는 걸 몸소 경험하고 있는데 이 여자가 정말로 저를 말려 죽일지도 모른다고 생각했다. 현성이 고백에 대한 대답을 들으려면 일주일의 시간을 인내하란 소리인데…….

"난 오래 못 기다릴지도 몰라."

그녀에게 말한 그대로였다. 인내심이 과연 어디까지 버틸 수 있을지 모를 일이었다. 그만큼 현성에겐 절박했다.

톡톡톡.

일정한 박자를 가진 소리가 고요한 정적을 깨고 울렸다. 그 소리의 정체를 따라가자 테이블을 두들기는 손가락이 있었다. 그 손에는 복잡한 감정이 담겨 있는 듯했다.

"하아."

쉴 새 없이 손가락을 튕기고 나자 이번엔 한숨이 흘러나왔다.

"젠장."

한숨을 내뱉는 그의 속 타는 마음과 다르게 시간은 천천히 흘러갔다. 현성은 지금 딱 미치고 팔딱 뛸 듯한 기분을 맛보고 있었다.

3일이 지났다. 그녀가 시간을 달라고 한 지 벌써 3일이나 지났는데 그 어떠한 답변도 듣지 못했다. 말이 일주일이지 딱 죽을 맛이었다. 3일도 이리 힘든데 일주일을 어떻게 버티고 살아야 한단 말인가.

"김 선생. 나 좀 살려주지 그래."

기다리고 있는 연락은 오지도 않는데 매일같이 다른 용건으로 전화를 받을 때의 심정은 이루 말할 수 없을 정도로 복잡했다. 하물며 매정하게도 그녀는 작은 안부를 묻는 것조차 없었다.

미치겠다. 요즘 이 표현은 정말 자신을 두고 하는 말인 듯, 이보다 더한 표현 방법을 찾을 수가 없을 정도였다.

현성은 지금 그 어느 때보다도 그녀의 연락이 절실했다. 골머리를 앓을 정도로 이렇게 연락도 안 오는 폰을 종일 쥐어

잡고 시계를 들여다보기는 난생처음이었다.

"언제까지냐. 정말 일주일 다 채우는 건가?"

답답함에 내뱉은 말이지만 대답해 줄 이가 없는 이상 또다시 고뇌를 해야만 했다. 헌데 생각할수록 바닥난 인내심이 한계에 치달았는지 잠자코 기다릴 수 없는 성정으로 변해 갔다.

"김다혜. 김다혜."

그녀의 이름을 읊조리다 보니 감정이 또다시 복받쳐 올라왔다. 더 기다릴 것인가? 아님 이대로 사고를 쳐야 하는 것인가. 대체 그녀의 그 작은 머릿속에는 자신의 고백에 대한 생각이 눈곱만큼이라도 있는 것인가.

'설마? 그래도 나름의 고백인데?'

온갖 상념이 꼬리에 꼬리를 물고 이어졌다. 그러다 결국 인내심의 한계에 다다른 마음이 요동을 쳐대었다. 마음속에서 악마와 천사가 노닐 듯 이리저리 저울질을 하기 시작했다. 그리고 큰 결심이라도 한 듯 그녀에게 연락하려다가 손을 놓았다. 지금 이 시간이면 그녀는 한창 바쁠 시간 같았다.

"후우."

이도 저도 할 수 없자 미칠 듯했다. 아니 깨닫고 나자 손이 근질거리기 시작했다. 생각 같아선 그녀에게 전화해 대답을 해 보라고 다그치고 싶었지만, 아직 한 줄기 남아 있는 이성이 그건 아니라고 말렸다.

결국 기다리다 못한 그는 결심했다. 전화보단 그녀에게 메시지를 남기기로.

현성은 핸드폰을 집어 들었다. 핸드폰의 메시지 버튼을 누르려던 현성의 눈에 메시지 대신 주로 쓰는 카카오톡이라는 아이콘이 눈에 들어왔다. 무심코 앱을 실행시킨 현성은 별생각 없이 김다혜라는 이름을 찾았다.

김다혜라는 이름을 누르자 연락처와 함께 메인 프로필 사진이 눈에 들어왔다.

'오!'

해맑은 미소를 지은 그녀의 얼굴.

"역시, 예쁘단 말이야."

현성은 사진 속 뽀얗고 갸름한 얼굴선을 가진 다혜의 얼굴을 손끝으로 쓸어 내렸다. 마치 화면 속에서 그녀가 당장에라도 튀어나와 똑같은 미소를 지어 보일 듯했다.

크지도 작지도 않은 눈, 높지도 그렇다고 낮지도 않은 자연스러운 콧대, 한껏 깨물어 주고 싶은 앙증맞은 입술.

"우리 다혜. 볼수록 예뻐."

현성은 메인 화면에 뜬 사진을 보다 그 위에 작게 나열된 사진을 눌러 보았다.

오색의 아이스크림과 과일로 예쁘게 치장이 되어 있는 알록달록한 빙수. 그리고 먹기 좋은 빙수 앞에서 환하게 미소 짓고 있는 김다혜.

"김 선생. 귀엽게 논단 말이야. 다음에 빙수나 한번 맛보러 가볼 까나."

흐뭇하게 사진을 들여다보며 현성은 앞으로 그녀와 함께 무엇을 해야 할지 상상했다. 저절로 입가에 웃음이 맺히고 이런 생각만으로도 짜릿함이 몰려왔다.

한참 그녀의 얼굴을 들여다보며 행복한 상상에 빠져 있던 현성은 다른 사진도 보게 되었다. 친구인지 언니인지 여러 명이 함께 등산을 했는지 바위 위에 나란히 서서 찍은 사진이었다. 활동적으로 보이는 우리의 김 선생. 현성은 사진을 톡톡 치며 언제 같이 등산도 가 봐야겠다고 마음먹었다.

"이러니까 더 보고 싶잖아."

현성은 다시 그녀 혼자 찍은 처음 사진을 보려다 그 사진 옆에 보이는 대화명에 시선이 멈추었다. 아까는 미처 눈에 들어오지 않았던 문구가 적나라하게 눈에 들어왔다.

"이상한 사람을 만났다? 그에게는 병원이? 허?"

현성은 순간 이 문구가 낯설지가 않았다. 언젠가 한 번 그녀에게 들었던 말이 버젓이 카카오톡 대화명에 자리 잡고 있었다.

커다란 망치가 현성의 뒤통수를 가격한 듯했다. 사람이 거품을 물 수도 있다는 게 무슨 말인지 이해가 갈 듯했다. 부글거리다 못해 폭발할 지경까지 치달아 버린 속을 가라앉히려 애쓰며 현성은 화를 다스리려 했다. 하지만 그것도 잠시, 울컥 참고 있던 울화가 터져 나왔다.

"망할!"

그녀에게 자신이 이렇게 보였다는 거지?

그 문구를 보고 나서 다시 빙수와 함께 찍은 그녀의 사진을 열어 보니 아까와는 또 다른 생각이 들었다. 사진 속의 그녀는 정말 해맑은 표정을 짓고 있었다. 시원하게 느껴지는 팥빙수 사진이 오히려 현성에게는 쓰게 느껴질 정도였다.

그녀의 미소는 보는 이로 하여금 상큼함을 느끼게 했다. 피 말라 가며 초조하게 그녀를 기다리는 자신과는 다르게 행복해 보였다. 죽상을 하며 이제나저제나 연락을 기다렸던 그는 대체 뭐였단 말인가.

현성의 머리가 지끈거리기 시작했다. 관자놀이를 짓누르며 혈압 상승에 대비해야 했다.

"널 어쩌면 좋을까? 말 좀 해 봐. 김 선생."

그녀의 카카오톡을 보면서 이러고 불을 뿜고 있는 자신이 낯부끄럽고 한심스럽지만 그 어떠한 단어로도 지금 이 기분을 표현할 수가 없었다.

그는 카톡 메인에 걸린 그녀의 사진을 뚫어 버릴 듯 눈에 힘을 주고 노려보았다.

"난 분명 오래 못 기다린다고 말했어. 그래. 그렇게 말했다고."

무언가 합리적인 선택을 하기 위해 저에게 하는 말이지만 현성은 내심 이다음 저지를 낯부끄러운 행동에 정당성을 부여하며 납득하기 위해 기를 썼다.

"3일이면 결코 적은 시간은 아니야."

현성은 그녀에게서 올 연락을 기다렸다.

3일이면 결코 짧은 시간이 아니었다. 더군다나 연락을 준다는 그녀는 아직도 감감무소식.

톡톡톡.

또다시 손끝으로 테이블을 두드리다 벌떡 자리에서 일어섰다.

"김 선생. 나란 놈이 이렇게 인내심이 길다고 느껴 보긴 처음이야."

모든 일에는 순서가 있고 시간이 따르고 제약이 따랐다. 그에게 시간은 금이었다. 빠른 일 처리와 신속함이 부를 가져다주었다. 질질 끄는 건 맞지 않았다.

이렇게 한가하게 인내심을 참아 가며 생각하는 건 이제 사치라고 느껴질 정도였다. 어차피 그녀를 원하는 건 자신이었다. 그렇다면 답을 얻으러 가야 할 시간이 된 듯했다. 그 결심은 더욱 확고해졌다.

"우리 김 선생님은 뭘 하고 있을까?"

사무실에서 나가는 그의 발걸음이 가볍다. 곧 그녀를 볼 수 있다는 설렘에 가슴이 세차게 뛰었다.

6. 양자택일

이상하게도 서늘한 한기가 느껴졌다. 추운 날씨도 아니건만 느껴지는 오싹한 느낌에 다혜는 혹시 몰라 뒤를 돌아보았다.

"뭐지?"

"응? 뭐가?"

어느새 기척도 없이 다가왔는지 이 선생이 말을 걸어왔다. 오히려 그 덕에 다혜는 헉 하며 숨을 들이마셨다. 다혜는 놀란 가슴을 부여잡고 샐쭉하게 이 선생에게 눈을 흘겼다.

"기척 좀 내세요. 놀랐잖아요."

"아이 뭐 새삼스럽게?"

고양이 같은 포만감이 가득 담긴 눈웃음을 보이며 말하는 이 선생의 표정은 한껏 기분이 업되어 있는 듯 보였다. 볼수록 왜 집에 있는 이 여사가 생각나는지 모를 일이지만 이 선생에게서는 익숙한 이의 향기가 느껴졌다.

"놀랐단 말이에요."

"어머? 내가 어쨌다고?"

"갑자기……."

"김 선생 요즘 기가 허한 거야? 왜 그리 놀라?"

다혜는 그 말에 곰씹듯 생각해 보았다. 잘 먹고 잠도 잘 자는데 그건 저도 모르는 일이었다. 이상하게 요즘따라 계속 한기가 느껴졌다. 그래서 혼자 부르르 몸을 떤 게 벌써 몇 번인지 모를 일이었다. 정말 기가 허해진 걸까? 고개를 갸웃거리자 이 선생의 상큼한 웃음소리가 들렸다.

"김 선생은 볼수록 귀여워. 어쩜 그리 얼굴에 생각이 다 드러나?"

"네?"

"지금 나 정말 기가 허해진 걸까? 혼자 생각하고 있었던 거 아니야?"

다혜는 놀란 눈으로 상대방을 바라보았다. 대단한 이 선생이었다. 어떻게 아는 걸까? 남의 마음도 투시하는 무시무시한 이 선생님 하면서 눈을 댕그랗게 뜨고 쳐다보는 것도 모른 채 다혜는 이 선생을 놀랍다는 듯 쳐다보았다.

"아우, 귀여워라. 정말 남동생이 있다면 우리 올케 삼고 싶다야."

하하호호 웃음을 터트리는 이 선생을 바라보고 있자니 갑자기 어디선가 또다시 싸한 기운이 느껴졌다. 다혜는 다시 뒤돌아봤다. 오직 이 복도에는 이 선생과 자신뿐 아무도 없었다. 하지만 온몸의 솜털이 오소소 일어섰다.

불안한 이 기분은 뭘까? 왠지 수업이고 뭐고 집으로 도망가야 할 거 같은 쎄한 기분, 선생님이란 직분을 잊어버리고 집에 가고 싶은 굳이 생각하고 싶지 않은 느낌이 강하게 와 닿았다.

불안하다. 꼭 무언가 잡아끄는 듯 왠지 이 복도를 다 지나는 순간, 무슨 일이 일어날 것만 같은 기분이 들었다. 다혜는 불안감에 다시 한 번 좌우 앞뒤를 살펴보았다. 특별이 별다른 시선이나 낌새는 없었다.

"이상하네. 뭐지?"

"응?"

"아니에요."

"참, 근데 자기? 생각은 좀 해 봤어?"

"뭐요?"

한심하다는 눈초리와 함께 이 선생의 가느다란 한숨이 내뱉어졌다. 곧 네 이럴 줄 알았다는 작은 말소리가 들렸다.

"고백한 남정네에게 어찌할 것인지!"

"아!"

"으이구, 못 살아."

조곤조곤 이 선생의 설교가 시작되었다. 자고로 연애란 이렇게, 저렇게 요건 어떻고 등 쉴 새 없이 나오는 말을 들으면서 그 남자의 고백을 떠올렸다.

그녀가 택한 일주일이라는 시간. 일주일 안에 그에게 어떠한 말이라도 해야 한다는 것이었다.

잊지 않았다. 어떻게 잊을 수 있단 말인가. 단지 아직도 정리되지 않은 복잡한 머릿속 때문에 생각이 필요했던 것뿐이었다.

의식하면 할수록 가슴 한쪽이 고장이 난 듯 울렁거렸다. 심장이 멈춰 버린 듯 잠잠해졌다가 미친 듯이 요동을 치니 되레 이상하게 느껴질 정도였다.

그는 대답을 기다리고 있을까? 그렇다고 전화를 해서 또 어떻게 만난다고 해야 할까? 다혜는 요즘 들어 이만저만 고민이 아니었다. 안 그래도 만나서 이상한 모습을 보였던 데다 전화 때도 그런 마당에 전화를 걸고 싶어도 그 앞에서 또 무슨 추태를 보일까 걱정부터 앞섰다.

'어쩌지?'

또다. 마음이 미친 듯이 노닐었다. 널뛰기를 하는 것도 아닌데 산만하게도 이리저리 갈대처럼 흔들리고 날뛰고 있었다.

3일이 지났다.

그가 얼마만큼의 시간을 기다려 줄 수 있는지는 모르겠지만 귓가에 울리는 그의 목소리가 계속 달음질을 치고 있었다. 일단은 만나 보겠다고 말이라도 하면 이 널뛰는 마음이 좀 가라앉을지 모르겠다. 근데 막상 그를 본다면 제대로 대답이나 할 수 있을지 그건 또 그것대로 의문이었다.

"선생님!"

다혜가 혼자 열심히 고민하고 있을 무렵, 복도 끝에서 남자

아이가 도도도 뛰어왔다. 또래보다 작은 키에 작은 발을 한 어린아이는 열심히도 뛰고 있었다. 그 모습이 보는 이로 하여금 위태롭게 보이게 하는데도 아이는 잘만 뛰고 있었다.

"뛰면 안 된다 했지?"

옆에 있던 이 선생이 뛰지 말라고 엄포를 놓았지만, 여전히 꼬마는 달리고 달렸다. 저 짧은 다리로 열심히도 뛰는 게 귀엽기까지 했다. 하지만 복도에서 뛰면 안 되기에 주의를 주려던 찰나, 어느새 아이는 자신의 지척까지 달려와 숨을 헉헉거리며 고르고 있었다.

"선생님. 선생님, 제가요, 저기 1층에서요."

마치 대단한 일을 한 거처럼 재잘재잘 아이가 말을 하기 시작했다. 다혜가 맡은 2학년 2반의 신현성이라는 이름을 가진 남자아이였다. 그러고 보니 이 아이는 그 남정네와 성만 다르고 이름이 같았다. 그래서일까. 현성이라는 학생을 보자 그가 떠올랐다. 단지 이름만 같을 뿐인데도 그를 의식해야 했다.

"선생님. 있잖아요. 제가 선생님을 찾는 아저씨에게 알려주었어요. 우리 선생님이라고."

"응?"

"선생님. 그 아저씨 이제 올 거예요."

"누가?"

"아저씨요. 연예인 같은 아저씨요."

아이는 천진난만하게 떠들고 있었다. 우리 반의 반장과 함께 골목대장을 맡은 아이는 작은 키에 비해 에너지가 넘치는 학생이었다. 가끔 감당할 수 없는 에너지를 내뿜고 있는데 그럴 때마다 다혜는 뒷수습하기에 바빴다. 한마디로 이 아이는 귀여운 골칫덩어리였다. 어디선가 나타나서 장난을 치는가 하면 어느 순간은 의젓한 모습을 보였다.

'연예인 같은?'

다혜는 아무리 생각해 봐도 자신을 찾아올 사람이 없다고 생각했다. 오히려 눈앞에서 좋알좋알 말하고 있는 아이를 보고 있자니 같은 이름을 가진 사내가 떠오를 뿐이었다. 그때 퍼뜩!

'설마!'

특별이 찾아올 사람이 없는데 아이를 보고 있자 불길함이 앞섰다. 하지만 그럴 리가 없었다. 그는 다혜가 어느 학교에 다니는지 모른다. 아니 이야기를 했었던가? 기억이 나지 않는다.

"현성아."

"선생님. 빨리요, 빨리."

다혜는 아이에게 붙잡힌 치맛자락을 보며 어쩔 수 없이 아이가 이끄는 방향으로 같이 걸었다. 마치 아이는 대단한 일을 하는 거처럼 자신을 이끌었다. 선생님을 찾아온 사람이 텔레비전에서나 볼 법한 근사한 아저씨라나 뭐라나 아주 맹렬하게 눈을 밝히면서 이야기를 하는 폼이 대단했다.

"선생님 빨리요. 아저씨가 기다린단 말이에요!"

말을 하는 아이는 눈이 반짝거렸다. 초롱초롱한 때 묻지 않은 아이의 눈동자는 고개를 이리저리 좌우로 돌리며 누군가를 찾고 있었다. 어느새 1층에 도착해 현관문을 나서는 순간 아이는 목표를 찾은 듯 치맛자락에서 손을 뗐다.

"어? 아저씨!"

아이가 큰 소리로 누군가를 불렀다. 대체 누구기에 현성이가 이렇게 지대한 관심을 쏟아붓는 걸까. 고개를 아이가 손을 흔드는 곳으로 돌리는 순간, 다혜는 숨을 들이켤 수밖에 없었다.

"저, 저 사람이 왜? 왜?"

다혜는 지금 두 눈을 의심했다. 생각지도 못한 이가 서 있었다. 그가 어떻게 학교에 찾아온 것일까? 그런데 왜 귓가에서는 섬뜩하게 한마디가 들려오는 것인지 모르겠다.

'난 오래 못 기다릴지도 몰라.'

귓가에 이명처럼 들려오는 음성이 지금 상황과 묘하게 맞아떨어지고 있었다. 마치 선택의 순간이라도 다가온 듯한 착각마저 들었다.

같이 따라 내려온 이 선생은 웬 잘생긴 남정네냐면서 어머어머를 남발하고는 아이가 달려가는 곳을 쳐다보고 있었다.

"어머, 웬일이니? 아주 잘생겼잖아. 어머, 저 이목구비와 저 쭉 뻗은 기럭지 좀 봐."

"……."

"김 선생 아는 사람? 누구야?"

"이 선생님 저 사람이 보여요?"

다혜는 믿을 수 없는 현실 앞에서 재차 확인이 필요했다. 필시 이건 환영일 거라고 요즘 기가 허해서 잘못 본 것이라고 믿고 싶었다.

"그럼 귀신도 아닌데? 거기다가 완전 잘났잖아."

"아…… 망했어."

"망하다니?"

이미 놀라움에 입이 떡 벌어진 다혜는 대답할 정신이 없었다. 아이는 자신에게 하듯이 그의 바지 자락을 움켜잡고 이쪽으로 이끌고 있었다.

"뭐? 뭐니? 김 선생 말 좀 해 봐? 응?"

호들갑스러운 이 선생의 존재는 까마득하게 잊어버렸다. 오직 자신을 향해 다가오는 남자만이 보일 뿐이었다. 지금 다가오는 이현성이라는 남자가 사신처럼 보였다. 마치 그녀를 잡으러 오는 듯한 오싹한 오라를 내뿜은 채로.

그가 한 발 한 발 다가올 때마다 다혜는 점점 숨이 막혀 왔다. 도망가고 싶었다. 그가 왜 여기에 나타났는지는 중요하지 않았다. 그냥 이대로 못 본 척 뒤돌아 달려 나가고 싶었다.

"선생님. 이제 결혼하시는 거예요?"

"으, 응?"

"선생님 남자 친구 짱 멋져요!"

나혜의 귓가에는 아무런 소리도 들리지 않았다. 옆에서 무엇이 그리 좋은지 떠들고 있는 아이의 음성조차 제대로 들리지 않았다.

사신 앞에 죄 많은 영혼처럼 서 있었더니 눈앞이 새카맣게 변했다. 다시 보니 작은 현성과 큰 현성이 버티고 서 있었다. 둘이 같이 서 있는 폼이 너무나 닮았다. 기분이 이상하다. 마치 죄인도 아닌데 왜 이리 작아지는 기분이 드는 것인지 모를 일이다.

"김 선생님."

다가오면서 그가 의미심장한 어조로 부르는데 그 느낌이 사뭇 무서웠다. 뚜벅뚜벅 그가 가까이 다가올수록 뒷걸음질을 치고 싶은데 발이 움직이질 않는다.

"오, 오랜만이에요!"

다혜가 안절부절못하다 못해 더럭 큰 소리로 그에게 이야기하자 이 선생이 미쳤냐는 듯 손가락으로 옆구리를 찔렀다. 안다. 지금 그녀가 이상한 목소리로 것도 오지게 큰 소리를 내뱉은 것을.

"오랜만? 오랜만이라는 거지."

어느새 가까이 다가왔는지 그의 눈썹이 삐뚜름하게 올라가는 게 보였다. 아직 마음의 준비도 안 했는데 이 남자, 무슨 생각으로 이렇게 나타난 것인지 모르겠다. 시간을 달라고 했는데 이건 반칙이란 말이다, 이 남자야. 하고 속에서 또 다른 자신이 외치고 있었다. 다혜는 놀라서 벌렁벌렁거리는 심장에게 제발을 외쳤다. 이대로 더 있다가는 이 자리서 딱 졸도할 듯했기 때문이었다.

"무, 무슨 일로 이렇게."

긴장감에 더듬거리며 말을 내뱉는데 갑자기 작은 현성이 톡 튀어나오더니 치맛자락을 붙잡으며 고개를 들어 보이는 게 아닌가.

"선생님, 우리 엄마가 그랬어요. 선생님 남자 친구 생기면 결혼할 수 있대요. 그럼 이 아저씨랑 결혼하는 거예요?"

아이가 불러온 파장은 커다란 해머로 그녀의 뒤통수를 가격하는 격이었다. 갑자기 뒷골이 당기며 두통이 몰려왔다. 순진무구하게 물어보는 학생 앞에서 차마 본인 입으로 어찌 이야기해 줄 수 있겠는가. 아무리 배움의 장이라고 한들 다혜도 할 수 없는 말이 있었다.

"선생님, 언제 결혼하는 거예요?"

'작은 현성아, 그 입을 좀 다물어 주렴.'

"푸흡."

옆에 있던 이 선생이 웃음을 터트렸다. 그러자 작은 현성이는 순진한 눈망울로 재차 대답을 요구하고 있었다. 일단 학생 앞에서 더는 안 되겠다 싶어 교실로 보내야 했다.

"현성아."

"네?"

"뭐지?"

작은 현성과 큰 현성이 동시에 대답했다. 미치겠다. 이 황당한 시추에이션은 무엇이란 말인가. 작은 현성은 대답을 해 줄지도 모른다는 생각에 눈을 반짝이고 있고 저기에 있는 다른 남정네는 현성이란 부름에 삐뚜름하게 올라간 눈썹이 더욱 날카롭게 올라가서 쳐다보고 있었다. 두 사람의 이름이 같은 걸 생각지 못했다. 차라리 성을 붙여서 이름을 호명할 걸 그랬다. 일단 아이부터 교실로 들여보내야 했다.

"초면에 실례지만 성함이 어떻게 되세요?"

"이 선생님!"

"이현성입니다."

그가 말하자 이 선생이 갑자기 먹잇감이라도 보듯 매의 눈으로 샅샅이 보는 게 아닌가. 다혜는 급 정색을 하며 이 선생을 말렸다. 하지만 거기에 굴복할쏘냐 이 선생은 끄떡없었다. 이 상황을 낱낱이 파헤쳐 기필코 무엇을 알아내리라는 굳은 다짐이 엿보일 정도였다.

"한 인물 하시네요."

"감사합니다."

"이 선생님, 이제 들어가셔야죠."

"어머, 왜? 시간 아직 남았는데?"

상황 정리가 필요했다. 그런데 눈치 없게 이 선생은 지금 이 상황이 아주 흥미로운지 자리를 비켜 줄 생각을 하지 않았지만 이대로 두고 볼 수만은 없었다. 거기다 호기심 많은 아이 현성은 그와 이름이 같다는 동질감에 죽이 맞아 보였다. 언제 보았다고 죽이 척척 맞아 이야기를 하고 있는지 다혜가 보기엔 지금 이 상황이 답 안 나오긴 마찬가지였다.

"이 쌤. 수업 있으시잖아요. 그리고 현성이도 이만 들어가야지."

다혜는 선을 긋듯이 이 선생에게 눈빛을 보냈다. 그러자 아쉬움이 가득 담긴 이 선생은 만나서 반가웠단 말을 그에게 하며 사라졌다. 덤으로 작은 현성이도 곧 수업이 시작되기에 들어가야만 했다. 이제 그와 둘이 남았다.

"무슨 일로 오셨어요?"

"근처에 일 보러 왔다가 마침 겸사겸사해서. 그런데 몇 시에 끝나? 온 김에 차 한 잔 하고 싶은데."

"볼일 보셔야죠."

"그건 금방 끝나."

그의 말이 사실일까? 과연 그가 정말 근처에 볼일이 있어서 들렀는지는 모를 일이지만 오늘은 이대로 그가 가 주길 바랐는데 그건 무리인 듯했다. 그에게서 느껴지는 기세는 꼭 결판을 짓기 위해 온 이 같았다. 일주일이라고 분명 말했는데…….

"김 선생이 보고 싶어서 힘들었지 뭐야."

'꾸엑.'

미치겠다. 이 남자가 부끄러운지도 모르고 낯간지러운 소리를 잘만 날렸다. 앞으로 한 시간 뒤면 끝날 시간이긴 한데 그를 어떻게 거절을 해야 할지 답이 안 나왔다. 좀처럼 말이 없어서인가, 빤히 보고 있던 그가 몸을 돌렸다. 그런데 그가 가는 방향이 이상했다. 교문을 향해 나가는 게 아니었다.

'어? 저쪽은?'

다혜는 번뜩 정신을 차리고 현성의 옆으로 달려가 하얗게 질린 채 그에게 물었다.

"어, 어디 가세요?"

"교무실."

"네에? 거긴 왜요? 왜 거길 이현성 씨가 가는데요? 네? 네?"

다혜는 다급했다. 종종걸음으로 그를 따라잡으며 이야기하자 그가 뒤돌아 씨익 미소를 지어 보였다. 그런데 그 모습이 전에 보았던 그 사악한 미소처럼 느껴지는 게 아닌가.

"볼. 일. 보. 러."

"무, 무슨 볼일이요?"

"일이지."

"설마 근처라는 게?"

"맞아."

불안하다. 그가 저렇게 나오니까 불안하다. 그는 성큼성큼 교무실을 향해 가더니 문을 열고 들어섰다. 뒤에서 그 모습을 정신줄을 놓고 보던 다혜도 빠른 걸음으로 교무실로 들어섰다. 그가 주변을 둘러보더니 교감 선생님 앞으로 가는 게 아닌가.

'왜? 왜?'

"이현성 씨."

다혜는 재빨리 그를 붙잡았다. 이 남정네가 무엇을 하려는지 모르겠지만 불안감이 더 이상 무언가를 허용하지 말라는

신호를 보내왔다. 하지만 교감 선생님은 오히려 그녀를 의아
하게 바라보더니.

"아는 분이신가?"

"네? 네."

"아까 연락 주신 분이신가?"

"네, 그렇습니다."

혼비백산한 채 교감 선생님과 그를 불안하게 바라보고 서
있기만 하자 교감 선생님의 따가운 눈초리가 와 닿았다.

"흐음. 김 선생님은 이제 수업 들어갈 시간 같은데……."

말끝을 흐리는 교감 선생님을 바라보며 다혜는 눈물을 머금
고 뒤돌아섰다. 하지만 다혜는 보았다. 나서는 순간 교감 선생
님은 그와 악수를 하면서 대화를 하는 와중에 고개를 돌려 자
신에게 의미심장한 미소를 짓고 있는 것을.

다혜는 그 뒤로 어떻게 수업을 끝마쳤는지 모르겠다. 이미
반에는 작은 현성이 소문을 냈는지 떠들썩하게 '선생님의 남
자 친구는 연예인 아저씨'로 술렁거리고 있었다. 그뿐인가 아
이들의 호기심 어린 시선과 질문은 물밀 듯 쏟아졌다. 밀려오
는 낯 뜨거움과 그에 대한 생각으로 어떻게 수업을 진행했는
지 모르겠다. 수업을 마치자마자 그녀는 학생들의 인사를 받
고 교무실을 향해 총알같이 걸었다.

"김 선생!"

그때 마치 기다렸단 듯 이 선생이 붙잡았다. 그리고 취조를
하듯 다그치는 게 아닌가. 그 남정네의 정체와 어떤 관계인지

부터 시작한 물음이 끝이 없었다. 하물며 주변 선생님들의 시선을 감당해야 했다.

"웬일이니. 글쎄 옆에 한 선생님이 그러는데 그 남정네 시선이 김 선생 자리에서 떨어질 줄 몰랐대. 웬일이야, 웬일. 근데 그 고백남이 설마 그 남자야? 그런 거야? 아까 그분 지금 교장실에 있을 거야. 우리 학교에 뭐라고 했더라? 뭐 하겠다고 했다는데."

'교장실?'

다혜는 혼이 나가 넋을 잃어버린 듯했다가 번쩍 정신이 들었다. 대체 무슨 볼일을 본다기에 교감 선생님을 만난 사람이 교장 선생님까지 만난다는 것인가? 저돌적인 성격답게 이현성이라는 남자는 그녀의 학교에서도 진취적으로 그의 영역을 뻗어 나갔다.

다혜의 머릿속에는 진격의 이현성이 떠올랐다.

그가 왜 교장실에 있다는 거지? 의문 속에서 이 선생의 다다다 끝이 없는 말이 계속 이어졌다. 얼마나 취조를 당하고 있었을까 똑똑 누군가 교무실 문을 두들기는 소리에 뒤돌아보니 그가 서 있었다.

"끝났어?"

"네? 네."

"밖에서 기다릴게."

여유가 넘치는 그는 주변 선생님들께 인사까지 하고 뒤돌아 나갔다. 그리고 곧 다혜는 아까보다 몇 배는 더 따가운 시선을 마주해야 했다.

그가 나간 뒤 교무실 분위기는 더욱 소란스러웠다. 거기다 교장실에 올라갔다 온 선생님이 내려와서 그가 온 용건에 대해 말한 순간, 교무실은 발칵 뒤집어져 이미 걷잡을 수가 없었다.

그가 학교에 시설물을 교체해 주는 것과 일정 금액의 기부를 하겠다고 했단다. 다혜는 황급히 마무리를 짓고는 잽싸게 선생님들의 질문에 노코멘트를 외치고 교무실을 나섰다.

그렇게 정신없는 학교에서 마무리를 다 짓고 교문을 나서자 그가 기다리고 있었다. 다혜는 갑작스럽게 찾아온 그와 함께 아까의 민망함과 황당함에 기분이 나빠지기 시작했다.

단 몇 분, 교무실의 악몽과 수업시간 내내 작게 일었던 속 닥임.

40분 정도 되는 수업시간 안에 이현성은 자신의 학교를 토네이도처럼 모두 휩쓸고 갔다. 처음에 그는 그저 의문의 남정네였다. 하지만 거기서 끝이 아니었다. 정신을 차리고 보니 임자 있는 여자가 된 것도 모자라 이미 그녀의 반 아이들과 교무실 선생님들 사이에서 빵빵한 남자 친구가 있는 여자가 되어 있었다.

아이들은 어찌어찌 해결한다 치고 조만간 국수를 먹겠다며 즐거워하는 선생님들은 어떻게 한단 말인가. 아니 어쩌다가 자신을 찾아온 의문의 남자가 순식간에 조만간 결혼할 좋은 배경의 정혼자로 둔갑이 되어 기정사실이 되었단 말인가.

"하아."

낯 뜨겁고 민망하다. 이건 수습할 수 있는 단계를 넘어섰다. 아니 이 발칙한 소문은 수습할 수 없을 정도로 눈덩이처럼 불어서 이미 퍼질 대로 퍼져 버렸다. 눈앞의 사내는 교무실 안에서의 사태를 모르는 듯 태평해 보였다.

"이현성 씨!"

"왜?"

"아니 어쩌면 이럴 수가 있어요? 왜 갑자기 학교에 찾아와서 사람을 이렇게 곤란하게 만들어요?"

갑자기 당한 부끄러움을 설움으로 맞바꿔 그에게 분노 서린 말을 내뱉자 그는 아무렇지도 않다는 표정으로 맞받아칠 뿐이었다.

"내가 뭘?"

"지금 몰라서 물어보는 거예요? 내가 낯 뜨거워서 얼굴을 들 수가 없었다고요!"

"난 내 할 일을 했을 뿐인데? 하필이면 그곳이 다혜가 있는 학교였어."

"거짓말."

"정말인데? 그럼 내가 왜 교장실에 가 있었겠어?"

다혜는 능청스러운 그의 말에 할 말이 없었다. 그의 말은 아귀가 딱딱 맞아떨어졌다. 업무차 학교에 왔다는데 어쩔 것인가? 하필이면 그곳이 그녀의 직장이었다는데 무슨 말을 더 하겠는가. 뭔가 꺼림칙한 기분이 온몸을 휩쓸고 지나갔다.

"왜 하필 우리 학교인데요."

다혜는 불신이 가득한 눈으로 현성을 보며 좀 더 자연스러운 이유를 대보라고 했다. 그러자 그는 간단명료하게 이야기를 했다. 그의 비즈니스상 이번엔 그 투자 대상이 학교라는 것이었다.

"그럼 왜 기다렸어요?"

"보고 싶다고 했잖아. 그리고 우리 아직 할 일이 남았잖아? 안 그래, 김 선생?"

기가 막혀 불신의 눈으로 그를 노려보자 가까이 다가온 그가 야릇한 미소를 지어 보이더니 손을 내밀었다.

'어쩌라고?'

그러자 이번엔 그가 다른 손을 내밀었다. 당최 무슨 뜻인지 몰라 멀뚱멀뚱 바라보자 그가 시원스레 웃는 게 아닌가. 그가 내민 손을 까닥까닥거린다.

"안 잡으면 후회할지도 모르는데?"

어찌해야 할까 고민할 새도 없었다. 갑자기 몸이 앞으로 확 당겨졌다. 그리고 손에 그의 손이 맞잡아졌다. 놀라서 당황하는 그녀와 달리 그가 미소를 짓는다.

콩닥콩닥.

심장이 뛴다. 좀 전부터 간질거리던 알 수 없는 기분에 눈이 파르르 떨려온다. 이상하다. 이런 낯선 감정이. 왜 그가 짓는 미소만 보면 이럴까. 다시 시작된 복잡한 감정이 물밀 듯 들어왔다. 순간 가까이서 느껴시는 숨결에 헉 소리를 내며 사신의 감정을 들킬까 현성을 보고 있던 시선을 돌렸다.

그러자 그가 부드럽게 자신을 이끌었다. 조수석에 타자 현성은 그 뒤로 어디론가 차를 몰았다.

"어디 가는 거예요?"

"좋은 곳."

좋은 곳이란 말에 지난번 그 앞에서 벌였던 민망했던 모습이 떠올랐다.

'좋은 곳을 가긴 했지. 단지 그 과정이 참담했을 뿐.'

그때를 떠올리니 그날 먹은 질긴 고기도 생각났다. 주변을 두리번거리니 저번과 다른 곳에 차가 멈추었다.

"내려."

그와 함께 들어선 곳은 아기자기함이 돋보이는 카페였다. 이 사람은 이런 곳을 어떻게 알고 오는 건지 모르겠지만 가는 곳마다 분위기가 좋은 곳이 많았다. 물론 그녀는 그에 상응 하는 행동을 한 번도 보인 적이 없다면 문제랄까.

야경을 볼 수 있는 창가에 앉아 간단한 저녁을 먹고 차를 마시면서 다혜는 눈앞의 사내를 쳐다보았다.

우스웠다. 어쩌다가 이 사내와 이렇게 얽혔을까. 맞선으로 시작된 만남은 아슬아슬하게 이어졌다.

처음에는 이 사내를 하얀 집에 가야 할 상대로 여겼는데 지금은 사뭇 다른 느낌이 들었다. 다혜는 아까부터 뜀박질이 이상한 심장을 부여잡고 싶었다. 이상하다. 또다시 심장이 방망이질을 시작하는 게 아닌가.

다혜는 사람의 마음이 간사하게 느껴졌다. 오늘까지 딱 4번의 만남. 하지만 어느새 그와 이렇게 앉아 있는 게 자연스럽고 익숙해져 버렸다.

처음에는 부담스럽고 피하고 싶었던 시간이 언제부터인가 기대되었다. 종잡을 수 없는 현성의 성격은 아직 감당하기는 어려웠지만 그 이외에 그가 다혜에게 보여 주는 행동은 누구보다도 정중했다.

잿빛의 그레이 슈트가 잘 어울리는 사내. 거기다 신체비율까지 완벽해 보였으며 얼굴은 신이 축복을 받았는지 잘났다. 눈앞에 그런 사내가 지그시 바라보고 있으니 몸이 안 떨리고 배기겠는가. 지금 다혜는 움찔움찔 떨고 있었다.

'아, 또…….'

두근두근거리던 심장이 이제는 제멋대로 쿵쾅거린다.

"난 내가 인내심을 이렇게 발휘할 수 있다는 걸 처음 알았어."

향긋한 향내를 내뿜는 차를 마시던 그가 잔을 내려놓았다. 그리고 그가 고개를 들어 그녀를 똑바로 바라봤다.

"무슨?"

"난 충분히 시간을 준 듯한데?"

다혜는 현성의 말뜻을 짐작할 수 있었다.

시간을 달라고 한 이는 그녀였고, 기꺼이 기다려 주겠다고 한 것은 현성이었다. 그런데 약속시간이 채 안 된 지금 그가 답을 요구하고 있었다.

"3일이……."

"나에겐 3일도 긴 시간이야."

다혜에게는 짧은 시간이었다. 하루에 수십 번씩 생각이 왔다 갔다 했는데 그러고 보면 어느새 하루가 지나 있었다.

심장은 멋대로 날뛰고 있는데 그는 대답을 기다리고 있다. 대답을 해 줘야 하는데 왜 그 답이 시원스럽게 나오지 않는 것일까. 그가 싫다? 아니, 그건 아닌 것 같다. 그렇다면 좋은 것일까? 하지만 그가 가끔씩 보여주는 저돌적인 모습은 왠지 모르게 아직까지는 부담이었다.

"솔직히 말하자면 연애, 처음이야."

"험."

"그래서 날 이상하게 볼지도 모른다고 생각해."

그랬었다. 사람에게 첫인상은 아무래도 지우려야 지울 수가 없었다. 다혜에게 그의 첫인상은 결코 좋은 인상이 아니었다. 하지만 연애가 처음이라는 말에 조금은 놀라웠다.

"그런데 만약 그 연애라는 거 하게 된다면 김다혜 당신과 하고 싶어."

"난……."

"결혼을 전제로 사귑시다. 김다혜 양."

착각일지는 모르겠지만 멋대로 날뛰던 심장이 멈추었다. 미친 듯이 방망이질했던 두근거림 또한 들리지 않았다. 주변의 모든 게 새하얗게 보였다.

똑바로 바라보고 있는 현성의 모습 이외에는 더 이상 아무

것도 보이지 않았다. 멈췄던 심장이 다시 요동쳤다.

"난 김 선생과 결혼을 전제로 사귀고 싶습니다."

그의 시선 또한 그녀에게 고정되어 있었다. 농담이 아니라는 듯 그의 목소리는 진지했다.

도망가야 할까?

"나는……."

심장이 울린다. 쿵쾅거렸던 심장은 이제 더할 나위 없이 세차게 박동을 하고 있었다. 그와 시선을 마주한 채 웃었다.

도망갈 수 없다.

3일의 유예.

그에게는 길었던 시간.

이제는 그에게 답을 들려줘야 할 때였다.

"나는……."

쉬이 입술이 떨어지지 않는다. 뭐라고 말을 해야 하는데 입술만 달싹일 뿐 선뜻 나오지 않았다. 대답해야 한다. 헌데 앵무새마냥 '나는' 이란 말만 나온다.

다혜는 두근거리는 심장 소리를 들으며 다시 한 번 그를 쳐다보았다. 눈앞에 있는 이의 표정은 장난기가 없었다. 밉살스러움도, 거짓도 없었다. 그는 이제껏 그 어느 때보다 진지해 보였다. 정중함이 가득 깃든 모습을 한 채 한 치의 흔들림 없이 똑바로 마주 보고 있었다.

"그러니까……."

말끝을 흐리며 그에게 들려줘야 할 대답을 해야 하는데 그의 뜨거운 시선에 말을 잇지 못하고 고개를 떨어뜨렸다.

이 여사의 벼락같은 다그침으로 나간 선 자리에서 만난 사내.

맞선이 결혼을 전제로 하는 만남의 자리라는 건 알고 나간 게 맞다. 그리고 그는 지금 그 맞선에서의 만남의 연장을 이야기하고 있는 것이었다.

잘생긴 첫인상과는 다르게 결단코 편히 만나지지 않았던 남자. 억지 같은 만남의 연장 속에서 이 남자가 자신을 좋아한단다. 그런데 그게 싫지 않았다. 우습게도 조금씩 그에게 흔들려가는 저를 느꼈다.

서른 살에 들어 본 고백.

오랜만에 느껴 본 설렘. 이현성, 이 사람을 만날 때마다 사건과 사고는 잦았다. 그래서 거리를 두기도 거부도 했었다. 헌데 그는 도통 포기를 몰랐다. 어디에 반했다고 그러는 걸까.

결혼 전제라는 말을 보니 절대 장난을 칠 사람은 아니다. 아니 그런 일로 애초에 장난을 칠 위인은 아니었다. 마음이 갈팡질팡 갈피를 잡지 못한다. 어떻게 대답을 해야 할지 몰라 다혜는 저도 모르게 입술을 깨물고 말았다.

"김다혜 씨. 사귀고 싶습니다."

또다시 심장이 꿈틀거린다. 가슴속에 무언가가 간질거리며 시원하게 해 달라고 아우성을 친다. 그윽하게 들리는 음성이 귓가를 때리고 심장을 떨리게 했다.

"난……."

다혜는 떨리는 마음을 다잡으며 어떻게 대답을 해야 할지 정리를 해야 했다. 그런데 그때 그의 손이 보였다. 꽉 거머쥔 그의 손.

"거절인가?"

'아.'

그가 그녀처럼 떨고 있었다. 그도 자신처럼 긴장하고 떨고 있었다. 세밀하게 보면 알 수 있었다. 그의 오른손에 힘줄이 솟아 있었다. 고개를 다시 들어 그를 바라보았다. 조금 전에 볼 수 없었던 그의 반듯했던 왼쪽 눈썹이 올라섰다. 평정심을 보였던 그 또한 그러리라. 강직하고 올곧은 시선으로 마주한 채 금욕적인 표정을 한 그도 떨고 있다는 걸.

단단하게 막혔던 목이 그 모습을 보자 언제 그랬냐는 듯 스르르 풀렸다. 다혜의 한껏 긴장되었던 몸이 풀어졌다.

이제는 정말 대답을 해 줘야 할 때였다.

"이현성 씨."

그의 이름을 부르자 평정심을 가장했던 사내의 표정이 흐트러진다. 그가 얼마나 대답을 기다리고 있었는지 알 수 있었다. 그가 지은 표정, 굳어진 표정에서 엿보이는 긴장감.

"으음."

이제 이 두근거림이 무엇인지 조금은 알 수 있을 거 같았다. 마음이 말한다. 언제부터인지는 모른다. 하지만 이 사람을 좀 더 알고 싶다. 이 남자가 궁금하다. 그를 좀 더 가까이서 알아 가고 싶다.

그를 만나 보고 싶다.

결론이 내려졌다. 가슴이 이야기하는 답은 하나라는 것이. 그가 자신에게 가지는 감정과 그에게 자신이 가지는 감정이 조금은 달라도 비슷하다는 걸. 갑자기 궁금해진다. 그는 무슨 감정을 가지고 이런 말을 하는 걸까.

하지만 암묵적으로 그의 집요한 시선이 눈동자를 따라 악착같이 달라붙는다. 빨리 대답을 내놓으라고 다그친다.

찔러 들어오는 뜨거운 시선 사이로 서로의 불규칙한 호흡이 엉킨다. 과연 이 대답이 제대로 말하는 것인지는 몰라도 똑바로 그를 다시 한 번 쳐다봤다.

"좋아요. 사, 사귀어 봐……요."

"어?"

"우리 사귀어 봐요!"

그가 두 눈을 깜박이며 놀란 표정을 짓더니 순식간에 평정을 되찾은 듯 가면을 썼다.

응? 왜 표정이 갑자기 바뀌는 거지? 좋다는 거야, 싫다는 거야? 내 대답이 마음에 안 들었나? 반응이 영 시원찮다.

혹시나 하는 생각에 다시 또박또박 말하였다.

"이현성 씨 우리 연애해 보자고요!"

다혜는 나름 힘겹게 말을 했는데 이 남자 보소? 말이 없다. 무어라 말 좀 해 보라고 눈짓을 주는데 굳은 듯 말도 없이 그냥 쳐다보고만 있었다.

이제는 도리어 그녀의 속이 탔다. 무엇 때문에 그는 입을 열지 않는 것일까? 설마 늦게 대답을 했다고 그새 또 뭐가 마음에 안 들었던 것인가? 심상치 않은 그의 표정이 점차 꿈틀대기 시작했다.

"이현성 씨. 내 말 제대로 들은 거 맞아요? 만나자고요."

그의 대답을 기다리는 그녀의 심장이 쿵덕거린다.

"잘 들었어."

정중했던 이현성의 존대는 사라졌다. 원래대로 그가 말을 한다. 그리고 입꼬리가 살짝 올라간 채 그는 미소를 지었다. 그의 표정은 흡족해 보였다.

"김다혜."

"네?"

"무르기 없다."

그의 말 한마디에 긴장감이 사라져 간다. 그가 지어 보이는 저 미소가 환하게 빛나 보였다. 그러자 마음 어딘가에 수그리고 있던 무언가가 터져 나왔다. 서른 살. 이 사내를 만나면서 알게 되어 간다. 쪽팔림을, 당황스러움을, 뻘쭘함. 그리고 두근거림을.

그는 자신을 통해 무엇을 알아 가게 될까. 갑자기 몹시 이것저것이 궁금해진다. 드디어 김다혜의 인생에 봄이 오는 기분이랄까. 집에 있는 이 여사가 알게 된다면 무척 좋아할 만한 일이 벌어진 것이었다.

"우, 우리 잘 만나 봐요."

어색하게 그에게 말을 건네자 또다시 그가 웃었다. 지금 그

녀의 모양새가 아마도 많이 웃긴 모양이었다. 그녀가 내뱉고
나서 생각해 보아도 그래 보였다.

"잘 부탁해요."

"나야말로."

왜 이현성 이 사람이 점점 멋있어 보이는 것일까. 쿵쾅거리
는 심장의 떨림이 멈추질 않는다.

"그런데요."

"왜?"

물어볼까 말까. 계속 신경 쓰이는 부분이 생기자 안 물어볼
수가 없었다. 그는 진짜 그리 생각하고 있는 걸까. 정말 그러
니까 이리 사귀다가 잘 맞고 잘 되면.

"결혼을 전제로 만나는 건……."

"싫은가?"

"아뇨. 그게 아니라 그러니까 결혼을 전제로 만나자고 하시
니까 그러니까 곧……."

"김 선생, 난 그만큼 진지해."

두근두근. 진지하단다.

그의 표정만 봐도 안다. 그래서 지금 이렇게 고민하는 게
아닌가. 그나저나 이 사내 왜 이리 진중하게 나와서 사람을 떨
리게 하는 거지? 가슴이 세차게 널뛰기를 하니 마주 앉아 있
는 게 곤혹스러웠다. 하지만 대답을 하고 나서도 마음 한편에
묵직하게 남아 있는 게 있었다. 바로 결혼이라는 단어였다. 결
코 가벼운 마음으로 말할 수 없는 무게감. 아무래도 짚고 넘어

가야 할 듯한데 그 말할 타이밍이 언제일지 눈치를 보며 생각했다.

'말해야 해! 말을 하자 말을.'

진지하다는 사내에게 사귀는 건 좋은데 결혼은 어쩌고 하면서 말하기도 그렇고 저렇게 눈을 빛내고 있는데 어찌해야 할지 도리가 없었다.

"으음."

"왜?"

말꼬리를 늘리며 우물거리자 그가 의문을 가진다.

"꼭 사귄다고 해서 결혼을 하는 건 아니잖아요."

"김다혜 씨. 그럼 앞으로 생각해 보세요."

"헉."

"그 반응은 설마 벌써 끝을 정하고 사귀는 건가?"

"아니에요. 절대 그건 아니에요. 단지 난."

다혜도 혼기가 찬 여자였다. 설마 그런 생각을 하겠는가. 그래도 역시 그 어감이 다르게 느껴지는 건 어쩔 수가 없었다.

"내가 그 말을 내뱉었을 때는 그만큼 이 만남에 대해서 진지하다는 거야."

"알아요."

"그리고 그만큼 좋아하는 거고."

그의 고백에 아까보다 그가 더 멋있게 보였다. 제대로 그를 쳐다보지도 못하겠다. 보기만 해도 심장이 고장 난 듯 제멋대로 널을 뛴다. 다혜는 고개를 숙인 채 마른침을 꿀꺽 삼켰다.

"난 김 선생과 함께 있고 싶어."

'헉.'

"연애도 하고 싶고 결혼도 하고 싶어."

묵직하게 자리 잡고 있던 단어가 연달아 터져 나왔다. 그는 사귀는 걸로 그치는 게 아니라 좀 더 나아가 결혼까지 바라보고 있었다. 미치겠다. 이 남자 왜 이리 사람을 벅차게 만드는 걸까.

"설마 나랑 사귀고 다른 남자랑 결혼하려는 그런 식으로 생각하는 건 아니지?"

"네?"

"연애 따로 결혼 따로."

그 순간 다혜의 머릿속에서 영상이 그려졌다. 그와 함께 손을 붙잡고 결혼식장에 서 있는 모습이. 골칫덩어리를 해치웠다고 아주 대견하단 식으로 바라보고 있는 이 여사의 모습도 함께.

'엄마야!'

망측하게도 이상한 상상이 줄줄이 연이어 떠올랐다. 아니다. 이건 아니다. 그래도 서른 살에 고백받고 사귀게 되었는데 풋풋한 연애라고까지 부를 순 없지만 그래도 나름 그 모습을 갖춰야 하는 게 정상 아닌가. 나름대로 연애에 대한 꿈이 있는데 이럴 수는 없었다.

그런데 그에게서 사귀는 건 곧 결혼이다 이런 의미가 물씬 풍겼다. 그래도 이런 생각은 하면 안 되는데 사귀다가 헤어지게 되면 감당할 수 없는 후폭풍이 몰려올 듯했다. 일어나지도 않은 일에 대한 걱정이 일었다.

"왜?"

약간은 할 말이 남은 듯한 제스처를 보내자 그가 의아하게 쳐다봤다. 아무래도 눈앞의 이 사내는 이미 사귀자는 말에 스스럼없이 말을 하고 행동을 하는데 분위기를 망칠 말을 해야 하니 이상했다.

"무슨 할 말 있나?"

"음, 그러니까."

현성이 무슨 말이든 해 보라는 식으로 모든 것을 다 들어주겠다는 포근한 표정으로 바라보니 더욱 말하기가 애매했다. 이미 그의 고백에 대답할 때 시간을 끌어서 그런가. 온기가 사라져 버린 싸늘한 커피 잔만을 만지작거렸다.

"이현성 씨."

애꿎은 커피잔을 쓸다 눈 한번 감고 툭 그를 불렀다.

"응?"

"이 분위기에서 이런 말 하면 조금 그런데요. 한 가지 짚고 넘어갔으면 하는 게 있어요."

다혜는 빈틈을 허용하지 않을 기세인 그를 보며 할 말을 해야 했었다. 그런데 역시나 예상했던 대로였다. 말을 끝내자마자 현성의 입가의 미소가 굳었다.

'젠장. 김다혜 이 팔푼이.'

그의 반응에 다시 쿵 심장이 내려앉았다. 어쩌면 좋단 말인

가. 그냥 다음에 이야기할 걸 그랬나 후회가 조금 밀려왔지만 이왕 내뱉은 김에 할 말은 해야 했다.

"난 그러니까. 그게."

"뭐지?"

따갑게 시선이 와 닿는다. 안 그래도 그렇게 얼굴을 뚫을 듯이 쳐다봐 따끔해 죽겠는데 이제는 굳어 버린 사내의 미간에 보이는 저 주름이 눈가에 박혀 들었다.

"말해."

"너무 빠른 감이 있는 거 같아서요."

"뭐가?"

답답하게도 말이 목구멍에서 나오지 않았다. 이렇게까지 말하는데 아무것도 모르겠다는 저 무지막지한 표정을 보니 더욱 말하기가 어려웠다.

"만나 보는 건 좋지만 결혼을 전제로 하는 건 조금 미뤘으면 좋겠어요."

"왜지?"

'헐.'

그가 이유를 물어본다. 그거야 당연히 절차가 있지 않은가. 그런데 그는 모든 걸 다 건너뛸 듯한 자세를 가지고 임하고 있었다. 그래서 겁이 난다. 저돌적인 그가. 만난 횟수만 봐도 답이 나왔다.

천천히 가고 싶다. 서로 맞춰 나가며 그를 알아보고 나름대로 연애의 재미를 가져 보고 싶었다. 저 기세면 시작과 동시에 정신을 차리면 이 사내와 식장에 서 있을 듯한 기분이 들었다.

"왜, 왜긴요. 이제 시작하는 사이고 아직 이현성 씨나 나나 상대에 대해 전혀 모르잖아요."

"이제부터 알아 가면 되는 거 아닌가?"

마음에 들지 않는지 그의 굳은 표정이 풀릴 기미가 안 보였다. 다혜는 그에 대해서 아는 게 없었다. 가끔 지나가는 말로 우리 이 사장은 말이야 하는 이 여사의 말을 들었을 뿐.

그니까 알아 가자고 지금 이야기하고 있는데 그는 대체 그녀의 말을 어떻게 이해하고 있는지 모르겠다.

"그렇죠. 그렇게. 한 걸음 한 걸음 가자는……."

"어느 세월에?"

"네?"

아니 그녀도 받아들일 수 있는 선이라는 게 있었다. 말이야 그렇지만 현실은 또 그게 아니지 않은가! 맞선이라는 게 그렇다지만 그래도 만약이라는 것도 있고, 아무래도 무겁게 다가오는데 어쩌란 말인지. 곧 지구가 종말이 올 것도 아니고 쉬엄쉬엄 알아 가는 게 어때서 그는 눈에 불을 켜듯 물었다.

"즐거운 연애를 하고 싶어요."

터진 입이라고 어느새 내뱉어진 말은 주워 담을 수가 없었다. 그런데 정말 그랬다. 연애하고 싶었다. 남자대 여자로 만나 알아 가는 그런 만남을.

"부담스러웠나?"

현성의 브레이크라고는 하나도 없는 저돌적인 접근에 짧게 숨을 내쉬었다. 아무래도 그의 저런 모습에 적응하는 시간은 꽤 걸릴 것 같았다.

"그러니까 저는요……."

그녀가 설명한다고 한들 앞의 남자는 이해해 줄 수 있을까? 무리이지 않을까? 아니 화를 내면 어쩌지 싶은 마음이 든다. 거기다 이런 말을 하는 것도 어쩐지 김칫국부터 마시는 격 같기도 했다. 그를 향하는 심장이 떨리지 않는 것은 아니다. 하지만 한편으로는 처음을 시작하는 지금의 상황이 불안했다.

"조금요."

고개를 숙이자 현성의 시선이 느껴졌다.

그때 피식 바람 빠지는 소리에 고개를 들자 다혜는 현성이 미소를 짓고 있는 걸 볼 수 있었다.

"그럼 결혼 전제가 아니라면 편하게 다가올 수 있다는 건가?"

현성의 물음에 자신도 모르게 시선이 그를 향했다. 멈추거나 타협을 할 줄 모르는 것 같은 그에게서 처음으로 한 걸음 뒤로 물러난 느낌이 들었다.

"아무래도요."

"우선은 서로를 알아 가는 단계부터 시작하지. 이러면 괜찮은 건가?"

다혜는 바로 그런 걸 원했다는 듯 그의 말에 연신 고개를 끄덕거렸다.

"그럼. 된 거지?"

"네. 그러면 잘 부탁해요."

그 말에 이제야 굳어 있던 현성의 입가에 제법 괜찮은 미소가 지어졌다. 본바탕이 좋으니 짓고 있는 미소조차 그럴 듯했다. 그러니 저 미소에 반하지 않았던가. 아마 마음이 동요하던 이유 중 필시 저 웃음이 한몫을 했다. 오늘부터 이현성 그대의 미소를 백만 불짜리 미소라고 칭해야겠다.

"생각할수록 좋단 말이야."

"네?"

"아니. 그렇다고."

다혜가 볼 때 그는 가끔 알 수 없는 말을 내뱉는다. 그렇다고 그게 꼭 나쁘지만은 않다.

어느새 고민하던 고백에 대한 답도 해 주었고 파란만장했던 하루도 그가 집에 데려다 주면서 끝이 날 듯했다.

사람의 마음이란 게 간사하다. 불과 몇 시간 아니 몇 분 전만 해도 이런 사이가 될 거라는 걸 생각지 않았는데 우습게도 현재진행형 사귀는 사이가 되었다. 그와 맞선을 보고 이런저런 일을 겪을 때만 해도 이렇게 나란히 함께 있게 될 줄은 꿈에도 몰랐다.

그런데 지금 이렇게 익숙한 듯 그의 에스코트를 받으면 집 앞에까지 오게 되었다.

"김다혜."

그가 부르는 소리에 고개를 들자 멈칫 머뭇거리던 손길이 슬쩍 손을 스쳤다. 찰나의 그 순간 마치 아무런 일도 없었던

듯 손길이 거두어졌다. 다혜는 의아하게 그를 바라봤다. 분명
그는 무언가를 말하려고 하는 듯 보였는데 더는 말을 하지 않
았다. 무슨 의미였을까. 아니 착각인 것일까.

"왜요?"

"전부터 느끼는 건데……."

어깨를 살짝 스치고 지나가는 그의 손길이 오늘따라 유난히
조심스러우며 떨리는 게 느껴졌다. 그건 그녀도 떨고 있어서
그러는 걸까. 점차 그 손길이 올라오더니 다혜의 붉은 입술에
닿았다.

"저, 저기."

"부드럽네."

얼굴이 맞닿을 정도로 다가온 평온해 보이는 그와 다르게
다혜의 심장은 터져 버리기 직전이었다. 예상치 못했던 그의
행동. 그가 엄지손가락으로 아랫입술을 매만졌다. 숨소리가 고
스란히 느껴진 채 그의 손가락이 닿은 입술은 모든 열기가 그
곳으로 모인 듯 뜨겁기 그지없었다.

"참으려고 했는데 안 되겠어."

"뭐? 으읍."

순식간이었다. 말캉하고도 보드라운 입술이 살짝 닿았다 떨
어진 것은.

다혜는 어안이 벙벙해진 채로 아무런 움직임도 취하지 못했
다. 다시 한 번 입술이 닿았다 싶은 순간 그가 윗입술을 살짝
핥고 아랫입술을 슬쩍 베어 물었다.

다혜는 그의 행동에 너무 놀라 참고 있던 야트막한 숨을 토해 냈다. 방금 무슨 일이 일어났던 것인지 헤아리기도 전에 입술에 적나라하게 닿았던 감촉이 깨닫게 해 주었다. 다시 고개를 내린 그가 혀로 느긋하게 입술을 쓸었다.

"무, 무슨."

"오늘은 여기까지."

순식간에 입술을 물고 핥았던 그로 인해 지금 다혜는 당혹스러움에 놀란 눈으로 바라봤다. 하지만 그의 입가에는 만족스런 미소가 서려 있었다.

"잘 자."

"……."

"들어가."

그가 등을 떠밀었다. 어서 들어가라고 말하는 그에게 어색한 인사를 하고 도망치듯 그의 시야에서 벗어났다. 대문을 열고 들어온 다혜는 아직 입술에 닿았던 뜨거웠던 그의 입술의 감촉을 아직도 생생하게 느끼고 있었다.

"후우."

다혜는 갑자기 볼이 발그레해지는 기분이 들었다. 저도 모르게 두 손을 들어 얼굴을 감싸 안으며 소리 없는 비명을 질렀다.

나이 서른. 꽉 찬 계란 한 판. 앞에 숫자 2와 3의 차이는 와 닿는 느낌과 시선조차 달랐다. 그런 그녀의 인생에 처음으로 남자가 생겼다. 그리고 첫날 다혜는 남자와 입을 맞췄다.

"어떡해. 나 방금 그러니까 입술에 그 도장……."

"딸랑구!"

"허억. 엄마!"

소스라치게 놀라고 말았다. 갑자기 소리 소문도 없이 나타난 고매하신 이 여사님의 등장에 다혜는 심장이 벌렁 뒤집어지는 기분을 맛보아야 했다. 아니 언제 이렇게 기척도 없이 나타나셨단 말인가. 다혜는 괜히 도둑이 제 발 저린다는 듯 자동으로 차렷 자세를 취하고 말았다.

"노, 놀랬잖아!"

"지금 그 말은 무슨 말이렷다?"

"으, 응?"

"방금 네가 한 말!"

따끔하고도 집요하게 파고드는 시선이 입술로 몰려들었다. 대문을 열고 들어선 거까진 좋았으나 하필이면 이 여사님께서 버티고 계실 줄 누가 알았을까. 보아하니 쓰레기봉투를 들고 계시는 모습이 마침 타이밍이 기막히게도 맞아떨어졌던 모양이었다.

"방금 남정네가 데려다 준 거 같은데."

절대 속일 수 없는 의심의 눈초리가 스쳐 지나갔다. 이 여사님은 보았던 것이었다. 아니 어디까지 보고 어디까지 들었는지 가늠할 수는 없지만 이미 모든 것을 꿰뚫어 보신 듯했다.

"어……."

"그렇단 말이지?"

이 여사의 억양이 슬며시 올라갔다. 아니 억양뿐만이 아니었다. 그건 소소히 돋아나는 솜털이 알려 주었다. 다혜는 보고야 말았다. 이 여사님의 눈빛이 빛나고 입꼬리가 올라서고 있다는 것을.

"축하한다, 딸랑구."

"엄마, 무슨?"

"부디 올해 안에 널 해치울 수 있기를 빌어 주마."

소리 소문도 없이 나타난 이 여사님은 어둠 속에서도 만면에 빛나는 웃음을 가득 담고 뒤돌아 가셨다. 물론 이 여사님의 손에 들려 있던 쓰레기봉투는 어느새 다혜의 손에 들려 있었다.

7. 한 걸음 두 걸음,
설렘으로 가다

한산할 거라고 생각했는데 평일임에도 불구하고 거리는 사람들로 인해 북적거리며 인산인해를 이루고 있었다. 막 영화를 보고 나온 현성은 다혜의 손을 은근슬쩍 잡아채 움직였다. 보들보들하고 따뜻한 손을 잡자 정말 제대로 만나고 있다는 현실을 깨달았다.

현성은 피식 흘러나오는 웃음을 애써 참지 않았다. 다혜는 아까부터 그런 그가 이상해 보이는지 의아하게 바라볼 뿐이었다.

"왜 그렇게 웃어요?"

"김 선생이 좋아서."

발그레하게 꽃물이 그녀의 얼굴을 물들였다. 즉각 반응을 보이는 여자. 어쩌면 저리 귀여운지 모르겠다. 현성은 다른 한 손으로 그녀의 볼을 매만졌다. 그러자 화들짝 놀라 뒷걸음질 치는 다혜를 보면서 큰 웃음을 터트렸다.

"정말 김 선생. 매력적이야."

"노, 놀리지 말아요!"

"불타는 고구마 같은 김 선생님, 가시죠."

크게 웃어 젖힌 현성은 그녀를 차에 태웠다. 그리고 안전벨 트를 잘 착용한 다혜를 확인한 후 현성은 차를 몰아 한 고급 레스토랑에 도착했다.

다혜와 함께 저녁 식사를 하기 위해 온 곳은 연인들이 단골 로 자주 드나든다는 분위기 좋은 레스토랑이었다.

"와, 사람이 많네요?"

"여기가 그렇다고 하더라고."

연인들을 위한 데이트 코스로 주목받는 곳이라는 게 거짓이 아닌 듯 연인들을 위한 테마로 꾸며져 있었다. 거기다 음식까 지 맛이 좋기로 소문이 나서 미리 예약하고 와야 할 정도로 유명했다.

현성은 안내에 따라 다혜를 데리고 자리에 앉았다. 역시 생 각대로 다혜는 자리에 앉자마자 신기한지 요리조리 둘러보느 라 정신이 없어 보였다.

"분위기가 좋은데요."

현성은 그녀의 말에 뿌듯함이 밀려왔다. 결코 노력은 그를 배신하지 않았다. 하지만 아무리 연인을 위한 곳이라지만 대 놓고 연애질하는 작자들을 보니 어색한 헛기침이 나왔다. 여기저기를 봐도 한 쌍의 바퀴벌레들이 사방으로 널려 있었다.

'좋아 죽네, 죽어.'

다혜가 내부 인테리어를 둘러보는 동안 현성은 옆 테이블 연인들의 눈꼴신 모습을 봐야 했다. 하지만 현성은 곧 가차 없이 그들을 비웃으며 고개를 돌렸다. 기필코 이루리라. 언젠가 똑같이 해 주리라. 오늘 그가 해야 할 일 중에 저런 임무도 있었다.

어느새 나란히 세팅되어 가는 음식을 보면서 현성은 스산하게 웃었다. 언젠가 본인도 저 대열에 낄 생각을 하면서 말이다.

"아주 맛있어 보여요."

"나도 말로만 들었는데 좋네."

"와! 데커레이션도 그렇고 어쩌면 이리 아기자기하게 예쁘죠?"

보기 좋은 게 먹기에도 좋다고 세팅된 음식을 보면서 다혜가 탄성을 내질렀다. 그녀의 눈에 흡족함이 담긴 모습을 보고 있는 현성 또한 기분이 마냥 좋았다. 인터넷을 뒤져 가며 알아낸 보람이 있었다.

실없는 사내라고 할지언정 여인을 바라보는 그 시선에는 무한한 애정이 가득했다. 진즉부터 이런 시간을 보냈더라면 좋았을 텐데 하는 아쉬움도 살짝 들었지만 앞으로 질리게 그녀와 함께할 생각을 하니 그 생각도 금방 사그라졌다. 그 대신 다음엔 더 좋은 곳을 찾아봐야겠다는 생각이 재빠르게 머리를 스치고 지나갔다.

"아까워서 어떻게 먹어요."

"자, 그럼 먹어 볼까?"

"네."

다혜가 기대에 찬 대답을 했다. 이제는 음식에 대해 평가를 내릴 차례였다. 다혜의 입으로 음식이 하나씩 들어갈 때마다 그녀의 감탄이 시작되었다. 음식에 대한 찬사와 함께 그녀의 통통한 볼살이 볼록거리며 움직였다.

현성은 본인이 먹는 걸 잊어버린 채 다혜를 바라보았다. 먹는 것도 참으로 복스럽게도 먹는다. 뭐 하나 현성의 눈에 못나 보이는 게 없으니 먹는 모습마저 보고 있는 것만으로 배가 불러 왔다.

"왜 안 먹어요?"

어느새 그녀의 먹는 모습에 흐뭇해하고 있다 보니 오물거리는 앙증맞은 붉은 입술이 눈에 들어왔다.

"맛있다면서 왜 안 먹고 그러고 있어요?"

"으, 응?"

"현성 씨?"

"다른 게 고파."

현성은 본능에 충실한 입 때문에 난감해졌다. 그도 모르게 뿌리처럼 뻗어 나가는 상상력에 감히 내뱉지 말아야 할 말을 하고 말았다.

눈을 뗄 수가 없었다. 처음에는 그녀의 복스럽게 먹는 모습

이 좋았는데 점점 그녀의 입술에 시선이 가더니 단전 아래서
부터 치켜 올라오는 열망을 느껴야 했었다. 그것도 사람이 이
렇게나 많은 곳에서.

'미쳤군.'

정신을 차려야 한다. 여기서 잘못하면 지금까지 모든 게 원
점으로 되돌아간다. 이제까지 몸소 겪은 고생이 변태라는 단
어와 함께 말이다. 생각만으로 끔찍한 상상에 현성은 등골이
오싹해졌다.

"다른 거요? 메뉴판 달라고 할까요?"

다행이라고 해야 할지, 아무것도 모르는 순진한 김다혜는
새로운 주문을 하려는 듯 자세를 취하고 있었다. 속사정을 전
혀 모르는 그녀는 천하태평이겠지만 현성은 전혀 그러지를 못
했다.

지금 그에게 고픈 건 음식이 아니라 그녀였다. 아마 그 말
을 한다면 그녀는 꽤나 놀라워할 것이다. 아니 변태라고 십
리 밖으로 도망을 가서 다시는 안 본다고 할지도 모를 일이었
다.

미치겠다. 자꾸만 제어되지 않고 치솟아 오르는 이 갈증을
어떻게 해야 할지 그조차 모를 정도였다. 그러지 말아야 하는
데 또 그녀의 입술에 시선이 가기 시작한다. 저 앙증맞은 입술
을 탐하고 싶다는 생각에 목이 타들어 갔다. 잠깐 맛본 입술이
얼마나 달콤했던가. 저 보드랍고 말캉해 보이는 입술을 삼키
고 빨아 본다면 어떤 느낌일까.

꿀꺽.

목이 타들어 간다. 생각만으로도 벌써 수십 번을 탐했는데 그마저 모자란 듯했다.

상상의 나래는 이곳이 어디인지 망각한 채 이어졌다. 그리고 또다시 그녀가 음식을 묻는 순간 현성은 결국 대답 대신 냉수를 들이켰다. 어찌 됐든 이제 겨우 사귀게 되었는데, 앞으로 나가야 하는 진도는 까마득한데 벌써 이성의 끈을 놓을 수는 없었다.

위험하다.

이런 문제에 봉착하다니.

저질스런 이현성.

식사 도중 대체 이 무슨 발칙한 상상인가. 주문하겠다는 그녀를 말리며 현성은 길게 한숨을 내쉬었다. 상상은 여기까지여야만 했다. 더 나아가면 무슨 험한 꼴을 겪을지 모르는 일이었다.

결국 다혜가 맛있는 음식을 먹으며 행복해했던 것과 달리 현성은 물배만 가득 채우고 레스토랑을 나왔다. 이번엔 그녀의 집 근처 커피숍에 자리를 잡고 앉았다. 마음도 착한 그녀가 커피를 사 주겠다고 해서 들어오긴 했지만 주문을 하고 앉아 있자 아까부터 신경이 쓰이는 일에 물어보지 않을 수가 없었다.

"근데 아까부터 누가 그리 연락을 하는 거야?"

"아, 박 선생님이라고 계시는데요."

다혜는 학교에 관련된 이야기를 하기 시작했다. 그리고 덤으로 박 선생이라는 자에 대해서 이야기를 했다.

"그래서 박 선생님이 신경이 쓰이셨나 봐요."

"그래?"

이야기를 들을수록 박 선생이란 자가 거슬렸다. 굳이 이 야심한 시간에 다혜에게 연락까지 해 가며 물어볼 상황은 아닌 듯해 보였기 때문이었다. 무언가 마음에 들지 않았다.

그러고 보니 전에 학교에 갔을 때 교무실에서 박 선생이 다혜에게 호감을 가지고 있다고 누군가 떠드는 걸 얼핏 듣지 않았던가.

'그놈이군.'

거기다 다혜가 다른 사내에 대해 말하는 것도 싫었다. 제가 이리 질투심이 많은 사내일 줄이야. 이렇게 수컷으로서의 본능이 투철할 줄이야. 현성은 급 화제를 돌려 다른 이야기를 꺼내기 시작했다. 하지만 이미 머릿속에서는 박 선생이란 자가 뚜렷하게 입력이 되었다. 누군지 모르나 불쾌하게 느껴지는 존재로.

"예쁘다, 김 선생."

"네에?"

다혜의 눈이 휘둥그레졌다. 현성은 이 와중에 그녀의 그런 모습을 보며 자신도 모르게 손이 나갈 뻔했다. 귀엽다 못해 저 토실하고 하얀 얼굴을 손으로 만져 보고 싶은 욕구가 치밀어 오른다. 깜찍하다. 그의 이런 생각도 모른 채 말갛게 눈을 뜨고 바라보고 있는 그녀.

서른 살의 그녀는 그의 피를 뜨겁게 들끓게 만드는 여자였다.

'이건 병이 아니야. 단지 그녀가 사랑스러워서 그런 거라고.'

다혜의 붉은 입술을 마음껏 물고 빨고 핥고 싶다. 거칠게 그녀의 머리를 헤집으며 쓸어내리고 안고 싶다. 미치도록 김다혜 그녀를 탐하고 싶어졌다.

사내로서의 본능이 또다시 일어섰다.

첫눈에 자신을 사로잡은 여자. 유일하게 자신의 여자로 만들고 싶었던 여자. 아니 처음 본 그 순간부터 결혼을 떠올렸다. 제가 겪고도 황당한 이 감정을 뭐라고 설명을 해야 하나.

그런데 거기에 하필이면 혹시 모를 날파리가 어슬렁거리는 듯해 가뜩이나 조급했던 마음이 더 조급해졌다.

"한번 안아 보자, 김 선생."

카페의 구석진 자리.

남자는 이성보다 본능에 충실하다고 했던가? 대답이 채 들려오기도 전에 충동감에 손을 뻗어 다혜를 끌어안았다.

쿵쾅쿵쾅.

심장이 무지막지하게 뛰기 시작했다. 이 떨리는 가슴을 애써 진정시키려는데 이런 그의 속을 아는지 모르는지 바둥거리던 그녀가 결국 수줍게 그의 허리를 감싸 안는다. 품 안에 들어오는 그녀로 인해 커다란 만족감이 들자마자 욕심이 생겼다. 아까부터 머릿속을 점령하고 놓아주지 않은 그녀의 입술.

다혜의 허리를 자신 쪽으로 끌어당기며 거칠게 입술을 삼켰다.

"흐읍."

말캉한 입술을 빨아들이며 타오르는 욕망을 억누른 채 그녀의 입안을 헤집었다. 구석구석 빨아들여도, 핥아 내도 허기진 마음은 만족을 몰랐다. 오히려 입안으로 파고든 혀는 욕심껏 더 안으로 깊숙이 들어가겠다고 그녀의 혀뿌리를 찾아 유영했다.

달콤하다. 무엇과 견주어도 이보다 달콤할 수는 없었다. 그녀에게 몸을 밀착시킨 채 정신없이 몰아치자 다혜의 가냘픈 신음 소리가 흘러나왔다. 힘겹게 다혜의 입술에서 입을 떼자 입안을 헤집고 핥아 내며 빨아든 탓인지 타액으로 젖은 입술이 번들거렸다.

더하고 싶은 욕망을 억제하고 간신히 그녀의 입술을 놓아주었다. 그리고 거칠게 숨을 몰아쉬는 다혜의 입술에 다시 한 번 쪽 소리 나게 입맞춤을 했다.

"맛있다. 김 선생."

현성은 야릇하게 자신의 입가를 핥아 내렸다. 그녀로 인해 입가에 만족스러운 미소가 서린다. 사랑스러운 다혜의 붉어진 뺨을 천천히 쓸어내리며 현성은 다시 한 번 다혜를 꽉 끌어안았다. 이곳이 카페이기에 망정이지 안 그랬다면 무슨 불상사가 일어날지 모를 일이었다.

✧

그에게 봄날이 찾아왔다. 그토록 원하던 다혜와 함께 있는
시간은 그에게 꿈같은 시간이었다. 차차 알아 가자는 그녀의
말대로 현성은 인내를 끌어모아 최대한 맞춰 가고 있었다.

저녁에는 오붓하게 마주 보고 식사를 하기도 했으며 심야영
화도 보았다. 5일 전에는 또 어떠했는가. 볼에 살포시 입을 맞
추자 부끄러워서 몸 둘 바를 몰라 했던 그녀.

앙증맞은 붉은 입술을 마음껏 탐할 때는 또 어떠한가. 움찔
거리며 그의 옷자락이 생명줄이라도 되는 듯 움켜쥐는 모습이
얼마나 사랑스러운지 모른다. 언젠가 원 없이 삼켜 버리리라
행복한 상상을 하는데…….

톡톡톡.

"오우. 이현성!"

톡톡톡.

"정말 네가 자랑스럽다."

한참 다혜의 생각에 빠져 손가락을 튕길 때마다 그 장단과
함께 들려오는 전혀 반갑지 않은 음성에 고개를 절레절레 흔
들었다.

'젠장.'

한창 잘되어 가는 연애 사업으로 일이 손에 잡히지 않는 데

224

다 가슴은 두근거리고 싱숭생숭한 마음은 노닐고 있는데 아침
댓바람부터 찾아든 불청객은 축하주를 쏘겠다며 주둥이를 나
불대고 있었다. 마치 모든 것을 알고 있다는 듯 말하는 모양새
가 그렇게 얄미울 수가 없었다. 제발 좀 꺼져 달라고 말하기도
이제는 귀찮을 지경이었다.

"이햐, 이현성 드디어 네가!"

"이봐."

"축하한다. 자식. 그러게 이 형님이 뭐라고 했냐. 오로지 박
력으로 밀고 나가야 한다고 했잖아!"

"김민성."

"이 형님의 말을 들으면 자다가도 떡이 나온다니까?"

현성은 상대방의 기분조차 헤아리지 못하고 열심히 떠들고
있는 녀석을 노려보았다. 하지만 물에 빠지더라도 주둥이만
둥둥 뜰 녀석의 입은 한시도 가만있지 않았다.

말이 끝나기가 무섭게 현성의 손에서 물건이 날아갔다. 하
지만 언제나 똑같은 패턴, 불청객의 고개가 쓱 옆으로 비켜서
더니 방향 잃은 물건이 둔탁한 소리와 함께 바닥에 떨어졌다.

'행동 하나는 빠른 놈!'

"흴. 너 왜 그러냐? 이 형님이 아우의 연애에 감격스러워서
그러는데?"

"그 입 좀 다물어."

"야야, 너 너무 폭력적으로 변해 간다? 이러는 거 너의 피
앙세는 아냐?"

"김민성!"

"자식. 축하해 준다고 해도 지랄이여."

투덜쟁이마냥 주절거리는 게 금방 갈 모양새가 아니었다. 안 그랬다면 애초에 이곳에 오지도 않을 놈이었다. 대체 저 녀석은 회사 일은 어쩌고 맨날 이곳을 제집 드나들듯이 오는지 모를 일이었다. 오는 것도 한두 번이지 오늘은 영 내키지도 않는데 와서 주접이란 주접을 다 떨고 있었다.

현성은 마음이 조급해졌다. 요 며칠 일이 바빠 통 다혜를 볼 수 없었다. 그녀와 통화와 메시지만을 주고받다가 드디어 얼굴을 보려고 약속을 잡았는데 하필이면 기가 막히게도 민성이 날벼락처럼 쳐들어왔다. 딴에는 말을 하지도 않았는데 대체 어디서 소식을 듣고 오는지를 모를 일이었다. 모처럼 친구가 큰마음 먹고 연애를 해 보겠다는데 친구라는 놈이 도움은커녕 벌써부터 방해였다.

"좀 가라."

귓등으로도 듣지도 않는 웬수 같은 놈. 전생에 무슨 악연으로 엮였는지 떨어지질 않았다. 현성은 어떻게든 민성을 제거해야 했다. 그래야 마음 편히 그녀를 보러 갈 수 있었다.

하지만 눈치를 약에 쓰려 해도 쓸 수 없는 놈은 기웃거리며 그의 심기를 콕콕 건드렸다.

"그만 가!"

"치사한 놈!"

"부탁인데 오늘은 그만 좀 가 줘라."

"여자 생겼다고 지금 나 무시하는 거냐? 그리고 너 저번에 나 버리고 갔잖아!"

마치 그날의 앙금을 되새김질이라도 하듯 분노의 오라를 내뿜으며 불청객이 적반하장 격으로 쏟아 내기 시작했다. 가뜩이나 얄밉다 하는데 말하는 족족 어쩌면 저리 속을 뒤집는지 민성의 말에 현성의 눈썹이 꿈틀댔다. 그로 인해 문제의 그날, 현성이 치른 대가는 장난이 아니었다.

"그래서 그날, 네가 처마신 술값이 얼마인지 알고 나불대는 거냐?"

"……."

정적이 흘렀다. 현성은 감히 네가 그따위로 행동했냐고 눈빛을 쏘았다. 마치 보복을 위한 술 파티를 하기라도 하듯 그날 저 인간이 마신 술값은 상상을 초월했다. 그 덕분에 이번 달 카드 명세서에 자리한 숫자는 가히 어마어마했다. 조언에 대한 대가라고 생각했건만, 이건 별것도 아닌 조언에 초가삼간을 다 태워 버린 꼴이었다.

"네가 마시라 했다."

"적당히는 어디다가 버리고?"

딱히 할 말을 잃었는지 웬수 같은 놈이 고개를 이리저리 돌리며 시선을 회피했다. 저 일생에 보탬이라고는 십분의 일도 주지도 않는 놈이!

분노처럼 스쳐 지나가는 생각에 입매가 신랄하게 비틀려졌다. 역시 김민성 이 녀석은 조언자가 아니라 방해꾼이었다. 빨

리 해치워 버려야 한다. 다혜와의 장밋빛 데이트를 위해서라
도 이제 이놈은 퇴장해야 할 시간이었다.

"그만 가."

"아니, 왜!"

토 다는 녀석이 현성은 마음에 들지 않았다.

가라고 하면 갈 것이지 도대체 무슨 할 말이 그리도 있다고
버티는지. 그렇다고 정작 민성은 딴짓만 하고 말은 없었다. 현
성은 웬수 같은 놈을 노려보며 또박또박 말했다.

"약속 있어."

말이 떨어지기 무섭게 맹렬하게 혀를 쳐 대는 소리가 들렸
다. 그러든지 말든지 지금 현성은 중요한 게 그게 아니었다.
오로지 새로운 출발을 하게 된 그녀와 이것저것 해야 할 스케
줄로 머리가 빡빡하게 돌아가기 바쁠 뿐이었다.

어떻게 잡은 기회인데! 그녀의 허락을 받기 위해 얼마나 고
군분투했는데 저놈의 방해를 받아야 한단 말인가.

"다혜 씨랑 데이트하겠다는 소리냐?"

현성은 웬수 놈의 질문에 대꾸하지 않았다. 언제부터 다혜
가 저놈의 다혜가 되었단 말인가. 갑자기 그녀의 이름을 부르
는 놈의 음성에 미간이 일그러졌다. 그러자 앞으로 다가온 놈
이 요리조리 자신을 훑어보는 게 아닌가.

"짜식. 얼굴이 피긴 했군."

"남이사."

"이햐. 징말 오래 살고 볼 일이다."

휘파람까지 불며 녀석이 왔다 갔다 거렸다. 그 와중에 저놈의 입은 세상에 이런 일이란 말을 내뱉느라 바빠 보였다.

"너, 하란 일은 안 하고 그러고 다니다가 굶어 죽기 딱 좋겠다?"

"설마? 그리고 드디어 친구에게 여자가 생겼는데 어떻게 축하를 안 해 줄 수가 있겠어. 그래서 이 바쁜 몸을 이끌고 온 건데."

"그 축하는 나중에 받을 테니 오늘은 이쯤하자."

"아니. 죽상을 하던 놈이 갑자기 그리 로또 당첨된 듯 바뀌었는데 어찌 그냥 넘어갈까?"

구렁이 담 넘어가듯 유들유들하게 말하는 폼이 쉽게 물러설 기미가 안 보였다. 현성은 언젠가 웬수 같은 놈에게 여자가 생긴다면 기필코 똑같이 되갚아 주고 말 거라는 앙금이 가슴 깊이 새겨졌다.

민성은 아예 소파에 털썩 주저앉았다. 순간 현성은 저 소파에 녀석을 파묻어 버리고 싶은 충동을 느껴야 했다.

"워커홀릭의 연애는 과연 어떨까?"

"김민성."

불안하게도 놈의 눈매가 장난스럽게 치켜 올라갔다. 도대체 남의 연애사에 왜 저리 감 놔라 대추 놔라 관심이 많은지…….

"나 정말 궁금한데?"

"헛소리 그만하고 궁금증은 알아서 해결해."

"이왕이면 다혜 씨 소개 좀 시켜 줘."

"야!"

마른하늘에 날벼락도 이런 날벼락이 없었다. 현성은 소리를 빽 질렀지만 민성은 눈썹 하나 깜빡이지 않았다. 마치 작정을 하고 온 듯 눈치를 줘도 끄떡없었다.

현성은 자신도 모르게 긴 한숨을 내쉬었다. 기어코 선을 넘어서려는 놈을 보면서 심각한 고민에 빠지게 되었다. 아마 이대로 가다간 애정선에 녀석으로 인해 문제가 발생할 듯한 불안감이 스멀스멀 기어 올라왔다.

'저걸 가두고 나가 버려?'

"다음에."

"현성아. 치사하게 그러지 말고 나도 좀 보여 줘라."

현성은 보았다. 녀석이 눈이 심히 반짝이고 있는 걸. 현성은 기가 차 턱이 빠질 지경이었다. 이런 것도 친구라고 옆에 붙어 있다니.

"좀 꺼져라. 당장 나가라고!"

"무심한 놈. 박정한 놈. 말은 제대로 해라. 몇 번 봤다며? 그건 데이트가 아니고 무슨 맛보기였던 거냐?"

'저것도 친구라고.'

다혜와의 약속시간도 다 되어 갔다. 늦지 않게 학교까지 가려면 지금 출발해야 했다. 힐끗 민성이 몰래 시간을 확인한 현성의 마음은 조급해졌다.

차라리 무시하자. 결심은 빠르고 행동은 더 재빨랐다.

준비를 마친 현성이 민성을 쓱 돌아본 후, 문을 향해 성큼

성큼 걸어갔다.

"야? 너 설마 나 버……."

민성의 말이 채 들리기 전에 방음 좋은 사무실의 문이 굳게 닫혔다.

영양가는 빈대보다도 없는 놈의 말 따위 들을 기분이 아니었다. 이현성 일생의 한 여자를 완벽하게 사로잡느냐가 중요했다. 이미 마음속에서 오늘 다혜와는 무엇을 할까. 생각하는 것만으로도 행복했다.

처절하게 들려오는 민성의 고함을 무시하며 현성은 서둘러 주차장으로 향했다.

그녀를 만나러 간다는 생각에 발걸음이 가벼워지기 시작한다. 오늘 김 선생은 어떤 모습을 하고 있을까. 과연 그녀도 이렇듯 떨릴까? 생각하는 것만으로도 가슴이 미친 듯이 요동을 친다.

"아, 어떡하나. 벌써 이리 보고 싶어서."

❖

현성이 그녀의 학교 근처에 생각한 시간보다 일찍 도착했다. 진드기처럼 달라붙는 집요한 김민성 탓도 있었지만 빨리 그녀를 보고 싶다는 열망에 좀 더 서두른 것도 있었다.

학교 근처에 차를 주차한 현성이 서둘러 교문 쪽으로 걸음을 옮겼다.

며칠 만에 그녀를 보게 되는지 두근두근 심장이 떨렸다. 한동안 서로 일이 바빠 연락만을 주고받아 오랜만에 얼굴을 보게 되어서 그런지 가슴이 더 두근거리는 듯했다.

"보고 싶다."

혼자 상상의 나래를 펼치던 현성의 눈에 멀리서 다혜가 걸어 나오는 모습이 보였다.

사뿐히 천천히 걸어 나오는 그녀의 모습은 한 떨기 꽃과 같았다. 볼수록 아름다운 그녀다. 처음 그녀를 보았을 때처럼 두서없이 심장이 반응을 한다. 마치 그녀의 뒤에 환한 태양이라도 있는 듯 걸어오는 다혜의 뒤로 후광이 비쳤다.

곧 두서없이 방망이질 치던 심장은 데이트에 대한 설렘으로 급 뜀박질로 바뀌기 시작했다.

"김 선생!"

현성이 다혜를 부르려는 순간, 누군가 이미 그녀를 불러 세웠다. 젊고 굵직한 남성의 목소리. 결코, 현성이 부른 게 아니었다.

누가 감히 이현성의 여자를 부르는 것인가. 맹렬하게 고개가 치켜 올라가더니 날카로운 시선이 그 근원지를 향해 따라갔다.

웬 사내가 보였다. 현성 저와 비슷한 또래의 건장한 체구를 가진 사내가 다혜를 보며 미소를 짓고 있었다. 별일 아닌 것처럼 부른 것 같은 모습이었으나 같은 남자인 현성의 눈에는 다혜를 돌려세우는 사내의 모습이 불길하게 느껴졌다.

사내의 부름에 다혜의 몸이 돌아갔다. 그리고 곧 그는 그녀에게 무슨 말을 하려는지 입을 떼는 게 보였다. 현성은 그 순간 치솟아 오르는 경계심을 느꼈다.

"저놈은 또 뭐야?"

수컷으로서의 본능.

안 되겠다 싶어 현성은 걸음을 바삐 움직였다. 그녀와 그의 거리는 고작 30미터. 빠른 걸음으로 현성은 돌진하듯 그녀에게로 걸어갔다. 가까이 다가갈수록 점점 잘 들리는 사내와 다혜의 음성.

"어? 박 선생님."

"김 선생님 내일 뭐 하세요?"

"저야 뭐, 집에서……."

"그럼 내일 시간이 되신다면 저랑 같이 영화를……."

"다혜는 저랑 내일 데이트할 겁니다."

새처럼 가볍게 표범처럼 빠르게 돌진한 현성은 이미 그들의 대화 사이에 재빠르게 껴들었다. 이놈이 말로만 듣던 그 박 선생인가. 그녀에게 작업을 펼칠 생각인 모양이다. 감히 음흉한 속셈을 가지고 그녀에게 작업질을 하려 해?

지난번의 일로 분명히 그녀에게 잘난 애인이 있다고 소문이 돌았을 텐데. 그 일로 정기적으로 학교에 쏟아붓는 돈이 얼마인데 이럴 수는 없었다. 엄연히 그녀는 이현성의 여자이거늘 저 사내가 이를 넘보고 있었다.

그의 머릿속에 남아 있는 박 선생.

조금만 늦었더라면 이놈에게 다혜를 뺏길 뻔한 것이었다.
현성은 속으로 안도의 한숨을 내쉬는 동시에 박 선생이란 자
를 노려보았다.

"반갑습니다. 이현성입니다. 그건 그렇고 저번 일로 학교의
소문이 났을 거로 생각했는데 아니었나 봅니다."

"아. 그 소문의 김 선생님의……."

"제가 바로 김 선생님의 그 사람입니다."

치졸하다고 흉을 볼지언정 아무리 둔감한 남자라고 해도 알
아들었으리라 생각했다. 김다혜 이 여자는 이미 임자가 있는
몸이라고 직접적으로 밝히면서 현성은 잔잔한 미소까지 지어
보였다.

하지만 여기는 그녀의 일터. 현성은 곧 그들 사이에 갑자기
낀 사태에 대해 일단 정중하게 말을 했다.

"무례했다면 미안합니다."

"아, 아닙니다."

현성은 상대방이 당황하는 눈치를 읽어 냈다. 저 사내는 이
미 그 소문을 알았음에도 그녀에게 다가서려고 했었던 것이었
다.

소문의 사내가 있는 다혜에게 학교에서 저렇게 작업을 걸었
다면 생각할 수 있는 것은 하나였다. 다혜를 넘보는 모기 같은
해악스런 존재라는 것. 저 사내는 현성이 없는 학교에서 다혜
를 흔들면 먹힐 것으로 판단한 것이리라.

'이 자식아, 넘보지 마. 어떻게 얻은 여자인데 감히!'

현성은 시선을 피하고 있는 사내의 눈빛이 묘하게 거슬렸다. 그리고 보니 저번에도 데이트 중에 다혜에게 문자를 날려 방해를 했던 인간이지 않던가. 그것만으로도 마음에 들지 않았다.

"현성 씨?"

다혜가 토끼처럼 놀란 눈으로 바라보는 걸 알면서 현성은 그녀를 잡아채 자신의 뒤로 잡아 세웠다. 현성은 박 선생에게 눈빛과 행동 하나하나에 경고를 담아 시선을 건넸다. 이 여자는 내 여자다. 그러니 허튼소리는 그만하고 꺼지라는 듯.

"더 하실 말씀이 있습니까? 저희가 지금 무척 바쁜 일정을 소화해야 해서."

독수리가 먹잇감을 낚아채듯 현성은 이 기회를 놓치지 않고 상대방을 노려보며 이야기했다. 물론 현성이 말한 의도는 다분히도 두 사람만의 시간을 보내겠다는 뉘앙스가 포함되어 있었다.

사내의 눈빛이 급 실망으로 뒤덮였다. 둔한 그녀는 모를 테지만 현성은 딱 보아도 이 사내가 다혜에게 무슨 감정을 품었는지 알 수 있었다. 결코 단순한 작업을 위한 감정이 아니었다. 저 사내가 그녀를 어떤 시선으로 보고 있었는지 본능적으로 좀 더 알게 되자 기분이 나쁘게 변했다.

"그럼 김 선생님 다음 주에 봐요."

그 와중에 사내는 예를 다해 그녀에게 말하고 부리나케 멀어졌다. 그 모습을 보다 현성은 다혜에게 시선을 돌렸다.

"젠장."

그도 모르게 나지막한 욕설이 터져 나왔다. 그 소리를 들었을까 그녀가 아까보다 더 놀란 눈으로 바라보는 게 느껴졌다.

"이제 시작하는데 그 사이에 날파리가 끼려 하다니!"

"네? 무슨 소리예요?"

아무것도 모를 천하태평 그녀는 어디에 날파리가 있느냐는 시선을 보내더니 주변을 둘러보는 게 아닌가. 그런들 그녀의 눈에 뭐가 보이겠는가. 현성은 내리 한숨을 내쉬었다.

'이 순진한 여자야. 저 남자가 날파리다. 저 인간이!'

"저 남자, 분명 다혜에게 흑심이 있는 게 분명해."

"네?"

화들짝 놀란 그녀가 아니라고 손사래를 친다. 남자는 남자가 알아보는 법이다. 특히 자신의 여자를 탐하려는 사내라면 더 촉각이 곤두서기 마련이다. 아무리 연애에 무지한 그라도 그걸 본능적으로 알아차릴 수 있었다.

"아니야. 딱 봐도 다혜에게 관심 있다고."

"서, 설마요. 박 선생님이 무슨."

이런 둔탱이 같은 여자.

저 사내의 눈빛에서 스치고 지나간 그 실망감을 못 보아서 하는 말이다. 사내가 주말에 영화를 보자고 이야기를 하면 척이면 착이지. 하긴 그녀가 괜히 김다혜인가.

그건 그렇고 저번에 학교에 가서 휘저었던 게 아무래도 약했나 보다. 일부러 보란 듯이 자연스레 그녀에게 말을 걸고 그

녀와 그렇고 그런 사이라는 뉘앙스까지 풍겼는데 약발이 떨어
진 건지. 현성은 나름의 상책이라 생각했는데 아직 사내들의
귀에는 제대로 박혀 들어가지 않았나 보다.

"애인 있다고 말 안 했어?"

빙수 사진을 올리거나 자신의 첫인상에 대해서 메신저 메인
에는 그렇게 써 놓고, 사귄 후에 함께 찍은 사진을 올리지도,
'우리 자기, 사랑해요' 따위의 닭살스런 멘트도 한 자 보이지
않느냐고 섭섭함을 토로하고 싶었지만 그러기엔 그의 이미지
가 좀생이 같아 보일지 몰라 말하지는 못했다.

떡하니 '애인과의 즐거운 시간' 해서 올려놓는다면 이런 섭
섭함이 안 느껴질 만도 할 텐데 말이다.

"그야, 굳이 이야기할 필요가 있어요?"

현성은 곧 되돌아오는 그녀의 말에 정신이 아득해 오는 것
을 느꼈다. 순진무구하게 묻는 그녀에게 현성은 차마 그게 가
장 중요한 거라고 버럭할 뻔했다. 이미 그의 머릿속은 치졸한
질투라는 감정이 에워쌌다.

딴 남자가 껄떡대는데 눈이 안 돌아가고 배기겠는가. 박 선
생이란 자의 먹잇감으로 노출되어 있으면서 아무것도 모르겠
다는 표정을 짓고 있는 다혜로 인해 마음속에서 불이 나고 있
었다.

김다혜는 자신만의 여자였다. 타는 듯한 갈증 또한 그녀로
인해 시작된 것이었다. 미치겠다. 하지만 그녀는 이런 자신의
속도 모르고 생글거리며 웃고 있다.

"빌어먹을."

여전히 무방비 상태의 다혜를 보니 속이 타들어 갔다. 말없이 다혜의 손을 잡아끌어 조수석에 태운 뒤 곧바로 차를 출발시켰다.

"현성 씨. 우리 어디로 가는 거예요?"

옆에서 물어보는 그녀의 말에 대답하지 않았다. 아니, 입을 열 수가 없었다. 마음이 횡포해져 무슨 말을 할지 그도 모를 일이었다. 두어 번을 물어보던 그녀도 이상한 낌새를 눈치챘는지 더는 묻지 않았다.

현성은 한참 강변도로를 따라 차를 몰아 한강 둔치에 차를 세웠다.

"왜 그래요?"

오는 동안 말이 없던 그녀가 이제야 차가 멈춰 서자 불안함을 가득 담아 물었다. 현성은 한숨을 내쉰 채 고개를 돌려 마주 보았다.

"김다혜."

다혜의 시선이 당황스럽게 흔들리고 있었다. 지금 이 기분을 뭐라고 표현할 수가 없었다. 갈증이 밀려왔다. 거침없이 드러난 소유욕이 들끓는다. 오로지 자신만의 여자라고 모든 이들에게 떠들고 싶을 뿐이었다. 저 아무것도 모른다는 표정도 싹 다 지워 버리고 싶었다.

당황해하고 있는 다혜의 손목을 낚아채 잡아당겼다. 짧은 비명 소리와 함께 그녀가 품 안에 들어왔다.

"다른 남자가 다혜를 보는 게 싫어."

"네?"

"다혜가 나 이외에 다른 남자를 보는 것도 싫어."

화들짝 놀란 것인지 그녀가 헛바람을 집어삼켰다.

"그, 그게."

"나만 봤으면 좋겠어. 오로지 나만."

겨우 품 안에서 벗어난 그녀와 얼굴을 마주 보고 있자니 자신의 강렬한 시선에 그녀의 몸이 흠칫 떠는 게 느껴졌다. 그녀의 모든 게 탐이 난다. 가지고 싶을 정도로.

"이 눈도, 이 입술도 다 내 거야."

다혜의 뒷목을 감싸 안고 그대로 굳게 닫혀 있는 그녀의 입술 사이로 파고들었다. 현성의 혀가 곧장 도망가는 다혜의 혀를 매끄럽게 감아 옭아맸다. 뜨겁게 들끓기 시작하는 허기를 채우려는 듯 입안의 점막을 쓸어내리고 혀를 잡아 마음껏 맛보며 이리저리 움직여 그녀의 달콤함을 가득 빨아들였다.

부드러운 입술 선을 따라 그녀의 숨결을 집어삼키자 맞물린 입술 사이로 타액이 얽히며 목구멍을 타고 넘어왔다. 밀폐된 공간에서 울려 퍼지는 할짝거림이 거세어질수록 다혜의 손이 어깨를 밀어내기 바빴다.

"흐흡. 자, 잠깐만."

작은 손으로 밀어내는 귀여운 손짓과 함께. 달달하게 풍겨오는 체취가 말초신경을 자극시켰다. 조금만 탐한다는 게 쉬이 손을 떼지 못하게 만들었다.

"김 선생이 나쁜 거야."

입술을 이로 아프게 깨물어 오며 파고드는 그의 혀는 제집처럼 그녀의 입안을 휘저었다. 간혹 입술을 강하게 빨아들일 때마다 그에게 빨려 들어가는 이상한 감각이 전신을 에워쌌다.

정신을 차릴 수 없을 정도로 화려한 기교를 부리며 입안을 누비고 다니는 그의 혀로 인해 다혜는 숨이 막혀 왔다. 치열을 핥고 입천장을 쓸어내리며 놓아준다 싶으면 더 깊고 깊게 파고들어 덮쳐 온다.

결국 현성의 거친 키스로 인에 숨이 막힌 다혜는 간헐적인 신음을 토해 냈다.

"하아."

"김 선생. 남자는 질투에 눈이 멀면 아무것도 안 보여."

어리둥절한 시선을 그에게 보내자 그가 입술을 핥아 내리며 야릇하게 웃었다. 열기가 가득 담긴 그의 눈이 짙게 물든 듯했다.

미처 피할 새도 없이 다시 그가 부드럽게 어르듯 간질거리며 입술을 쓸어내렸다. 말캉하고 보드라운 입술을 핥아 내리며 점점 아래로 내려가 목덜미를 강하게 빨아들였다.

"아앗."

솜털이 파르르 일어났다. 뜨거운 열기가 가득 담긴 숨결이 목 언저리에서 느껴지는 동시에 허리춤 사이로 파고든 그의 손이 허리를 타고 점점 옷을 밀어 올리며 위로 올라오고 있었다.

"어맛!"

기습처럼 파고든 손길이 다혜의 가슴을 움켜잡았다. 소름 돋는 감각에 다혜는 현성을 밀어내려 했다. 하지만 그는 이미 뜨거운 숨결을 토해 내며 살살 달래듯 그녀의 귓불과 쇄골을 빨아 대고 있었다.

"소, 손이."

생각지도 못한 발칙한 손이 계속 느껴지자 다혜는 당황스런 얼굴로 현성을 쳐다봤다. 하지만 그는 그런 그녀를 아랑곳 않고 오히려 더 세게 움켜잡았다. 온통 온몸이 빨갛게 익어 버린 기분이 들었다. 이젠 발칙한 손길에 의해 기분이 이상해지기 직전이었다.

"현, 현성 씨."

"젠장, 너무 부드러워."

말캉한 가슴을 애무하던 그의 손길이 한기에 빳빳이 솟아오른 정점을 쓸었다. 그러다 서서히 가슴 끝의 봉우리가 그의 입술 사이로 머금어졌다.

뜨거운 입김이 생각지도 않은 곳에 닿자 그녀가 소스라치게 놀랐다. 들뜬 열기에 혼미해졌던 정신이 돌아왔다. 다혜는 태어나 젖 먹었던 힘까지 짜내듯 현성을 밀어냈다. 어느새 상의가 이렇게 올라가고 반 나신이 되었단 말인가. 다혜는 후다닥 옷을 내리며 양팔로 가슴을 가렸다.

"벼, 변태!"

"김 선생. 다른 남자는 안 돼."

"뭘 오해하고 있는 거예……!"

"어떡하지? 나 김 선생한테 빠져서 헤어 나오질 못하겠어."

8. 두근두근 파라다이스

현성은 휴대폰 화면을 바라보며 실실 웃었다. 그저 좋았다. 그냥 가만히 있어도 입가에 미소가 번졌다. 이리 깜찍하게 찍힐 줄이야. 보고 있기만 해도 힘이 샘솟는 기분이었다. 그녀와의 연애 진도가 생각보다 잘 나가자 그 즐거움은 배가 되어가고 있었다.

"으흠."

화면 속의 그녀는 해맑게 웃고 있었다. 그 또한 미소를 짓고 있었지만 그녀의 그 밝음에 비할 수 없었다.

결국 그날, 현성은 원했던 목표를 이루었다. 그녀의 목에 찐하게 낙인까지 찍고 메신저 메인에 간소하게나마 애정 어린 사진을 찍어 올렸다. 가슴 깊숙이 뿌듯함이 내리박혔다. 김다혜는 이런 남자와 아주 잘 만나고 있다는 사실을. 그녀의 남자는 바로 이현성 그라는 것을 만천하에 공개하게 된 것이다.

"왜 이리 사랑스러운 거야?"

현성의 머릿속을 헤집고 다니는 그 날의 일과가 파노라마처럼 지나쳤다. 그녀와 함께한 그 순간에는 오직 그녀만이 보였다. 세상에 그와 그녀만이 존재하는 거처럼.

단 하루 중 고작 몇 시간을 그녀와 함께했지만 그 무언가를 함께했다는 게 중요했다. 같은 것을 느끼고 함께 공유한 그 시간이. 현성에게 감도는 데이트의 여운은 지금까지 가슴을 두근거리게 만들었다.

마치 신선놀음이라도 하듯 구름 위를 떠다니는 기분이랄까. 감히 그 무엇과도 견줄 수 없는 감정을 비로소 느끼고 있었다. 아직도 생생하게 느껴지는 그녀의 감촉에 심장이 쿵쾅거리며 널을 뛴다.

"김 선생, 이러니까 내가 빠져드는 거야."

화면 속에 보이는 그녀의 얼굴을 손으로 쓰다듬으며 현성은 웃었다. 이런 게 행복이란 걸까. 이렇게 가슴과 머리가 온통 그녀로 가득했다. 거기다가 짜릿함까지 밀려오니 더할 나위 없는 만족감이 서린다.

그의 인생에 나타난 김다혜.

말로 표현할 수 없을 만큼 벅차 온다. 그리고 단 한 가지만 떠올랐다. 이현성 34년 인생에서 지금이 최고 행복의 정점을 찍고 있는 순간이란 걸.

"김다혜."

뭉게뭉게 생각이 끊이지가 않는다. 만약 그때 그 순간을 지나쳤다면? 아니 포기했더라면 지금 이 감정을 느낄 수 있었을까. 절대 그러지 못했을 것이다.

"드디어 널 잡았어."

그녀를 눈에 담고 마음에 담았던 그 순간부터 그토록 고대했었다. 그녀의 남자가 되길.

그녀를 처음 본 게 언제였던가. 한순간 시선을 사로잡고 놓아주지 않았던 그녀. 그런 그녀를 가지고 싶었다. 그리고 이제야 그토록 가지고 싶었던 그녀를 잡았다.

"아, 김 선생 또 보고 싶다."

갑자기 궁금해졌다. 사랑스러운 그녀는 지금 무엇을 하고 있을까. 그녀의 사진을 보는 것만으로도 만족이 되지 않았다. 이건 어디까지나 기분 좋은 것일 뿐. 생생한 그녀의 목소리를 듣고 싶었다.

현성은 보던 사진을 덮고 몇 번의 통화음 너머로 그녀의 음성을 기다렸다.

한 번 두 번 통화음이 이어지더니 듣기 좋은 다혜의 목소리가 들렸다.

— 여보세요.

"보고 싶다. 김다혜."

— 네?

"보고 싶어. 어제도 오늘도 앞으로도."

— 히익.

그녀의 당황한 표정이 그려진다. 황당했으니 저런 소리를 낼 수 있는 것이었다. 현성은 막무가내로 그녀에게 보고 싶다고 말했다. 아니 진실로 그녀가 보고 싶었다. 사실대로라면 좀 더 욕심을 부리고 싶었다. 그 앵두 같은 입술에 더 깊게 입맞춤도 해 보고 싶고 따뜻한 그녀의 품을 안아 보고도 싶었다.

　당장 그녀가 눈앞에 있었더라면 그를 갈증 나게 했던 그 입술을 물고 빨고 핥아 대며 도장을 찍고 싶은 욕심이 생겨났다. 안 되겠다. 당장 그녀를 봐야겠다. 시간은 지금 그에게 아무런 제약이 되지 못했다. 늦은 오후라도 상관없고 밤도 상관없었다.

　"김 선생!"

　불렀으나 대답이 없었다. 현성은 설마 하며 폰을 귀에서 떼고 화면을 바라보았다. 다행히 아직 끊이지 않은 통화에 안도하며 다시 한 번 그녀를 불렀다.

　"다혜야!"

　— 네? 네?

　"보고 싶어."

　— 으, 음. 봤잖아요.

　이 여자가 이리 마음을 몰라주다니. 그건 며칠 전 일이고. 그녀의 목소리를 들으니 저만 안달이 난 거 같아 놀리고 싶어졌다. 현성은 반농담 반진담 삼아 툭 던져 보았다.

　"키스도 하고 싶어."

　— 허……! 딸꾹.

"아, 응큼한 우리 김 선생 딸꾹질 또 하네?"

— 끂……어, 딸꾹! 요.

현성은 다혜의 반응이 묘하게 재미있었다. 그녀가 놀랐는지 딸꾹질을 한다. 그런데 왜 이리 웃음이 나오는지 모르겠다. 귀엽다. 누가 이 여자를 서른 살 여자로 보겠는가. 행동 하나하나가 그를 유쾌하게 만드니 안 좋아하려야 안 좋아할 수가 없었다.

"아, 딸꾹질에는 놀라게 하는 것도 좋은 방법인데."

그녀의 대답은 이어지지 않았다. 딸꾹질 소리만이 희미하게 멀리서 요란하게 들려올 뿐이었다. 아마 지금 그녀는 폰에서 최대한 떨어져 딸꾹질을 멈추기 위해 눈물겨운 노력을 하고 있을 것이다.

"다혜야? 김 선생?"

몇 초 후 그녀의 작은 말소리가 들렸다. 괜히 그녀를 놀라게 한 듯한데 그렇다고 한 번 시작된 말장난이 끝이 맺어지지가 않았다.

"다혜야."

— 네.

"오늘 나 보면 키스해 주기다?"

— 놀리지 마요!

"난 진심인데."

— 끂, 끂어요!

끊어진 폰을 보면서 현성은 미친 듯이 웃었다.

"김 선생, 우리 이제 진도 좀 빼 볼까?"

아른거리며 보기만 해도 갈증 나는 그 입술을 마음껏 머금고 싶었다. 생각하니 더욱 탐하고 싶어졌다. 그 입술이 얼마나 달콤한지 알고 있는 그였다.

"어쩔 수 없지. 찾아가는 서비스를 할 수밖에."

낯간지러운 말을 잘도 내뱉는 그 때문에 다혜는 재빨리 전화를 끊었다. 얼굴로 열기가 몰린 기분이었다. 거기다 주변에 그녀의 통화를 들은 이도 없는데 왜 이리 심장이 벌렁대는지 모를 따름이었다.

"아후. 덥다, 더워."

이미 얼굴은 딸꾹질을 해 대는 바람에 빨갛게 익은 듯했다. 다혜는 옆에 놓인 책자를 집어 들고 부채질을 했다. 점점 손목에 힘이 들어가고 부채질하는 강도가 세졌다. 그럼에도 열기는 쉬이 사라지지 않았다.

"알고 보니 순 엉큼이잖아."

그도 사내였다. 그것도 시키먼 속을 가진 늑대. 부끄러운 말은 기본이요, 점점 농도가 짙어지는 스킨십도 그중 하나요. 사람을 홀리는 게 보통이 아니었다. 정신을 차리고 보면 어느새 그의 페이스에 끌려가고 있는 자신이 그 자리에 있었다. 하나하나 생각해 보니 딱 맞았다.

어느 날은 갑자기 끌고 가서 부둥켜안고 입술을 부비는 게 디빈사고, 또 어널 때는 핸드폰 메신저 메인에 자신과 찍은 사진을 올려 임자 있다는 걸 알려야 하지 않겠냐고 사람을 잡기 일쑤였다.

못할 것도 없어서 사진을 찍었다. 낯설고 창피했지만 당당하게 그의 말대로 올렸다. 그 모습에 착하다면 머리를 쓰다듬어 주는데 두 손 두 발을 들었다.

근데 생각하고 보니 그가 하는 행동과 한 말이 너무 가관이었다. 더 우스운 건 이 모든 걸 착실하게도 따라 하고 있는 자신이었다. 아무리 봐도 이대로 가다간 조만간 엉큼한 그에게 잡아먹히고도 남을 듯했다.

"미쳤어. 내가 지금 무슨 생각을."

심호흡하며 다혜가 열기를 식힐 겸 고개를 저었다. 이건 다 좀 전에 전화해서 낯간지러운 말을 내뱉은 그 때문이다. 왜 대낮에 그런 말을 해서 사람을 싱숭생숭하게 만드느냐고 한소리하고 싶었지만 그러기엔 그에게 또 다른 여지를 주는 꼴이 되고 만다.

여지만 주게 된다면 모를까. 다혜는 그에게 휘둘러 정신을 못 차리기 일쑤였다. 방금도 그의 말 한 마디 한 마디에 놀라서 딸꾹질만 하다가 끊지 않았던가.

다시 한 번 부채질하며 다혜는 뜨겁게 달아오른 볼을 식히려 했다. 하지만 계속 귓가에 맴도는 그의 음성이 그날의 민망하고도 부끄러운 일을 생생하게 떠올리게 했다.

적막감이 돌았던 한강둔치. 그곳에서 밀가루 반죽마냥 조물조물 그에게 주물러졌었다. 입술을 물고 빨며 그득한 욕망을 보게 했던 그. 그러다 그의 발칙한 손이 가슴을 움켜쥐고 정점을 훑아 내린 순간 나갔던 정신이 돌아왔을 때 다혜는 경악을 금치 못했다. 남정네 앞에서 횅하니 속살을 내보이고 있었다니.

더 기가 막힌 것은 옷이 벗겨졌다는 것조차 느끼지 못한 채 그가 주는 아찔한 감각에 몸을 맡기고 있는 자신이었다. 재빨리 옷을 추스르며 그에게 뭐라 했지만 씨알도 먹히지 않았다. 오히려 사내에 대해서 너무 모른다는 듯 그는 웃었다.

'어떡하지? 나 김 선생한테 빠져서 헤어 나오질 못하겠어.'

그녀의 정신을 온통 잡아먹은 그의 말에 터질 듯 심장이 쿵쾅대었다. 다시 입안을 점령했던 그의 혀. 꽉 껴안고 숨이 차오르는 때까지 고집스레 입을 맞췄던 그로 인해 다혜는 헐떡거리며 그에게 매달려야 했었다. 그녀의 의사와는 상관없이 진행된 스킨십에 불쾌하기는커녕 저릿하게 느껴지는 감각에 다혜는 그에게 전부를 보이고 말았다.

"으앗."

머리를 가득 채우는 생각에 다혜가 질끈 눈을 감았다. 하지만 이미 시작된 회상은 좀처럼 멈추지 않았다. 오히려 기억은 각인처럼 새겨졌는지 그날 일이 생생하게 눈앞을 스쳐 갔다.

키스만으로는 만족할 수 없었는지 아니면 떨어져 있는 것이 싫었는지 그는 노골적으로 불만을 터트렸다. 나중에 가서는 자세가 불편했는지 조수석까지 넘어와서 짙은 키스를 했다.

고스란히 욕망을 드러낸 채 입술을 탐했던 그.

그가 가지고 있는 욕망을 알아 달라는 듯 열기에 가득 찬 손과 입술이 끊임없이 다혜를 어루만졌다. 안 된다며 밀어내면 현성은 상관없다는 듯 거침없이 파고들어 그녀의 숨결을 남김없이 삼켰다.

두 사람의 가쁜 숨결은 차 안을 후끈한 열기로 가득 채워 자동차 유리창을 하얗게 김이 서리게 했다. 그의 키스로 인해 부풀어 버린 입술, 그가 어루만지는 손길에 발갛게 익어 가던 살갗.

"왜 또 생각나는 거야."

고스란히 그날의 떨림을 기억하는 몸. 이상하게도 가슴이 저릿했다. 숨이 가빠 오고 심장이 제 속도를 잃어버린 듯 요동질을 쳐댔다. 왜 뜬금없게 그런 전화를 해서 사람을 이리 들쑤시는 건지. 아직도 진정되지 않은 가슴의 두근거림이 쉬이 가라앉질 않았다. 거기다 얼굴로 몰린 열기 또한 가시지가 않았다.

"후우, 진정하자. 진정해야 해."

그의 촉감이 뇌리에 박혀 간신히 진정했던 열기가 다시 타올랐다.

다음 수업을 들어가야 하는데 왜 전화해서 유혹하는 거냐고 속으로 내뱉은들 들을 사람은 아무도 없었다. 오히려 어느새 다가온 이 선생만이 열나는 게 아니냐고 물어볼 뿐이었다. 목이 탄다. 아무래도 시원한 냉수 한 잔 마셔야 할 듯했다.

어둠이 깔린 저녁 시간에 현성은 차 안에서 그녀가 집 앞에 당도하기를 기다렸다. 종종 데이트 후 그녀를 데려다 주기 위해 오긴 했지만, 이렇게 그녀의 집 앞에서 기다리고 있는 건 처음이었다.

현성은 시간을 확인하며 이제나저제나 그녀가 오길 기다렸다. 마치 먹잇감을 노리는 맹수와 같은 눈빛으로 정면을 주시하던 그때 낯익은 인영이 그의 눈에 들어왔다.

오늘 온종일 그를 행복하게 만들었던 김다혜, 그녀가 저 앞에서 터벅터벅 걸어오고 있었다.

현성은 차 안에서 나와 그녀에게 전화를 걸었다. 무슨 생각이 저리도 많은지 정면에 있는 저를 모르고 그녀는 전화를 받았다.

"김 선생."

— 아, 현성 씨.

"아까 내가 한 말 기억나?"

— 무슨?

"김 선생. 지금 거기서부터 이십 보만 더 걸어와 봐."

그의 눈에 다혜가 귀에서 핸드폰을 떼는 게 보였다. 이제야 눈치챘을까. 고개를 치켜세운 그녀가 화들짝 놀라고 있었다.

"김 선생한테 받을 게 있어."

— 그, 그게.

이십 보를 걸어오라고 했건만 다혜가 움직이지 않자 오히려 안달이 난 현성은 그녀에게 걸음을 옮겼다. 가까이 다가갈수록 화등잔만 하게 커진 다혜의 눈이 시야에 박혀 들었다. 너무 놀라서인가 입까지 벌리고 그녀는 손짓까지 하고 있었다. 그 손가락 끝의 방향은 물론 현성을 향해 있었다.

다혜는 눈앞에 나타난 현성으로 인해 어안이 벙벙해져 오는 걸 실감했다. 다짜고짜 이십 보를 걸어오라던 그의 말과 함께 느껴진 기척에 고개를 쳐든 순간 다혜는 놀라지 않을 수가 없었다. 해가 다 진 저녁에 그가 집 앞에 나타나다니 생각조차 할 수 없었다.

다혜는 다시 한 번 눈을 찔끔 감았다가 떴다. 하지만 그는 허상이 아님을 증명하며 처음 보았던 자리에서 점점 가까이 다가왔다.

"왜? 이곳엔 왜?"

다혜가 손가락질까지 하며 설명을 요구하는데도 그는 말이 없었다. 오히려 그녀의 반응이 재밌다는 듯 그는 웃었다. 진짜 미소 하나는 끝내주게 멋있는 사람이었다. 그냥 보고 있는 것만으로도 심장이 두근두근댔다.

"김 선생. 발칙한 이 삿대질은 뭐야?"

코앞으로 다가온 그가 손을 잡아채더니 그를 가리키고 있던 검지손가락을 사뿐히 접는 것이 아닌가. 다혜는 제 것이 아닌 것마냥 접혀지는 손을 바라보았다. 그리고 그제야 그에게 대놓고 손가락질을 했다는 것을 깨달았다.

다혜는 그에게 설명을 해 보라 듯 눈빛을 보냈다. 하지만 현성은 아무 말도 하지 않은 채 요지부동이었다.

"이 시간에 어째서?"

"우리 김 선생은 밤에 보아도 예쁘다?"

'이 무슨 귀신 씻나락 까먹는 소리요?'

아닌 밤중에 홍두깨도 아니고 이 무슨 날벼락 같은 경우인지 다혜는 지금 이 상황에 대해서 이해를 하고자 그에게 설명을 요구했었다. 하지만 되돌아오는 말은 그녀를 황당하게 만들기에 충분했다.

"현성 씨?"

"응?"

"그러니까 이 야심한 시간에 왜 우리 집 앞에서 배회하시나요?"

'논리정연하게도 참 아름답게도 내뱉는구나.'

다혜는 이미 터져 나와 버린 입을 봉할 수가 없었다. 좀 더 예쁘게 말하면 좋을 텐데 그것보다 그가 지금 이 시점에 왜 이곳에 나타났는지 그 의도가 궁금했다. 하지만 다혜는 눈앞에서 그의 입술 끝이 말려 올라가는 걸 보아야 했다.

그가 이렇게 웃을 때면 꼭 무슨 일이 터지기 전이었다.

무언가 불안하다. 왠지 그가 만들어 놓은 수렁으로 사뿐히 들어가는 기분이었다.

"말했잖아. 기억하느냐고."

"무슨 기억이요?"

"나는 떨리는 마음을 가지고 이렇게 왔는데 우리 김 선생은 모른다는 거네?"

"그러니까 뭐가요?"

다혜는 그가 말하는 기억에 대해서 되짚어 보고자 오늘 일과를 회상했다. 특별히 떠오르는 게 없었다. 그런데 어딘가에 박혀 있던 무언가가 튀어 나왔다. 곧 번득이며 스쳐 지나가는 단어에 숨을 삼켰다.

물론 자신이 설레발을 치는 것일지도 몰랐다. 아니 아무래도 그녀가 떠올린 것과 현성이 말하고 있는 것은 같은 주제일 것이다.

'이 사람이 정말!'

얼굴이 벌겋게 달아올랐다. 문제의 전화.

'오, 젠장할.'

"몰라? 정말로?"

"……."

다혜는 말을 할 수가 없었다. 그 망측하고도 낯부끄러운 말을 어찌 본인 입으로 내뱉을 수 있단 말인가. 집요하게 따라붙는 그의 시선을 피하며 고개를 돌려 버렸다. 그러자 사내의 손치고 부드럽게 와 닿은 그의 손길이 그녀의 고개를 원위치로 돌려놓았다. 심장이 마구마구 쿵쾅댄다. 자꾸 입술이 바짝바짝 마르는지 모르겠다.

"생각이 안 나?"

생글생글 어둠 속에서도 그의 미소는 눈부시게 빛나고 있었다. 유유자적 혼자 빛나고 있는 그의 얼굴을 멍하니 쳐다보다 다혜는 그 시선이 점점 아래로 내려가는 걸 알 수 있었다.

시선이 자꾸 현성의 입술로 향한다.

김다혜, 30살. 알건 다 아는 나이여도 집 근처에서, 막상 마음의 준비가 되지 않은 상태에서 당하려니 정신이 하나도 없었다.

"힌트를 줘야 하나."

톡톡.

입술에 현성의 손길이 와 닿는 순간 다혜는 토끼마냥 펄쩍 뛰고 말았다. 찬바람으로 인해 차갑게 식은 입술이 그의 따뜻한 손에 금방이라도 데일 듯 화끈거렸다.

"무, 무슨 짓이에요!"

동네가 떠나가라 소리를 질렀다. 현성이 말하는 게 무엇을 의미하는지는 제대로 알고 있는데 그래도 떨리는 것은 어쩔 수 없었다. 아직 준비가 안 되었다. 그런데 왜 자꾸 시선은 민망하게도 현성의 입술로 향하는 것인가!

다혜의 반응이 재미난 듯 현성이 씩 미소를 지었다.

"김 선생."

"뭐, 뭐요!"

"알면서 엉큼하게 그러기야?"

엉큼하긴 누구보고 엉큼하다고 이러는 것이냐고 따지고 싶었으나 그러질 못했다. 그가 웃으며 입 모양을 나타내는데 흡사 그 모양이 아니 그가 오밀조밀하게 움직이는 입술이 키스를 나타내고 있었다.

'옴마야. 이 사람 작정 하고 왔어!'

이대로 도망칠까? 사귀면 당연한 수순인데 왜 이리 심장이 벌렁거리는지 모를 일이었다. 요즘 그의 가벼운 스킨십과 함께 농도 짙은 입맞춤은…….

별안간 또다시 지난번 만남에서의 스킨십이 생각이 나며 온몸에서 열기가 피어올랐다.

'어떡해!'

두근두근 가슴이 콩닥거린다. 물론 싫은 게 아니다. 단지 부끄럽고 몸이 배배 꼬이는 그 기분이 익숙하지가 않다는 게 문제였다. 갑작스럽게 그가 다가오는데 아직 마음의 준비가 되지 않았다.

요 근래 그로 인해 오동통하게 부어터지는 입술이라지만 역시 떨리는 것은 어쩔 수 없다. 더군다나 여기는 집에서 얼마 떨어지지 않은 곳. 누군가에게 들키기라도 하면 큰일이었다.

'도망갈까?'

현성은 화를 내겠지만 다혜가 생각할 수 있는 방법은 도주밖에 없었다. 하지만 다혜가 무슨 생각을 하고 있는지 알아챘는지 현성이 손을 꼭 붙잡았다.

"일단 갈 길은 가야지."

이미 그에게 붙잡혀 안절부절 우왕좌왕 다혜는 발을 동동 구를 뿐 어찌할 수가 없었다. 결국 붙잡힌 손을 뿌리치지 못한 채 다혜는 지척에 자리한 집 앞까지 끌려가고 있었다. 마치 제 집을 가는 것마냥 그는 아주 자연스럽게 집 앞으로 이끌고 있었다.

예기치 않은 상황 때문에 다혜의 심장은 제 기능을 상실한 듯했다.

떨린다. 떨려 죽겠다.

그런데 그 와중에 현성의 입술에서 시선이 떨어지지 않았다.

그냥 모르는 척 그가 이끄는 대로 해 버려? 아니 뭣도 모르고 들이댔다가 그가 피하는 것은 아닐까? 이런저런 생각으로 복잡해지자 머리가 지끈거렸다.

치열하게 맞붙는 생각 속에서 다혜가 내린 결론은 '오늘은 준비가 안 되어 있다.' 였다.

하지만 다혜의 속을 아는지 모르는지 현성이 비장하다 할 정도로 진지한 목소리로 말했다.

"김 선생. 난 오늘 단단히 각오하고 왔거든?"

"어, 밤공기가 참 좋지요?"

'너님의 각오 따위는 나와 상관이 없어요!'

동문서답을 하듯 다혜는 생각나는 대로 내뱉었다. 아니 이건 흡사 지껄이고 있는 모양새와 같았다.

"난 연인들이 어두컴컴한 밤에 집 담벼락에서 왜 그럴까, 생각했었거든?"

그의 눈빛이 무섭게 반짝거리는 건 그녀만의 착각인가. 다혜는 갑자기 등골을 타고 올라오는 간질거림에 눈을 찔끔 감을 수밖에 없었다.

"갑자기 나도 해 보고 싶어졌어."

"뭘요? 뭘 하겠다고요?"

"알면서 또 이런다?"

다혜는 눈을 질끈 감았다 떴다. 그의 눈에 가득 담긴 장난기가 엿보였다. 하지만 다혜는 그 눈빛을 순순히 장난으로 받아 줄 수가 없었다. 야심한 시간에 으쓱한 이곳에서 남녀가 손을 잡고 있는데 더는 무슨 말이 필요하단 말인가. 오늘은 아니다. 다른 날! 좀 더 마음의 준비를 한 후에 하고 싶었다.

아직 부어터진 입술이 가라앉지도 않았는데 이 무슨 발칙한 일을 벌이려고 하는가. 다혜는 슬금슬금 뒷걸음을 치며 이 사태를 해결해 보고자 마음을 먹었다.

"어허!"

순간이었다. 그의 손에 붙잡혀 딱딱한 무언가에 등이 닿은 순간 다혜는 눈앞에 익숙해진 어둠, 이 아니라 그림자가 드리워진 어둠을 보아야 했다.

'아, 신이시여 제게 왜 이러세요? 오늘은 아니라니까요.'

"저기 현성 씨? 우리 말로 해요. 우리 대화를 해야 할 거 같아요."

"오늘 김 선생 나 보면 뭐 해 주기로 했지?"

"인, 인사요! 그래요, 우리 굿나잇 인사를 해 보아요."

뒤에는 집 담벼락이요, 앞에는 그가 버티고 서서 있는데 어디로 도망가야 한단 말인가. 다혜는 떨리는 음성을 다잡으며 돼먹지도 않는 말을 내뱉었다. 솔직히 다혜에게 있어 이런 상황은 그의 말처럼 드라마에서나 볼 법한 일이었지 저가 이렇게 담벼락과 사내의 품에 가둬져 보긴 처음이었다.

"이성을 되찾으세요."

"난 약속받으러 온 건데?"

담벼락을 짚고 말하는 이의 눈은 위험스레 보이기까지 했다. 사방이 고요했다. 오늘따라 지나가는 사람조차 없었다. 드리워진 어둠이 점점 시야를 가리자 그의 고개가 점점 가까이 다가왔다.

그 순간 다혜는 숨 쉬는 일조차 까먹은 듯 아무런 소리도 낼 수가 없었다. 점점 다가오는 그의 숨결을 느끼며 지금 이 순간 과연 눈을 떠야 하나 감아야 하나 고민을 하고 있었다.

하지만 그 고민도 곧 사라져 버리고 말았다. 아주 가까이서 밀착되어 입가를 간질거리며 고스란히 느껴지는 숨결로 인해 사고 자체를 할 수가 없었다. 다만 한 가지는 확실하게 알 수 있었다.

김다혜. 지금 이 어두컴컴한 담벼락 앞에서 키스타임을 맞이하게 됐다는 것을.

그때였다.

"뉘 집 자식들이길래 남 담벼락에서 드라마를 찍고 있대?"

공기를 타고 익숙한 음성이 귓가를 파고들었다.

'엄마야!'

익숙하고도 낯설지 않는 이 음성.

수년간을 들어왔기에 절대 잊을 수 없는 목소리가 아득해져 오는 정신을 깨웠다.

"어, 엄마."

'아차.'

잊었다. 지금 이 여사를 부르는 게 아닌데 아까부터 주절주절 떠들어 대던 입은 기어코 사고를 치고 말았다. 거기에 그 소리에 이 층 난간에서 아래를 내려다보던 눈치도 빠른 이 여사의 부름이 들려왔다.

"니, 다혜냐?"

결국 들켰다. 이 용의주도한 주둥이가 주인을 배반한 채 떠든 바람에 이제는 앞으로 닥쳐 올 상황이 두려웠다. 이 여사가 다시 한 번 확인차 이름을 부르는 소리가 들렸다.

"어떡해. 나 몰라. 이게 다 현성 씨 때문이야."

괜스레 원망을 그에게 돌려 본들 이미 기차는 멀리 떠나 버리고 만 뒤였다. 이제 방법은 정말 하나밖에 없었다. 그가 한시바삐 이 자리에서 사라지는 수밖에 없었다. 하지만 커다란 장벽처럼 그는 움직이지 못하고 그대로 담벼락을 짚고 도통 움직이지를 않았다.

"현성 씨? 정신 차려 봐요! 지금 이러고 있을 때가 아니라니까요."

싸늘한 한기가 몰려오듯 발걸음 소리도 점점 가까이 들려왔다. 그 발걸음의 수인공이 군이 누구라고 이야기하지 않아도 다혜는 감지하고 있었다.

우당탕 소리가 뒤이어 들리고 철컥 대문이 열리는 소리와 함께 이 여사가 등장했다. 옆으로 고개를 돌린 순간 다혜는 볼 수 있었다.

이 여사님은 빛과 같은 속도로 내려와 어느새 떡하니 앞에 버티고 서 있는 모습을. 차라리 모른 척 넘어가 주시지 왜 나오셨냐고 속으로 소리쳐 본들 그 누구도 들을 수는 없을 상황이었다.

"이리 봐도 저리 봐도 내 딸 다혜 맞는데?"

"어, 엄마."

다혜는 마음에는 원망이라는 단어가 새겨져 버렸다.

굳이 그렇게 확인사살 안 해도 알겠으니 그만하라고 하고 싶었다. 마음속으로 수없이 빌어 보았지만 여기서 그냥 멈출 이 여사가 아니었다. 거기다가 지금 민망한 지금의 이 자세는 또 어찌한단 말인가. 하물며 현성은 그대로 동작이 멈추어 버린 듯 요지부동의 자세를 취하고 있었다.

"근데 이 남정네는 누구라니? 아니 시방 지금 뭔 짓거리여?"

'아, 어머니!'

키스가 불발로 끝난 것도 서러운데 이제는 난처한 이 상황에서 이 여사와 마주 보고 있어야 하다니 미치고 팔딱 뛸 일이었다.

"그, 그게."

다혜는 창피한 건 둘째 치고 이제 어찌해야 할지 생각만으로 눈앞이 캄캄하게 변했다. 일단 지금은 현성의 품 안에서 벗어나는 게 시급한 일이었다.

"흐음."

이 여사는 나타남과 동시에 현성의 뒤태를 훑어 내리고 계셨다. 안 봐도 훤했다. 지금 이 여사는 눈으로 그의 외관에 점수를 매기고 계신 듯했다. 다혜가 보니 그도 지금 이 상황을 전혀 예상하지 못했는지 딱딱하게 굳어서 얼어붙어 있는 듯 보였다. 이왕이면 자세라도 바로잡고 굳어지기라도 하지 왜 이 모양새로 굳어서 사람을 더 난처하게 하는지 다혜는 원망의 한숨을 내 쉬었다.

"이봐요. 거 고개 좀 돌려 봐요. 아니다. 뒤로 좀 돌아보지 그래요?"

"엄마!"

"조용히 해, 넌!"

찌릿, 이 여사의 따끔하고도 날 선 눈초리가 날아왔다. 현장에서 사고 치다 검거된 마당에 입이 열 개라도 할 말이 없지 않은가. 표정은 관리조차 되지 않았고 그건 눈앞에 그도 마찬가지였다.

"나 다혜 엄마인데 얼굴 좀 봅시다."

"안녕하십니까. 이현성입니다."

당혹감이 서렸던 그는 어느새 말끔하게 표정을 정리한 뒤 이 여사에게 인사를 하고 있었다. 오히려 지금 이 상황에서 당황스러워 안절부절못하는 사람은 다혜 자신뿐이었다.

"이런 모습으로 어머님께 인사들 드려 죄송합니다."

정말 한순간이었다. 벽을 짚고 굳어 있던 그가 반듯한 자세로 방금 전까지 무슨 일이 있었냐는 듯 아무렇지 않게 이 여사를 대하는 게 신기할 정도였다. 마치 그는 바람직한 사나이의 표본처럼 보였다. 거기다 이 여사의 눈에는 이미 광채가 서린 현성의 모습이 마음에 드는지 흡족한 표정이 역력하게 엿보였다.

"다혜가 어머님을 닮아 미모가 빛을 발했나 봅니다."

"어머, 호호호."

"아름다우십니다."

"어머, 이 남정네 마음에 드는 말만 하네? 호호호."

간드러지게 웃는 이 여사의 웃음소리가 고요한 정적을 깨트렸다. 최상의 립서비스를 하고 있는 그나, 상큼하게 웃음을 날리는 이 여사나 다혜의 머리를 어지럽게 하긴 마찬가지였다.

"저기."

다혜는 바삐 이 상황을 정리하고 그를 돌려보낼 생각으로 머릿속이 가득 채워져 있었다. 그런데 갑자기 날벼락처럼 귓가를 강타하는 소리에 다혜는 또다시 속으로 비명을 내지르고 말았다.

"안에 들어가 차 한 잔 하고 갈 텐가?"

"넵."

"엄마!"

그와 동시에 다혜가 대답을 했다. 하지만 이 여사는 그에게 따뜻하고 인자한 웃음을 다혜에겐 서릿발처럼 차가운 눈초리를 되돌려 주셨다.

"그럼 실례 좀 하겠습니다."

그에게서 전혀 예상치 못한 말에 다혜는 뭐 하는 짓이냐고 그에게 눈짓을 보냈다. 어떻게 돌아가는 상황인지 아까의 당혹감은 온데간데없이 사라진 듯 그는 이 여사의 장단에 쿵짝을 맞춰 주고 있었다.

'지금 이게 무슨 상황이란 말이냐!'

다혜는 그의 팔꿈치를 붙잡고 그냥 집으로 가길 바란다는 눈빛을 보냈다. 그런데 그 행동 하나에 발동작이 멈추어서 그랬을까. 귀신처럼 이 여사님이 뒤돌아서서 그 모습을 노려보고 있었다.

"김다혜. 동작 그만."

"엄마. 시간도 그렇고 다음에 따로 그러니까 시간을……."

다혜는 최대한 지금의 상황을 모면하고자 했었다. 간곡한 부탁의 눈빛을 보내며 이야기했지만 그 청은 아무런 소용이 없다는 듯 묵살되고 말았다.

"불편한가."

"아닙니다. 어머님."

"봤지? 괜찮다고 하잖니. 뭐해, 얼른 썩 들어가지 못하고!"

이 여사가 앞서던 걸음을 멈추고 빨리 행동으로 옮기라는 눈짓을 보냈다. 다혜는 엄마의 눈초리에 군말도 못하고 울며

겨자 먹기로 조용히 집 안으로 걸어 들어갔다.

집 안에 들어오자 이 여사는 부산스럽게 움직이며 말했다.

"집이 좀 누추하지요?"

"아닙니다. 어머님."

"어머 넉살도 좋네. 어머님이라고 부르다니. 호호호."

평소의 이 여사에게서 볼 수 없는 웃음이 거실에 울렸다. 다혜는 이 여사의 낯간지러운 웃음소리에 콧방귀를 끼었다. 하지만 그렇다고 두고 볼 이 여사가 아니었다. 다혜가 그럴 때마다 따끔하게 와 닿는 시선이 그 이유 중 하나였다.

"그래. 우리 다혜랑 교제 중이라고요?"

"네. 사귀고 있습니다."

"어머. 전에 우리 다혜랑 그렇고 그런?"

다혜의 귀에는 이 여사의 뉘앙스가 이상하게 들려왔다. 지금 그렇고 그렇다는 말은 도대체 무슨 의미냐고 다혜가 입을 열려는 순간 또다시 찌릿하고 날아온 눈초리에 다혜는 말문을 닫을 수밖에 없었다. 가만히 입 다물고 듣고 있으라는 어명이었다.

"네, 몇 달 전 다혜 씨와 선을 본 사람입니다."

"우리 다혜 때문에 고초가 많았다고 들었는데……."

"아닙니다. 어머님."

다혜는 이 여사가 말한 고초의 의미를 짚어보곤 고개를 떨어뜨렸다. 지금 생각해 보니 새삼 예전의 악행(?)이 머릿속을 헤집고 들어와 낱낱이 읊고 지나갔기 때문이었다.

"내가 주선하신 분한테 익히 이야기는 들었다지만 직접 이렇게 보는 건 처음이어서."

"어머님, 말씀 편하게 하셔도 됩니다."

"그럼 그럴까? 인연은 인연인갑네. 이렇게까지 발전을 하다니."

"저도 그렇게 생각을 하고 있습니다. 그때 다혜 씨를 보는데……."

어느덧 이 여사와 그는 다혜는 안중에도 없는지 호흡이 척척 맞아떨어지게 대화를 나누고 있었다. 이것저것 이 여사가 물어보면 그는 넉살도 좋게 대답을 했다. 잘났다는 이 여사의 칭찬이 들어가면, 그는 어머님의 미모야말로 아름답다는 웃기지도 않는 소리를 내뱉었다.

그렇게 화기애애하게 이야기는 쭉 이어졌다. 이미 이 자리에서 다혜는 없는 사람이었다. 투명인간이라도 된 듯 그렇게 이들의 자연스러운 대화를 듣다가 다혜는 마시던 음료는 내뿜을 뻔했다.

"난 이 사장이 아주 마음에 드네만 어떠한가?"

"어머님께서 그렇게 말씀을 해 주시다니 감사할 따름입니다."

"나는 우리 다혜와 자네가 그렇고 그런 사이로 발전하길 원하는데."

"어머님. 제가 바라는 것도 그렇습니다."

다혜는 어안이 멍해져 오는 듯했다. 아니 지금 이게 어떻게 진행이 되어 가고 있는 것인가. 그렇고 그런 사이로 발전하더라도 다혜, 저가 끼어야 가능한 이야기인데 그녀는 배제해 놓고 이런 진중한 대화를 하고 있다니.

"우리는 언제든지 준비가 되어 있다네."

"준비라면?"

"언제든 모조리 싸서 보낼 준비가 되어 있다고 말하는 거지."

아득하게 머리를 울리고 지나가는 이 발언은 무슨 뜻인가. 뭘 싸서 누굴 보낸다고 하는 것인가. 갑자기 다혜는 혼돈이 몰려왔다. 이 여사가 말로는 언제든 해치울 준비가 되어 있다고 했지만 설마 정말로 그의 앞에서 그런 말을 할 줄은 생각조차 할 수가 없었다.

"엄마!"

"다혜야, 엄마 말하는 중이잖니."

누가 그것을 모를까. 이 어이없는 상황 속에서 흥분을 한 사람은 다혜 혼자였다.

"엄마 이게 지금 무슨 말이야? 준비는 무슨 준비냐고!"

"그래, 어찌. 날은 조만간 잡을 수 있겠는가?"

"노력해 보겠습니다. 어머님."

다혜는 기가 막혀 말도 나오지 않았다. 그리고 어느덧 정신을 차리고 보니 두 사람은 이야기를 마쳤는지 현성은 돌아갈 준비를 하고 있었다. 이 여사는 뭐하고 있느냐는 눈치로 어서 배웅하고 오지 못하겠냐는 눈빛을 마구 쏘고 있었다.

"잘 가게나. 다음에 또 보자고."

"잘 마시고 갑니다. 어머님 다음에 또 인사드리겠습니다."

"조심히 가게."

이 여사와 그는 친근한 사이마냥 인사를 주고받았다. 다혜는 어안이 벙벙해지는 느낌을 오늘에 두 번이나 겪고 있는 꼴이 되어 버렸다.

"빨리 나와욧!"

집 밖에 겨우 나와서야 다혜는 숨을 돌릴 수가 있었다. 본인의 집인데도 숨 막히는 전쟁터에 서 있는 기분으로 자리를 지켰었다. 이제야 맘껏 자유를 되찾은 듯 숨을 돌리는데 뒤에서 그의 얄궂은 음성이 들렸다. 다혜는 잘되었다 싶어 그에게 한소리를 하려고 몸을 돌렸다.

"사람이 어째 그래요?"

"뭐가?"

"부끄럽지도 않아요? 어떻게 우리 엄마랑 그렇게 이야기를."

"어머님 말씀에 내가 뭐 잘못 대답했어?"

그가 무엇이 잘못되었는지 알려 달라는 말에 다혜는 더 이상 말을 이을 수가 없었다. 그러고 보면 그는 이 여사의 말에 이치에 맞게 대답하고 유들유들하게 넘어가듯 대답을 했었다. 그의 말처럼 하나도 이상하거나 잘못된 부분은 없었다.

갑자기 다혜는 할 말이 없어졌다. 하지만 오늘 이 사달의 시작이 어떻게 되었던가.

"오늘 안 왔으면 이런 일도 안 벌어졌어요."

"아하."

"지금 감탄하고 있을 때예요?"

누구는 코가 막히고 숨도 쉴 수가 없을 정도로 이상한 광경을 목격했건만 그는 아무렇지도 않다는 듯 감탄사를 내뱉고 있었다. 다혜는 그가 이토록 얄미울 수가 없었다.

"잊고 있었는데 생각이 났어."

"뭐가요!"

"직접 이 몸께서 찾아가는 서비스까지 발휘해서 왔는데 정작 중요한 걸 잊고 갈 뻔했잖아."

이 무슨 해괴한 소리란 말인가. 찾아가는 서비스는 얼어 죽을 서비스냐고 다혜가 한소리 말하려고 입을 여는 순간.

"어엇!"

아까와 같은 모습이 그대로 재현되고 말았다. 이 남정네가 왜 담벼락에 자신을 가두고 난리인가. 하지만 속마음과는 달리 가슴은 쿵쾅쿵쾅 뛰었다.

"김다혜. 하던 거 마저 해야지."

"헉."

눈앞이 팽글팽글 돌기 시작했다. 점차 그의 얼굴이 가까이 다가온다. 그의 숨결도 차츰 가까이 다가오는 순간.

"눈 감아."

다혜는 착실히도 그의 말을 따랐다.

미세하게 간질거리며 느껴지는 뜨거운 그의 숨결. 그리고 들리는 심장 소리. 이 소리가 그의 것인지 그녀의 것인지 지금 그것은 중요하지 않았다.

그의 차가운 코끝이 뺨에 닿고 점점 몸을 죄어 오는 떨림과 함께 간질거리는 낯선 느낌이 온몸을 지배하는 순간, 촉촉하고 말캉한 무언가가 다혜의 입술에 맞닿았다.

보드라운 입술이 살짝살짝 입술을 스치며 톡톡 노크를 한다. 그리고 곧 알싸하게 퍼지는 커피의 향과 함께 부드럽게 맞물린 입술 사이로 열기가 피어올랐다.

말캉하고 부드러운 입술은 점점 영역을 넓히듯 제 것을 부비며 뜨거움을 전했다. 어느덧 그 뜨거움은 입술을 가파르고 깊게 들어왔다. 중간중간 보드라운 감촉이 입술을 깨물고 찌릿함을 선사했으며 아찔하게 전신을 파고드는 감각에 다혜는 서 있는 힘을 잃어 가고 있었다. 숨이 차고 뜨겁다. 제 것이 아닌 것마냥 몸은 뜨거운 열기에 휩싸여 아슬아슬 버티고 서 있을 뿐이었다.

"예쁘다. 김 선생."

몽롱한 다혜의 귓가에 그의 음성이 들렸다. 그의 부드러운 손길이 입술 언저리를 스치자 희미한 전율의 온몸을 타고 올라왔다. 정신을 차릴 새도 없이 또다시 보드라운 입술이 닿았다. 숨 쉬는 게 버거워지고, 서 있는 게 힘들어지는 순간 그의 따뜻한 입술이 떨어졌다.

급하게 산소의 필요성을 느낀 다혜는 숨 쉬는 데 여념이 없었다.

"정말 사랑스럽다."

방금 무슨 일이 있었는지를 알려 주듯 부풀어 보이는 그의 입술. 그는 만면에 웃음을 지으며 머리를 쓰다듬었다. 그러면서도 그는 아쉬운 듯 표정을 지었다.

"이만 들어가."

"네, 네?"

"잘 자. 다혜야."

떠밀듯 그가 대문 앞까지 그녀를 다시 이끌었다. 어서 들어가라는 말과 함께 그는 신기루처럼 홀연히 사라졌다. 마치 이 모든 게 꿈처럼 느껴졌다. 하지만 다혜는 온기가 감도는 입술로 인해 꿈이 아닌 현실이라는 걸 자각했다.

그의 숨결이 닿았던 입술.

깊고 진하게 입술을 파고들었던 그. 그리고 미친 듯이 제 속도를 잊고 날뛰는 심장.

그녀는 미수로 그칠 뻔한 담벼락 키스를 방금 그와 함께 나누었다.

'옴마야.'

다혜는 아직도 입술에 남겨진 감촉을 느꼈다. 천천히 손끝이 올라가 맞닿았던 입술을 만져 보았다. 그가 머물렀던 입술은 여전히 뜨거웠다. 아직도 그 느낌이 생생하게 피어오르듯 온 몸에 저릿하게 퍼져 나갔다.

현성의 말과는 다르게 다혜는 그날 밤, 한숨노 자지 못했다.

눈 뜨고 코 베인 격이 되었던 날은 지나갔다.

다혜는 아침에 일어나자마자 거울을 보며 얼굴을 살펴보았다. 정확하게 말하자면 입술을 들여다보고 있었다. 잠결에 계속 열기를 감지했던 입술은 보기 좋게도 퉁퉁 부어 있었다. 마치 벌에 톡 쏘인 듯 적나라하게 소시지처럼 부어 있는 앙큼한 입술. 이건 어젯밤 민망하고도 낯부끄러웠던 일을 요 입술은 알고 있다고 알려 주는 듯했다.

"아악. 못 살아."

다혜는 거울 앞에서 헝클어진 머리를 쥐어 잡고 비명을 내지르며 꽈배기마냥 몸을 비비 꼬았다.

"엄마야. 대체 어쩌자고!"

어젯밤의 일이 또다시 머릿속을 점령하고 놓아주지 않았다. 기분이 이상했다. 입술이 불에 데인 듯 홧홧했고 얼얼함이 느껴질 정도로 그가 남긴 감촉이 생생했다.

"아, 어떡해! 어떡하면 좋아!"

"왜 아침부터 몸을 그리 비비 꼬고 난리냐?"

갑자기 확 들이닥친 찬물을 끼얹는 이 음성은 보나마나 한 사람뿐이 없었다. 어느새 방문을 열고 들어왔는지 이 여사가 아침 댓바람부터 무슨 요상한 짓이냐는 힐난의 눈초리를 보내고 있었다.

"엄마는 왜 노크도 없이 들어와!"

"노크했단다."

다혜는 해괴망측한 무안한 모습에 오히려 버럭했지만 그 뒤

들려오는 이 여사의 말에 조용히 꼬리를 내렸다.

"꼬락서니하고는."

이 여사가 머리부터 발끝까지 쓱 보더니 한심하단 듯 혀를 찼다. 다혜는 안 그래도 이미 한 번 확인한 자신의 모습을 생각하며 헝클어진 머리를 벅벅 긁었다. 이보다 무안할 수는 없었다. 혼자 원맨쇼를 하듯 몸을 꼬고 있었으니 그 모습이 얼마나 한심했을지 안 봐도 훤했다.

"으음. 근데 왜?"

"아침 먹어."

언제까지 너의 아침을 책임져야 하냐는 이 여사의 잔소리가 시작되었다. 하지만 그러는 와중에 이 여사의 힐난의 눈초리가 좀 다르게 변하는 걸 다혜는 보았다. 그 시선의 끝에 자리한 자신의 부르튼 입술.

"엄마, 이상한 상상하지 마! 절대 그런 거 아니야."

"가시나, 내가 뭐라 했다고 지레 저래?"

어젯밤 그 흐뭇한 장면을 이 여사가 보았는데 어찌 가만히 있을 수가 있겠는가. 비록 이 여사 앞에서 불발로 끝났지만 여실하게 오동통 부은 입술은 발칙하게도 존재감을 드러내고 있었다. 눈치도 빠른 이 여사 피식 웃으면서 나가는데 한마디를 날리고 가시는 게 아닌가.

"고 입술 참 예쁘다잉? 마치 어제 불장난이라도 한 거 같다? 고참 누가 입술 도장을 그리도 격하게 찍었다니."

다혜는 간드러지게 들리는 웃음소리에 그 자리서 석화가 되듯 굳어 가는 걸 느낄 수 있었다. 천하의 이 여사 앞에서는 애초에 무엇이든 숨길 수 있는 건 불가능했었다.

"아이, 몰라. 내가 정말 현성 씨 때문에 이게 뭐야!"

다혜는 붉어진 얼굴을 감싸 안으며 있지도 않은 원인제공자를 향해 원망을 내뱉었다. 그것도 잠시, 밥 먹으라는 이 여사의 큰 목소리가 멀지 않은 곳에서 들려왔다. 다혜는 긴 한숨을 내쉬며 방을 나섰다.

아침밥은 평소와 다르게 만찬처럼 차려져 있었다. 이 아침밥이 최후의 만찬이라도 되는 듯 느껴지는 건 왜인지 모를 일이었다. 다혜는 자리에 앉아 잘 들어가지 않는 음식을 깨작이며 먹기 시작했다.

"김다혜."

"응?"

"좋았더냐?"

"모, 몰라."

"어디서 얼굴을 붉혀! 데이트는 언제 하니?"

숨김없이 사실대로 토설하라는 강력하고도 무시무시한 이 여사의 눈빛 때문에 다혜는 목구멍을 넘어서려던 음식이 그 자리에서 콱 하고 막히는 걸 경험해야 했다. 유난히 부담스럽게 빛나는 이 여사의 눈빛에 더는 입을 다물고 있을 수가 없었다.

"오늘……."

다혜는 부끄러움에 모기만 한 소리로 이야기를 했는데 이 여사의 귀는 참으로 밝았다. 다 알아들으셨는지 흐뭇하게 바라보며 이따 집에서 보자고 하신다. 무엇일까. 왜 굳이 지금이 아닌 이따 집에서 보자고 하는 걸까. 아침부터 감지되는 이 불안함에 다혜는 눈만 끔벅이고 말았다.

"알았지? 딸랑구 이따 집에 꼭 들렀다 가!"

온종일 학생들과 지내고 여차여차해 학교의 모든 일과가 끝났다. 다혜는 시간을 확인하곤 곧바로 집으로 향했다.

어느새 집 안으로 들어선 다혜는 묘하고도 거부감이 드는 기운을 감지하고 말았다. 앞에 보이는 이 여사는 정말 환하고도 인자한 웃음으로 맞아 주셨다. 뭘까. 대체 무엇이기에 이 여사가 또 저리 웃음을 짓고 있느냐고 속으로 수십 번을 되물어도 답을 알 수 있는 건 아니었다.

"딸랑구."

"엄마. 왜 그러고 있어?"

"오호호. 엄마가 오늘 널 위해 준비했단다."

"준비? 무슨?"

현관문을 열고 들어설 때부터 알아봐야 했다. 환한 웃음 사이로 비장한 각오의 눈빛을 빛내고 있는 이 여사의 뜻을.

그리고 곧 다혜는 부활절의 달걀마냥 알록달록 꾸며져 현관 밖으로 밀려나 있었다. 물론 무시무시한 힘을 발휘하신 이 여사 덕분에.

"딸, 파이팅이야!"

약속한 시간이 되어 가는데 업무가 생각보다 끝이 나지 않았다. 현성은 조마조마하고 타들어 가는 기분으로 시계를 확인하며 서류에 집중했다. 하지만 야속하게도 마음과는 다르게 도통 결재서류의 내용은 눈에 들어오지 않았다. 오히려 마음속의 시침 소리만 똑딱똑딱거리며 울렸다.

"오늘따라 왜 이리 많아?"

아침부터 내내 그랬다. 마음은 콩밭에 가 있는 듯 업무에 집중할 수가 없었다. 다소 불만이 가득한 현성의 음성 때문이었을까. 노크하고 들어오는 비서의 발걸음이 우뚝 멈췄다.

"또 있습니까?"

"네. 요번에 새로 계약 체결한 업체에 대한 보고서입니다. 물론 그 외에 서류는 다 준비되어 있습니다."

현성이 운영하는 한성은 금융업종으로 전문적인 투자를 맡는 곳이었다. 나름 그 이름이 알려져 있어 대기업을 비롯한 중소기업까지 그의 회사를 거쳐 지나가고 있었다. 그런데 오늘따라 일이 한꺼번에 밀려 들어와 현성을 숨 막히게 조여 왔다.

"사장님. 그리고 이번에 장 회장님과 약속이 잡혀 있습니다."

"날짜와 시간은?"

"내일모레입니다. 시간은 오후 7시로 햐얏웡으로 예약해 두었습니다."

내일모레면 황금 같은 주말이다. 그런 그 시간에 다혜가 아
닌 노친네와 앉아서 딱딱한 사업 이야기를 해야 한다고 생각
하니 입안이 벌써부터 쓰게 느껴졌다.

'다혜와 데이트할 시간도 모자란데 장 회장과 미팅이라
니.'

현성은 불만이 입 밖으로 터져 나올 뻔했다. 사업도 중요하
지만 지금 그에게는 다혜를 잡는 연애가 더 중요했다. 그녀와
진정으로 잘해 보려는데 생각지도 못한 약속이 그의 연애 진
도에 브레이크를 걸었다. 그녀와 보내야 할 주말. 왠지 다혜와
보내려는 시간이 침범당하는 기분을 느껴야 하다니 현성으로
서는 불만이 이만저만한 게 아니었다.

'보고 싶다. 그 앙증맞은 입술에……'

"사장님."

딴생각에 빠져들었던 현성은 화들짝 놀라고 말았다. 늦게
배운 도둑이 날 새는 줄 모른다고 요즘 다혜의 입술을 탐했더
니 이건 밑도 끝도 없이 혼자 상상의 나래에 빠져들어 헤어
나올 수가 없을 정도로 그 달콤함이 이루 말할 수가 없었다.

"으음. 알았어. 이만 퇴근합시다."

시간을 확인한 현성은 마음이 조급해져 갔다. 일단 이 서류
들을 다 마무리를 지어야 하는데 전혀 줄어드는 기미가 없었
다. 거기다 그녀와의 약속시간은 점점 다가오고 있으니 여간
신경이 쓰였다.

"어쩐다."

다혜에게 전화를 걸어 약속을 미루어야 하나 아니면 그녀를 만나고 야근으로 대체할 것인가 고민이 되었다. 그가 결재할 서류는 아직도 산처럼 남아 있고 시간은 촉박하니 불안정한 심리가 이어졌다.

하지만 머릿속은 온통 그녀로 가득 채워졌다. 이기적이게도 약속시간을 늦춰서라도 그녀를 보고 하루를 마무리하고 싶은 생각이 간절했다. 하지만 그러기엔 주말도 아닌 평일에 그렇게까지 그녀를 피곤하게 만들고 싶지 않았다. 더욱이 일이 밀려서 이대로라면 다혜와는 제대로 만나지 못할 것 같았다.

현성은 고민을 하던 중 아무래도 안 되겠다 싶어 그녀에게 연락을 취했다. 지금도 이렇게 보고 싶은데 잠시 못 본다고 생각하니 마음 한편이 왜 이리도 서운한지. 이 일을 다 끝내고 나면 마음껏 그녀를 봐야겠다는 생각으로 현성은 수화기 저편에 그녀의 음성이 들리기를 고대했다. 통화연결음이 한참 들리더니 이내 상큼한 김다혜의 음성이 그의 귓가를 파고들었다.

— 여보세요.

"다혜야."

— 어? 현성 씨?

청량하게 들리는 그녀의 음성. 그리고 그려지는 그녀의 입술. 김다혜가 얼마나 달콤한지 알려 준 앙증맞은 붉은 입술이 저편에게 오밀조밀하게 움직이고 있을 생각을 하니 후끈한 열기가 올라왔다.

"미안한데 아무래도……."

어떻게 잡은 약속인데 이런 말을 해야 하는지 아쉬움을 넘어서 눈물을 머금고 현성은 그녀에게 상황을 설명했다. 그런데 그 아쉬움을 쏙 들어가게 할 정도로 사랑스러운 그녀의 대답은 암흑에 싸여 있는 현성에게 광명이 비추는 말이었다.

— 일이 그렇게 많아요?

"아무래도 조금 그러네. 내가 미안해서……."

— 그럼. 저녁 아직이죠? 으음, 저기 나 현성 씨 사무실 가도 돼요?

현성은 순간 자신의 귀가 잘못 들었다고 믿었다. 하지만 그녀가 사무실의 위치를 조곤조곤 묻는 말에 얼이 빠져 기계적으로 대답하고 있는 걸 깨달았다.

— 아, 그 근처 알아요. 그럼 일하고 있어요.

"정말 오려고?"

— 안 돼요?

안 되긴 뭐가 안 돼? 대환영이지! 아쉬운 이가 누구인가. 그녀가 갖고 싶고, 보고 싶어 환장한 이는 바로 자신이었다. 보고 있어도 보고 싶고 머릿속을 온통 차지하고 있는 그녀인데 어떻게 그녀를 거절할 수 있겠는가. 당연히 되는 일이지 어찌 아니 된다고 말하겠는가.

"피곤하지 않아?"

왜 사람들이 연애를 하면 바보가 된다고 히는지 알 거 같았다. 행복했다. 그녀의 전화에, 오겠다는 말 한마디에 세상의 모든 행복이 다 자신의 것처럼 느껴질 정도로 현성은 극도의 흥분 상태를 몸소 경험하고 있었다.

"사랑스러운 김 선생."

이미 끊어진 핸드폰을 부여잡고 현성은 행복한 비명을 외쳤다. 그녀를 알아 갈수록, 볼수록 점점 함께 있고 싶은 생각은 흘러넘쳤다. 거기다가 전폭적으로 그녀의 어머님이 지지해 주겠다고 하지 않았는가. 이대로라면 당장 그녀를 보쌈이라도 해서 식장을 잡고 들어서고 싶을 정도로 격한 흥분이 밀려왔다.

마음이 싱숭생숭하다. 이 사무실에, 그가 머무는 이곳에 그녀가 오겠다고 한다. 그럼 이 공간에 그녀의 향기가, 온기가 에워싼다고 생각하니 벌써 주체할 수 없는 흥분이 온몸을 강타했다.

"잠만."

현성은 그녀가 온다는 말에 일단 사무실 내부의 상태를 살펴보았다. 다행히 그가 자리한 사무실은 깨끗했다. 혹시 몰라 현성은 경비실에 연락까지 넣어두었다. 평소에 찾지도 들어가 보지도 않았던 탕비실로 들어가 직접 그녀에게 대접할 차가 무엇이 있나 손수 살펴보기까지 했다.

"아. 몇 초라도 더 보려면 이 지긋한 서류부터 끝내야지."

이제껏 집중할 수 없었던 서류가 이제야 잘 들어왔다.

현성은 시간을 다시 한 번 확인하고 검토를 해야 할 서류에 추가 설명과 함께 일일이 결재 작업을 하기 시작했다.

생각보다 서류를 살펴보는 일에 속도가 붙었다. 아무래도 김다혜 효과가 지대한 영향을 준 듯했다.

　얼마나 그렇게 서류를 검토하고 있었을까. 현성은 노크 소리를 듣지 못하고 몇 개 남은 서류에 정신을 집중하고 있었다. 그래서인지 쌓여 있던 서류는 많이 줄어들어 있었고, 걸릴 거라 생각했던 시간보다 1시간 정도가 단축되어 있었다.

9. 용의주도한 그

"현성 씨."

모기만 한 가냘픈 여성의 목소리가 현성의 청각을 깨웠다.
이내 고개를 돌린 현성은 보고 싶었던 이를 보게 되었다. 그녀
였다. 몸소 사무실에 나타난 그녀는 사무실 문을 빼꼼 열고 고
개만 내민 채 서 있었다. 그런 그녀가 그의 눈에 그렇게 깜찍
하게 보일 수가 없었다.

"안 들어와?"

"들어가도 돼요?"

빼꼼히 내밀었던 고개에서 이미 몸이 반이나 사무실 공간으
로 들어온 상태에서 그녀는 주저하며 쉬이 발을 들이밀지 않
고 있었다.

현성은 극도의 반가움에 자리에서 일어나 성큼성큼 그녀에

게 다가갔다. 문고리에 한 손을 올리고 눈만 끔뻑이는 그녀는 가까이 다가오는 모습에 지레 뒤로 물러서려고 발을 빼려 했다. 그것을 그냥 볼 현성이 아니었다.

"왜 안 들어오고 그래?"

"어, 그, 그게."

문을 활짝 열자 그녀가 그 반동으로 그의 공간에, 아니 그의 품으로 온전하게 들어서게 되었다.

"아하하, 현성 씨 안녕?"

뜬금없는 그녀의 말에 현성은 웃음을 터트렸다. 어영부영한 자세로 그녀는 고개만 두리번두리번거리며 시선을 회피하고 있었다. 엉거주춤하는 그 모양새가 얼마나 귀엽고 우습던지 현성은 품 안에 들어온 그녀를 덥석 안아 올렸다.

"어엇!"

"김 선생!"

그녀와 한 공간에 있는 것만으로도 기분이 묘했다. 이렇게 품 안에 그녀를 안고 있자니 꿈이 아닌 현실이란 게 느껴진다. 그냥 그녀가 좋다. 마음에 품은 이가 김다혜 그녀라서 행복하다는 게 절실하게 와 닿았다.

"내, 내려줘요."

"싫은데?"

그녀의 얼굴이 뻘겋다. 두 개의 얄궂은 사과가 그녀의 얼굴에 물이라도 들인 듯 온통 뻘게져 있는 그녀는 다급하게 내려 달라 아우성을 쳤다. 하지만 현성은 그녀를 그대로 안은 채 서류가 어지럽게 펼쳐져 있는 책상 가장자리에 그녀를 내려놓았다.

"엄마야!"

"김 선생. 오늘은 더 예쁘다?"

"무, 무슨 소리예요!"

"진짜야. 왜 이리 사랑스러워?"

예전에 누군가가 그에게 이렇게 닭살 돋는 말을 날릴 수 있겠느냐는 물음을 했다면 그는 단호하게 절대 그럴 리가 없을 거라고 말했을 것이다.

하지만 현실은 전혀 달랐다. 사랑하는 이의 앞에서는 그 무엇도 그 어떠한 것도 아무런 장애가 되지 않았다. 이런 이야기쯤은 백 번이고 천 번이고 얼마든지 내뱉을 수 있었다.

"김 선생."

"왜, 왜요?"

"왜 고개를 숙여?"

가까이 고개를 들이밀자 그녀의 고개가 사무실 바닥에 무엇이라도 있는지 뚫어지게 쳐다보며 도통 고개를 들어 올리지를 않는다.

"다혜야. 고개 좀 들어봐? 응?"

"좀 물러나 봐요."

"얼굴 좀 보자니까?"

그녀가 천천히 고개를 들었다. 하지만 시선을 회피하듯 이번엔 고개를 돌리고는 자신 쪽은 쳐다보지도 않았다.

"아, 얼굴 보기도 비싼 김 선생."

쪽.

그녀의 토실토실한 볼에 입술을 가져다 대자 화들짝 놀란 그녀가 고개를 원래 위치로 돌렸다. 여전히 그녀의 얼굴은 뻘겠다. 아니 좀 전보다 발그레한 얼굴은 이미 더 이상 물들려야 물들 수가 없을 정도로 벌겋게 물들어 있었다.

"보고 싶었어. 김 선생."

그의 말에 그녀는 말이 없었다. 침묵을 가장한 고요함은 사무실을 온통 에워쌌다. 현성은 좀 더 몸을 밀착해 그녀에게 얼굴을 더욱 들이대었다.

"거 입술에도 뽀뽀하면 안 될까?"

"저, 저녁 먹어야지요!"

중요한 일이 이제야 생각났다는 듯 그녀가 덥석 묵직한 무언가를 얼굴에 들이밀었다.

"어?"

"간단한 요깃거리라도 필요할 거 같아서."

"친절한 김다혜 양."

"비, 비켜 봐요!"

책상에서 내려서려고 아등바등하는 그녀를 사이에 두고 현성은 장난기가 솟아났다.

"뽀뽀로 끝이야?"

"무, 무슨 그런 낯 뜨거운 말을!"

"아, 아십다. 난 김 선생이 요기에 콕 도장 찍어 줄 줄 알았는데."

그녀의 손을 잡아 자신의 입술에 가져다 대었다. 그녀의 손
끝의 미세한 떨림이 현성에게 그대로 느껴졌다. 그 순간 장난
으로 시작한 동작은 끝이 났다.

"떨려?"

손끝뿐만이 아니었다. 그녀의 두 눈동자도 떨리고 있었다.
그녀의 동공에 자신을 향한 열기를 불태우고 있는 남자가 비
쳤다.

그녀의 눈동자에 보이는 정염에 휩싸여 있는 사람은 자신이
었다. 그녀의 입술을 탐하고자 하는 사내. 수컷의 본능대로 그
녀를 원하는 남자.

"김다혜."

"……."

밀착된 얼굴 사이로 따뜻한 숨결이 넘실거린다. 조금만 더
라는 생각으로 점점 다가가 입술과 입술이 맞닿으려는 순간
현성은 뒤로 그대로 넘어질 듯 밀쳐졌다.

"친구! 내가 왔다네!"

벌컥! 문소리와 함께 방정맞은 목소리가 들렸다. 쳐 죽일
그놈. 일생일대의 도움을 안 주는 웬수 같은 놈. 못된 놈. 길
에서 벼락이 치면 지 대신 친구보고 맞으라 할 놈. 온갖 욕이
현성의 마음속에서 쉼 없이 터져 나왔다.

"헛!"

현성은 뒤돌아선 순간 벙쪄 있는 그놈을 보았다. 삿대질을

하고 있는 그놈은 마치 무슨 중요한 현장이라고 목격한 이 마냥 게거품을 물고 바라보고 있었다.

'하필이면!'

게거품을 물어도 현성이 물어야 할 상황이었다. 그런데 얄미운 놈이 이게 꿈이다냐 생시다냐 하면서 다혜를 향해 돌진하는 게 아닌가. 저놈이 미쳤나. 현성은 빨리 그놈의 행동에 제동을 걸어야 했다.

"김민성. 스탑."

"어? 어?"

민성이 더는 다혜에게 접근하지 못하도록 그의 뒷목의 옷자락을 움켜잡았다. 조금만 늦었어도 민성이 놈이 그녀에게 접근해 손이라도 잡을 기세였다. 이미 녀석의 눈동자에는 경이로운 이채가 서려 있었다. 헤실헤실거리던 놈은 그 순간마저도 다혜에게서 눈을 떼지 못한 채 반짝이며 탐색을 하고 있었다.

"이햐? 소문으로만 들었던 다혜 씨군요."

"안녕하세요."

어느새 책상에서 내려선 다혜가 다소곳이 인사를 건넸다. 이미 현성의 두 눈에는 훼방꾼인 놈을 어떻게 해서든 다혜의 시야에서 최대한 떨어트리고 싶은 생각만이 들었다. 꿈같은 시간을 방해한 것만으로 모자라 무슨 행동을 할지 모를 위험 분자를 가진 놈. 왜 하필이면 이때에 나타났냐고 원망의 눈초리를 보냈지만 능청스러운 놈은 오히려 윙크까지 날리며 방정을 떨었다.

"친구, 오늘따라 얼굴에 빛이 난다?"

"가."

"뭐?"

"다음에 와."

현성의 시선에는 노기가 서려 있었다. 저놈 때문에 박살 나
듯 산통이 깨졌다. 조금만 빨랐어도, 아니 저 녀석이 안 왔더
라면 지금쯤 다혜의 달콤한 숨결을 느낄 수 있었을 텐데. 얄미
운 놈으로 인해 그의 거사가 무너져 내렸다.

"안 가나?"

"야, 오자마자 가라고 하냐? 박정한 놈이네. 안 그래요, 다
혜 씨?"

마치 구원투수라도 부르듯 그놈이 친근하게 다혜를 불렀다.
언제부터 알았다고 다혜 씨는 다혜 씨야? 저 나불대는 주둥이
가 기어코 터져서 이제는 일장 연설을 하기 시작했다. 뺀질뺀
질한 놈이 넉살도 좋게 다혜에게 말을 붙이니 기어코 화가 폭
발했다.

"김민성."

"왜?"

"좀 가라."

시시콜콜 벌써 입방정을 떠드는 놈의 주둥이에 주리를 틀지
못한 게 한인 만큼 빨리 저놈을 퇴치할 필요성이 심각하게 느
껴졌다. 요 근래 들이 민성을 볼 때마다 현성의 머릿속에는 어

떻게든 놈을 쫓아내야 한다는 일념도 가득 차 버린 지 오래였다.

"왜? 나도 좀 끼워 주라."

"뭐?"

"어? 다혜 씨, 이거 저놈 주려고 사 온 저녁이에요?"

바닥에 나뒹굴고 있는 쇼핑백을 집어 든 놈은 어느새 소파 가장자리 테이블에 상을 차리기 시작했다. 현성이 보기에도 그 모습이 기가 막힌데 그녀는 오죽할까.

"저, 저기."

"저는 김민성이라고 이놈 친구랍니다. 반가워요. 다혜 씨."

"아, 반갑습니다."

"저 박정한 놈을 위해 이렇게 저녁도 직접 사 오시고 현성 인 정말 복 받은 놈이네요."

주절주절 끝도 없이 잘도 나불대는 친구를 보며 어떻게 그를 쫓아낼까 궁리를 했다. 현성은 더는 그녀하고와의 시간을 방해받고 싶지 않았다. 처음으로 그녀가 사무실에 온 날인데 지금 누구 때문에 이 모든 산통이 깨졌는지 정녕 몰라서 저러고 있는지 눈치도 더럽게 없는 놈을 원수 바라보듯 보며 뒷목을 다시 낚아챘다.

"가."

"야야."

"현성 씨!"

집작스런 행동에 그녀가 놀란 눈으로 바라보았지만 현성은 그 시선을 외면했다. 그리고 민성을 질질 끌다시피 해서 사무실 문까지 열고 내보내려고 했다. 하지만 끈질기게도 이 상황 속에서 살아남으려는 놈은 끝까지 요지부동 문 앞에서 성큼 발을 떼지 않고 버텼다.

"제발 가지? 나 화나기 전에?"

이를 악물고 작은 목소리로 놈에게 속삭였다. 하지만 이놈은 오히려 웃음을 터트리며 헛소리를 하는 게 아닌가.

"왜? 다혜 씨랑 좋은 시간 방해해서 억울하냐?"

"그만 나불대."

현성은 민성과의 대화가 다혜의 귀에 들어가지 않도록 작게 복화술이라도 구사하듯 이야기했다. 하지만 애초부터 그만둘 놈이 아니었다.

"아까 그림 좋더라? 너 언제 그렇게 연애의 기술이 늘었냐? 조금만 늦게 들어왔으면 내가 너의 키…… 아악!"

현성은 나불대는 민성의 입을 막는 차원에서 살포시 놈의 발을 지르밟았다.

"알면 좀 가라고."

"나 다혜 씨랑 좀 더 이야기하고 싶은데?"

"다음에 정식으로 소개해 줄 테니 좋은 말 할 때 좀 꺼져."

현성은 슬쩍 고개를 돌려 다혜에게 미소를 지어 보인 뒤 다시 민성에게 사나운 일갈을 외쳤다. 여기서 조금만 더 나아가다면 앞으로 너와 전쟁이라도 불사르겠다는 의지를 보였다. 다행히 눈까시 눈치 없게 굴려던 놈이 슬슬 꼬리를 내리며 알았다는 듯 발을 움직였다.

"다혜 씨 다음에 봐요. 제가 괜히 좋은 시간을 방해했나 봐요. 그럼 하던 거 마저 하세요!"

"어, 엄마야."

조용히 꺼져 달라 했건만 끝까지 사고를 치고 그놈은 떠났다. 시끄럽게 주절대던 놈이 자리를 뜨자 이제야 사무실이 조용해졌다. 현성은 속 시원한 한숨을 내쉬며 사무실 문을 걸어 잠그고 뒤돌아섰다.

"미안."

"그냥 보내도 돼요?"

"왜?"

"애써 찾아왔는데 그러니까 저렇게 보내면."

현성은 속이 아주 시원했는데 그녀는 아무래도 자신 때문에 친구를 내쫓은 게 아닌가 걱정하는 듯 안절부절못하는 게 느껴진다. 그녀가 굳이 저놈의 걱정을 할 필요는 없었다. 지금 그녀가 걱정해야 할 건 그녀 자신이었다. 현성에겐 그저 오롯이 그녀가 필요할 뿐.

"김 선생."

"네?"

"우리 그럼 하던 거, 마저 할까?"

"네에?"

시끄러운 놈도 사라졌겠다. 이제는 그 누구도 방해힐 수 없을 것이다. 점섬 그에게도 느물느물한 늑대가 살아 숨 쉬는 듯했다. 현성은 내면에서 울리는 소리에 귀를 기울이며 그녀에게 한 발 한 발 다가섰다.

다가오는 그는 그녀로 하여금 뒷걸음질하게 만들었다. 그리고 그는 더더욱 짓궂은 표정으로 다가왔다.

"착하지? 이리 와. 어서!"

❖

현성은 업무가 끝나자 향원으로 향했다. 약속장소로 잡은 향원은 고즈넉한 곳에 위치해 은밀하고 중요한 대화를 하기에는 안성맞춤이었다. 이곳에서 나눈 대화는 밖으로 새 나갈 일이 없었기에 많은 이들이 찾는 곳이었다.

현성 또한 그런 사람 중 하나였기에 장 회장과의 스케줄이 잡히자마자 비서가 향원으로 장소를 잡았다. 그 정도로 장 회장과의 이번 만남은 중요한 일이었다.

"장 회장님."

"이 사장."

현성은 약속시간보다 먼저 왔음에도 불구하고 방 안에 들어서자 보이는 장 회장에 고개를 숙였다. 그러자 만족스러운 미소로 장 회장이 자리를 권하였다. 보통은 현성이 상대방보다 일찍 오는 일이 많았는데 그 바쁘기로 유명한 장 회장이 먼저 와서 자리를 청하고 있자 조금은 의아한 생각이 들었다.

"기다리시게 해서 죄송합니다."

"아닐세. 한가한 늙은이가 이 사장을 좀 더 일찍 보고 싶어서 미리 왔다고 생각해 주게."

"한가하시다니요. 장 회장님을 만나 뵙고 싶어 하는 이들이 많은 걸 알고 있습니다."

"어허. 이 사장이 그리 말해 준다니 몸 둘 바를 모르겠구면."

장 회장이 너털웃음을 터트렸다. 그러곤 본격적인 사업에 대해 이야기를 들어가기 전에 서로 주거니 받거니 대화를 하는 중 밖에서 작은 기척이 들렸다.

"내 기다리다 미리 준비해 달라고 했다네."

"네."

장 회장의 말이 끝나기 무섭게 문이 열리며 단정한 차림의 종업원이 안으로 들어와 음식을 차례차례 놓기 시작했다.

"드세."

현성은 장 회장과 서로 나온 음식을 먹고 술을 마시며 일상적인 이야기를 나누었다. 가벼운 이야기가 진행되고, 어느 정도 분위기가 무르익을 무렵 현성은 장 회장의 빈 잔에 약주를 따라 올리며 이번 투자에 관련된 이야기를 꺼냈다.

"이번에 자네 회사에 의뢰한 건 말일세."

"안 그래도 생각지 못한 투자 건이어서 조금 놀랐습니다."

한창 고조된 분위기 속에서 나누는 사업 이야기는 팽팽한만큼 치열했다. 서로의 의견과 그에 따른 배분 수익 등에 대해서 나누다 보니 그만큼 분위기는 처음의 점잖은 분위기와는 사뭇 달랐다.

그때 그렇게 뜨겁게 달아올랐던 분위기가 순식간에 싸늘하게 변하게 만드는 일이 벌어졌다.

장지문이 열리며 처음 보는 낯선 사람이 방 안으로 들어섰다. 갑작스러운 상황에 현성의 미간이 저절로 찌푸려졌다.

"아, 그래. 이리 들어와 앉거라."

한참 고조되었던 이야기의 맥을 끊고 들어서는 한 여인은 장 회장의 아는 사람인 듯 보였다.

"회장님, 저는 분명 사업차 나온 듯합니다만."

현성은 슬쩍 말끝을 흐리며 장 회장에게 이 상황에 대해 설명을 들을 필요가 있다는 눈짓을 보냈다. 그리고 버젓이 옆에 다소곳이 앉는 여인에게 눈길을 보냈다.

한창 중요한 일 처리에 대해서 이야기를 나누는데 생각지도 못했던 방해자가 나타났다. 분명 오늘 이 자리는 이번에 새로 진행되는 장 회장 회사에 투자 건으로 만나는 자리였다.

"흐음."

"장 회장님."

"어험. 이 사장, 사실은 내게 여식이 한 명 있다오. 어서 인사부터 드리지 뭐하고 있는 게냐."

가뜩이나 황금 같은 주말시간에 주름이 자글자글한 노친네를 상대하는 것만으로도 짜증이 밀려오는데 코를 찌르는 향수 냄새가 현성의 머리를 지끈거리게 만들었다.

"처음 뵙겠습니다. 장미주예요."

첫 인사를 건네는 여자의 얼굴에는 부자연스런 인공미가 역력했다. 거기다 귓가를 파고드는 하이톤의 목소리가 거슬리다 못해 귀를 아프게 했다. 더군다나 옷차림새는 왜 저 모양인 것인가? 본인의 몸매에 자신 있는 것인지, 아니면 무슨 큰일이라도 저지르려고 작정한 것인지, 입은 건지 벗은 건지 알 수 없는 딱 붙은 검은 원피스가 육감적인 몸매를 한껏 어필하고 있었다.

부담스러운 옷차림과 꾸밈에 현성의 미간이 딱딱하게 굳었다.

중요한 클라이언트인 장 회장의 기분을 상하게 할 수는 없었지만 보면 볼수록 다혜와 비교되었다. 겉으로는 수수하고 단정해 보여도 보면 볼수록 그녀는 사람을 확 끌어당기는 매력이 있었다.

하지만 앞에서 수줍게 인사를 하는 미주라는 여자는……. 그런 매력은커녕 단번에 현성을 잡아먹을 기세였다.

"이현성입니다. 그런데 장 회장님? 오늘은 이번에 있는 신규투자 건으로 만나는 줄 알고 있었습니다만."

미주라는 여자가 왜 왔는지는 묻지 않아도 뻔했다.

다혜보다는 조금 어려 보이는 여자, 그리고 결혼적령기인 현성.

하지만 오늘은 사업차 만나는 자리였다. 이런 자리에 전혀 상관이 없는 여자를 부르다니.

현성의 낮은 목소리에 장 회상이 이마에 흐르는 땀을 닦아

냈다.

"저기, 이 사장. 그게 말일세."

오늘 약속은 순수하게 사업의 일환으로 만난 것이었다. 그런데 노인네의 어설픈 계획에 엉망이 되어버렸다. 현성은 지금의 상황이 어느 때보다도 갑갑했다.

"장 회장님."

"이 사장님 이야기는 많이 들었습니다."

현성은 속으로 욕지거리를 터트렸다. 장 회장에게 지금 이 사태에 대해서 묻고자 하는데 여자가 껴들자 불쾌감이 서렸다.

현성의 분위기가 차가워지자 장 회장이 서둘러 말을 꺼냈다.

"흐흠. 내 여식이 이번에 이 사장과 약속이 있다고 하니 본인도 이 자리에 함께하고 싶다 하더군. 나에게서 종종 이 사장의 이야기를 들었었거든. 알지 않는가. 딸의 부탁에는 약한 아비의 마음을."

뻔히 속 보이는 말을 장 회장은 잘도 내뱉었다. 속에서 터져 나오는 열불을 삼키며 현성은 무릎 위에 올려놓은 주먹에 힘을 주었다. 꺼림칙하다 못해 기분이 아주 상당히 더러웠다.

오늘 이 만남이 현성에겐 사업상의 연장이라 생각하고 나왔건만 상대방은 전혀 다른 의도를 취하고 있었다. 그러니 지극히 사업관계로 이야기를 나누는 곳에 자신의 여식을 대동시키지 않았는가. 이게 무슨 의미인지 바보가 아닌 이상 다 알 만한 일이었다. 거기다가 여자의 노골적인 시선이 그의 예상을 뒷받침하고 있었다.

"장 회장님."

"이 사장. 보다시피 내 여식이 혼기가 차 가는 나이라네. 내 평소에 이 사장의 됨됨이에 욕심이 나서 눈독을 들였다네."

이 상황에 대해서 사과가 아닌 구닥다리 같은 수법을 지금 장 회장이 현성에게 제안하고 있었다. 장 회장이야 이 바닥에서 큰손이라 불리는 사람이었다. 아쉬울 거 하나 없이 탄탄대로를 달리는 기업체를 가지고 있는 장 회장을 누구든 고객으로 맞이한다면 좋은 일이긴 했다. 어찌 보면 현성이 비록 컨설팅으로 반듯한 회사를 하고 있지만 장 회장 입장에서 본다면 어차피 작은 회사로 보이는 건 마찬가지일 것이다.

하지만 현성의 회사는 그 어느 회사보다 탄탄하고 자금난에도 한 번도 허덕이지 않았던 회사였다. 로얄 물산 사장님과 친분이 두텁다는 이야기를 듣고 이렇게 자리까지 마련된 게 오늘의 자리였다. 그런데 아무래도 장 회장은 착각을 하고 있었다. 이 자리에 마치 만남의 주선을 하는 자같이 굴었다.

"나이도 있는 사람이 아직까지 혼자라고 들었네만 어떤가? 내 여식도 어디 가서 빠지지는 않는다네."

"장 회장님."

"어허, 이 사장 내가 무안하네. 얼굴 좀 펴 보게."

"오늘은 이만 여기서 대화를 마치는 게 좋겠습니다. 다음에 다시 시간을 잡아 이야기하시는 게 어떻겠습니까?"

현성은 더 이상 투자 건에 대해서 나눌 말이 없었다. 여기서 더 이야기를 나눠 봤자 무슨 이야기가 나올지 알 만했다.

"어허, 이 사장!"

"장 회장님. 저는 사업과 관련된 이야기 외에는 불편합니다."

현성은 정중히 고개를 숙이곤 자리에서 일어났다. 지금 그의 머릿속엔 눈을 동그랗게 뜨고 깜찍한 모습을 한 다혜의 모습이 그려졌다. 아무 일도 없었지만 괜스레 그녀에게 미안했다.

모르고 나온 자리였지만 그녀를 속인 것 같은 기분이 자꾸 들었다. 회사에는 더할 나위 없이 좋은 투자 건이었지만 장 회장이 이런 의도로 제안한 사업이라면 재고할 필요도 없이 거절할 생각이었다.

"다음에 다시 뵙겠습니다. 그럼."

당황해하는 장 회장과 장미주를 내버려 둔 채, 현성은 나왔다. 아직도 낯선 여인네가 풍겼던 지독한 향내가 에워싸는 듯했다. 현성은 자신도 모르게 몸서리를 치고 말았다. 그래도 차가워진 밤바람을 쐬자 답답하던 속이 조금은 가라앉았다. 현성을 어지럽게 만들었던 그 향 또한 사라지는 듯했다.

"빌어먹을."

장 회장이 이런 식으로 나올 줄은 생각도 못했다. 아니 몹시도 불쾌했다. 더군다나 그에겐 다혜가 있었다. 보기만 해도 행복하게 느껴지는 사랑스런 그녀가.

"이현성 씨."

다혜의 생각에 빠져 있는 사이에 장 회장 딸이 어느새 뒤쫓아 나와 그를 붙잡았다. 현성은 붙들린 손을 치워 내며 그녀를 못마땅하게 쳐다보았다.

"난 당신이 마음에 들어요. 마음에 드는 것을 손에 넣기 위해 기다릴 수는 있지만, 인내심이 많진 않거든요."

그녀는 좀 전 내쳐졌던 건 아무렇지 않다는 듯 오히려 화사한 미소를 지으며 손을 뻗어 그의 가슴팍을 쓸었다. 불쾌감이 온몸을 쓸고 지나갔다. 현성은 그녀의 손을 다시 매섭게 쳐내며 싸늘히 내뱉었다.

"내 여자 이외에 그 누군가의 마음에 들고 싶지는 않습니다."

그의 거부에 그녀가 피식 웃음을 터트렸다.

"우린 곧 다시 만나게 될 거예요."

"전 그쪽이 마음에 들지 않으니 만날 일은 없을 것 같습니다."

현성은 자신만만하게 눈을 빛내는 그녀에게 차갑게 말한 뒤 그대로 뒤돌아섰다. 낯선 여인의 손길이 스쳐 지나갔을 뿐인데 온몸에 향수 냄새가 진동하는 듯했다. 다혜에게서 맡는 청량하고도 향기로운 향과는 너무나 달랐다.

감히 남의 몸을 함부로 더듬다니. 그의 입매가 뒤틀렸다.

갑자기 다혜의 목소리라도, 얼굴이라도 듣고 보고 싶은 욕구기 마구 솟구쳐 올랐다. 현성은 향원에서 차를 몰고 나서며 다혜에게 전화를 걸었다. 지금 당장 그녀의 목소리라도 듣고 싶었다.

— 어? 현성 씨?

몇 번의 신호음이 들리고 그녀의 상큼한 목소리가 들려왔다. 그제야 듣고 싶었던 그녀의 목소리에 굳어 있던 입매가 풀어지는 듯했다.

— 여보세요? 현성 씨?

"보고 싶다."

— 네?

"김다혜."

— 뜬금없이 그게 무슨…….

"보고 싶고, 안고 싶어. 마음껏 널 안고 싶어."

노골적인 표현에 다혜가 조용해졌다. 하지만 잠시 후, 조심스러운 목소리가 다시 들려왔다.

— 오늘 중요한 약속 있다고 했잖아요. 그 약속 벌써 끝난 거예요?

"응. 지금 끝났어."

— 별로 좋게 끝나지는 않았나 봐요. 목소리에 힘이 없어요.

"김 선생……."

걱정하는 다혜의 말에 현성은 소리 없이 미소 지었다. 그토록 듣고 싶었던 그녀의 목소리를 들었다. 그토록 원하던 그녀가 그를 걱정해 주고 있었다. 그 사실 하나만으로 조금 전에 느꼈던 불쾌감은 완전히 사라졌다.

"김 선생 얼굴이라도 보고 싶다."

다혜의 입장에서 본다면 지금 그의 행동은 앙탈처럼 느껴졌을지도 모른다. 그런데 사람의 욕심이란 게 목소리만 들어도 괜찮은 줄 알았는데 그녀의 해맑은 얼굴까지도 보고 싶었다. 아니 다혜를 품에 으스러지게 안고 싶기까지도 했다.

— 많이 힘들었어요?

힘들었냐고 그녀가 묻는 말에 현성은 대답하지 않았다. 아니 힘들기보다는 그냥 사람에 대한 신뢰감이, 사업에 대한 어두웠던 부분이 그를 불쾌하게 했을 뿐이었다.

— 현성 씨?

물음에 대답이 없자 다혜가 준비하고 나가겠다는 말을 먼저 꺼냈다. 언제나 현성이 먼저 약속을 잡고 장소를 잡았었지만 그의 목소리가 마음에 걸렸는지 그녀가 먼저 장소를 잡았다.

"아니. 다혜야 내가 집 앞으로 갈게."

— 그럴래요?

"삼십 분이면 도착할 거야."

삼십 분 뒤에 보자는 그녀의 답을 끝으로 전화를 끊으며 현성이 기분 좋은 미소를 짓다가 크게 웃음을 터트렸다. 이상하게 그녀는 항상 웃음을, 매번 새로운 기분을 선사한다.

"미치겠다."

그저 심장이 떨렸다. 조금 후면 다혜를 볼 수 있다는 기쁨에 현성은 한산한 도로를 질주하며 부지런히 다혜가 머무는 집 앞으로 차를 몰았다.

❖

　토요일 저녁임에도 불구하고 다혜의 집 근처는 무척이나 한산했다. 저번에도 그랬는데 이번에도 역시나 고요한 게 쥐죽은 듯 조용했다.

　현성은 시동을 끄고 내려섰다. 아직 그녀가 보이진 않았다. 그녀를 보고 싶어 광란의 질주라도 하듯 차를 몰았다. 그리고 삼십 분이 채 되기도 전에 그녀의 집 앞에 당도했다.

　"김다혜. 김 선생. 김다혜. 김 선생."

　현성은 항상 그녀를 그렇게 불렀다. 이상하게 어감이 착악 달라붙어 떨어지지가 않았다. 얼마 동안을 그렇게 그녀를 부르고 있었을까. 대문 열리는 그 특유의 금속의 소리가 들리고 그녀가 모습을 나타냈다.

　"현성 씨."

　현성은 다혜를 보자마자 다짜고짜 그녀를 품에 가뒀다. 으스러지게 그녀를 안고 숨을 들이마시자 살 거 같았다.

　"현성 씨?"

　"응?"

　"잠깐. 좀 떨어져 봐요."

　"싫어."

　현성은 그런 그녀의 말은 아랑곳 않고 좀 더 힘을 주어 다혜를 꽉 껴안았다. 그런데 애석하게도 그녀의 작은 손이 그를 밀친다. 하지만 그렇다고 물러날 현성이 아니었다. 그녀가 곧 잠잠해지기에 포기했나 싶었더니 이제는 툭툭 그의 등을 쳐대고 있었다.

"현성 씨!"

"싫어. 싫어."

"아, 좀 비켜 보라니까요!"

무시무시한 그녀의 주먹다짐이 어깨를, 등짝을 강타했다. 현성은 그래도 좀처럼 다혜를 안은 손에 힘을 풀지 않았다. 좀 더 그녀의 체취를, 그녀의 품을 만끽하고 싶을 뿐이었다. 그런데 얼마 못 가 그녀의 주먹에 잠시 주춤 떨어져 나왔다.

"김 선생. 이거 폭력이야?"

"현성 씨, 술 마셨죠?"

"응."

현성은 좀 전 장 회장과 이야기를 나누면서 술 두 잔을 마셨을 뿐이었다. 헌데 그녀는 가차 없이 밀어내고는 킁킁 냄새를 맡으며 음주운전이 얼마나 위험한 건지 아느냐고 일장 연설을 했다.

"누구랑 마신 거예요? 아니, 이 향수 냄새는 뭐예요?"

"응?"

다혜의 동그랗던 눈이 순식간에 가자미눈이 되어서 째려 보자 현성은 슬쩍 뒤로 한 발짝 물러섰다. 그런데 웬일인지 항상 뒤로 도망갈 지세를 취하던 그녀가 오늘따라 더 가까이 다가

와 냄새를 킁킁 맡았다.

"이게 뭐야? 현성 씨 지금 여자랑 있다 온 거예요? 왜 낯선 여자의 향이 나요?"

"뭐?"

"속일 생각 말아요. 이 향수 냄새 대체 뭐예요?"

다혜가 취조하듯 따져 묻자 현성은 어안이 벙벙해져 할 말을 잃고 말았다. 그제야 아까 지독하게 머리를 아프게 했던 장 회장의 딸이 생각났다.

아차 하며 속으로 난감해 봤자 이미 사달은 나 있었다. 괜히 이리저리 핑계를 대느니 현성은 솔직하게 오늘 있었던 일은 다혜에게 털어놓는 게 나을 듯했다.

"아, 그게 말이지. 내가 오늘……."

대충 요약을 해 설명을 했지만 여전히 다혜의 가자미 같은 눈은 풀릴 기미가 보이지 않았다. 오히려 더 표정이 뚱해지며 날카롭게 째려보는 게 느껴질 정도였다. 그저 다혜가 보고 있는 것뿐인데도 피가 바짝바짝 말랐다. 최대한 억울한 표정으로 최선을 다해 자신은 피해자라는 것을 설명했다.

"그래서. 지금 그 메주인지 미주인지랑 맞선이라도 보고 왔다는 거예요?"

"뭐?"

현성은 어쩌다가 이야기가 이렇게 돌아가는지 아찔함을 느꼈다. 단지 다혜를 보고 싶어서 찾아온 것인데 오히려 역효과가 되어서 그 화살이 그에게 쏟아지고 있었다. 정말 환장할 일이었다.

"지금 나한테 딴 여자랑 있다 온 거라고 보여 주려고 온 거죠? 그렇죠? 난 목소리가 어두워서 걱정했는데 이럴 줄은 몰랐어요. 정말 몰랐다고요."

"아니. 김 선생 그게 아니라."

현성은 당혹감에 다혜의 팔을 붙잡았다. 하지만 그녀는 툴툴대다 못해 불퉁스럽게 고개를 돌렸다.

"다혜야."

최대한 부드럽게 그녀를 불렀지만 요지부동 돌아간 그녀의 고개는 되돌아오지 않았다. 생각지도 못한 사태에 현성은 무엇이 잘못되었는지 되짚어 볼 필요성을 느꼈다. 억울했다. 현성은 분명 원치 않은 자리였다. 이 지독한 향만 없었다면, 아니 예상치 못한 무단침입한 장 회장의 딸만 아니었다면 이 모양 이 꼴은 나지 않았을 것이다.

"흥. 됐어요! 잘 가세요!"

"다, 다혜야."

다혜가 딱 잘라 말하곤 획 하니 대문을 열고 들어갔다. 혼자 남겨진 현성은 눈앞이 아득해지는 기분을 맛보아야 했다. 오늘 밤은 잠자기는 그른 듯했다.

일 났다. 이제야 뭐 좀 해볼 수 있을 정도로 가까워졌는데 그의 사랑스러운 김 선생은 이미 시베리아의 얼음 폭풍보다도 차가운 상태였다.

"미치겠네. 난 억울하다고 김 선생."

이미 그녀가 없는 자리에서 골백번 하소연을 한들 들어간 다혜가 다시 나올 일은 없었다. 모든 원망의 화살이 오늘 만난 장 회장 부녀에게로 돌아갔다. 그놈의 노친네와 그 여시 같은 여자만 아니었다면…….

시무룩하게 깊은 상념에 빠져 있던 현성의 귀로 철컥, 대문이 열리는 소리가 들렸다. 일말의 기대를 품고 현성은 다혜를 볼 수 있을지도 모른다는 기쁨에 뚫어지게 문을 쳐다보았다.

"쳇. 이건 혹시 몰라서 그러는 건데요. 음주운전 하지 마요. 대리기사 불렀으니까 기다렸다 가요. 그리고 반성하세요!"

고개만 빼꼼 내놓고 할 말만 한 그녀는 다시 얼굴을 보여 주지 않았다.

현성은 대리운전 기사가 올 동안 허탈한 웃음을 지었다. 그래도 걱정은 되었나 보다. 대리 운전이라니 깜찍한 김다혜 그녀는 절대 그를 실망시키지 않았다.

김다혜 표 그녀의 앙큼한 질투가 귀엽다. 다만 화가 날 대로 난 김 선생을 어떻게 달래야 할지 암울했다. 답답한 상황에 현성이 길게 한숨을 내쉬었다.

황금 같은 일요일 주말은 날씨가 화창했다. 하지만 다혜는 늘어지게 잘 수 있는 일요일임에도 불구하고 일찍 일어났다. 정확하게는 잠을 설쳤다.

다혜는 옆에 굴러다니는 손거울을 들어 얼굴을 보았다. 눈 밑에 다크서클이 진하게 박혀 있었다.

"메주인지 미주인지……."

생각할수록 부글부글 열이 받는다. 이현성 이 남자는 분명 그녀의 남자였다. 그것도 아주 큰 용기를 내서 처음으로 제대로 연애해 보고 있는 상대였다. 그런데 뭐 좀 시작해 보려는데 사업차 만난 자리에서 다른 여자를 소개받았단다. 열불이 나고 화딱지가 났다.

물론 현성의 상황이 이해가 안 되는 것은 아니었다. 자세히는 모르지만 그는 능력 있는 사업가였고, 사업차 그런 일은 지금도, 앞으로도 비일비재할 것이다.

그런데 속 좁게도 어젯밤 다혜는 결백한 듯 말하는 현성의 말을 들었음에도 쉬이 불퉁이 난 마음이 가라앉지가 않았다.

"나 좋아한다고 했으면서. 나보고 김 선생, 다혜야 했으면서!"

싱숭생숭한 마음 때문에, 현성이 보았다는 그 메주라는 여자 때문에 괜히 얄궂은 이불을 부여잡고 다혜는 분풀이를 했다. 장 회장인지 무슨 회장인지 분명 대기업 회장일 것이다. 그런 사람이 현성을 탐한다는데 만약 그 사람이 거부할 수 없는 상황이었다면 커다란 유혹이었을 것이다. 만약 현성을 꼬여내면 어쩌지 하는 생각이 쉼 없이 그녀의 머릿속을 어지럽게 만들었다.

"웃기는 영감탱이네. 넘볼 걸 넘봐야지. 아니 그렇다고 현성 씨는 그냥 있다가 온 거야? 응? 그런 거야?"

속에서 터져 버린 울분이 입 밖으로 속사포처럼 쏟아져 나왔다. 생각할수록 열이 받는다. 현성의 잘못이 아님에도 치졸하게 자리 잡은 질투라는 감정이 미친 듯이 다혜를 달음질치기 시작했다.

"못된 메주. 감히 누구 걸 넘봐!"

다혜는 혼자 씩씩거리고 화를 낼수록 분한 마음이 가라앉질 않았다. 오히려 생각할수록 미주인지 메주인지 하는 여자가 괘씸했다. 세상에 널리고 널린 게 남자였다.

그런데 왜 하필 이 김다혜의 남자에게 치근댄단 말인가. 이미 집에서는 벌써 김칫국까지 마시며 그를 사위처럼 생각하고 있었다.

결단코, 이대로 내버려 둘 수 없었다.

"안 되겠어."

혼자 주절주절 떠들고 있는데 혼자 보기는 아깝다는 이 여사의 시선이 소리도 없이 조용하게 다혜의 눈에 박혀들었다.

"넌 왜 아침마다 그 모양이냐?"

"허억."

"꼬락서니 봐라. 다 큰 처녀가 눈 밑은 또 왜 저래? 검댕이라도 발랐냐?"

아무래도 깊은 상념에 빠져 있다 보니 이 여사의 노크 소리를 듣지 못한 듯했다. 그렇다고 다 큰 딸내미 방의 문을 벌컥 열고 들어와서 재미나게 다 구경을 하시다니! 다혜는 오히려 분풀이를 하듯 빽 소리를 질렀다. 이 여사의 매서운 눈이 훑고 지나갔다.

"쯧쯧."

매보다도 날카롭고 호랑이보다도 예리한 시선이 훑고 간 후, 이 여사가 비장한 말투로 다혜에 말했다.

"김다혜. 자고로 사람은 본인의 것을 철두철미하게 지켜야 해. 알았나?"

"알아!"

다혜는 이 여사의 말뜻을 암묵적이나마 알아들었다. 눈치가 빠른 이 여사가 언제부터 그녀의 주절거림을 들었는지 알 수 없으나 지금은 그런 걸 따질 여유가 없었다. 현성은 현재 그녀의 남자였다. 그것만으로도 투지가 불타올랐다.

이금순 여사의 딸 김다혜가 자신의 남자를 놓치는 일은 있을 수 없는 일이었다.

"이 남자 반성했겠지?"

다혜는 재빠르게 씻고 나와 익숙한 단축번호를 눌렀다. 비록 어제 그렇게 돌려보냈지만 어쩔 수 없는 것이 바로 여자의 마음이었다.

"이현성 씨 내가 진짜 이번은 봐주는 거예요? 알았죠?"

신호음이 가는 동안 나름 인심이라도 쓴 듯 다혜는 떠들었다. 그리고 곧 그와의 짧은 통화로 휴일에도 현성이 사무실에 나가 일을 하고 있다는 것을 알았다. 그에게 서운했던 마음 한 구석이 순간 아릿하게 아려 왔다. 날도 좋은 일요일인데 일이라니 왠지 모르게 어제 그렇게 보낸 것이 자꾸 마음에 걸렸다.

그의 음성은 차분했으면서도 들뜬 음성이 역력하게 다혜의 귀를 파고들었다. 차갑게 어제 그를 버려 두고 집 안으로 들어왔지만 다혜의 본심은 그게 아니었다.

"내가 전화했다고 너무 좋아하는 거 아니에요?"

목소리 너머로 현성이 그녀의 눈치를 보는 것이 느껴졌다. 그 모습에 다혜가 소리 없이 미소를 지었다. 아직 화가 안 풀렸다는 듯 약간은 퉁명스럽게 다혜가 사무실로 가겠다는 말을 하였다. 그녀의 말에 현성의 목소리가 밝아졌다.

다혜는 평소보다 더 시간을 들여 공들어 화장을 했다. 옷도 신경 써서 입었다. 이상하게 이것저것 눈에 차지가 않았다. 혀를 끌끌 차는 이 여사의 잔소리에도 뚝심 있게 다혜는 치장을 끝내고 집을 나섰다.

10. 내 것을 탐하지 말지어라!

똑똑.

예의상 노크를 하고 다혜는 그가 있는 사무실 문을 열고 들어섰다. 처음에는 발걸음이 조심스러웠지만 두 번째 방문에는 전보다 긴장감이나 조심스러움이 덜했다.

다혜가 빼꼼 고개를 내밀자 앉아 있던 현성이 단숨에 자리에서 일어났다.

"다혜야!"

자리에서 황급히 일어난 그가 넓은 보폭으로 빨리도 다가왔다. 이 남자, 그래도 반성이란 걸 조금이나마 한 듯했다. 다혜는 짐짓 헛기침을 하며 새침하게 물었다.

"어제 잘 들어갔어요?"

"어. 잘 들어갔지."

다혜는 막상 그를 보자 머리가 백지가 된 듯 따로 해야 할 말들이 떠오르지가 않았다. 오히려 어색한 분위기 속에서 일상적인 이야기를 하려니 답답해 미칠 지경까지 이르렀다.

결국 다혜의 눈치를 보던 현성이 먼저 말을 꺼냈다.

"나 어제 억울했다고. 나 그런 자리인 줄 정말 몰랐어. 화 좀 풀렸어?"

"누가 화가 났다고 그래요. 그냥 그랬다는 거예요."

다혜는 새삼 다시 현성을 다시 보게 되었다. 그는 한 회사를 운영하는 오너였고 상당한 재력가에 마스크 또한 맨 처음선 자리에서 100점 만점에 100점을 줄 정도로 완벽했다. 그녀의 눈에도 이리 보이는데 다른 사람들의 눈에는 오죽할까 싶은 생각이 들자 불안감이 솟구쳤다.

역시 안 되겠다. 이 기회에 확실히 자신의 것이라고 도장을 찍어 놔야 했다.

"그럼 그 여자는 이제 안 만나는 거예요?"

"당연하지."

"정말이에요?"

"나 좀 믿어 줘. 김 선생."

여자의 질투가 이 정도일 줄이야, 다혜는 새삼 깨달았다. 남들이 말하는 질투라는 감정을 처음으로 느꼈다. 낯선 여자의 향기가 현성에게 나는 순간은 다혜에게 오만 가지의 감정을 들추게 하는 계기였다.

질투하는 자신의 모습이 어색하면서도 후회는 되지 않았다.

그만큼 다혜가 현성에게 가지고 있는 감정은 진지했다.

"정말이죠? 혹시 그 여자가 찾아오거나 만나자고 하면 어떻게 할 거예요?"

"이야. 우리 김 선생 지금 이거 질투지?"

"칫. 나라고 뭐 질투 안 하는 줄 알아요?"

다혜는 부끄러움에 시선을 외면했다. 저가 언제 이렇게 감정을 격하게 내세우며 질투를 할 줄 알았겠는가. 사람의 일은 아무것도, 아무도 알 수가 없다더니 그 말이 딱 맞았다.

"왜 이리 귀여워. 막 안아 주고 싶잖아."

갑자기 그가 입술에 쪽쪽쪽거리며 입맞춤을 한다. 가벼웠던 뽀뽀는 점점 농도가 짙어지고 야릇해져 갔다. 아랫입술을 깨물 듯이 빨아 대던 그가 입술을 가르고 들어와 입 안 곳곳을 헤집으며 혀를 잡아채 강하게 빨아들였다.

다혜는 그의 집요하고도 야릇한 키스가 길어질수록 서 있는 다리에 힘이 풀려 가고 있었다. 현란한 혀놀림은 쉬이 멈추지 않았다. 딱 죽을 만큼의 위기감이 들 정도로 산소가 모자랐을 때 그가 입술을 떼었다.

"하아……."

"온 김에 우리 점심 먹으러 가자. 우리 김 선생 요 심통 난 볼 좀 쏙 들어가게 쏴야겠네."

"내가 언제 심통이 났다고 그래요!"

급한 산소 공급부터 끝내고 나니 통통한 볼때기를 톡톡 치는 그를 쌜쭉하니 쳐다보며 툴툴거렸다. 정작 다혜는 몰랐다.

부끄러움에 발갛게 물든 볼을 해 가며 저가 앙탈을 부리고 있었다는 것을. 그걸 재밌다는 듯 그가 보고 있다는 것도 몰랐다.

"가요. 얼마나 맛있는 거 사 주나 지켜보겠어요!"

다혜가 한 걸음 두 걸음 앞서 나가며 문을 열려고 하는데 노크 소리가 들렸다.

"어?"

다혜는 일요일 이 시간에 혹 찾아오는 손님이 있었냐는 의문의 눈초리를 현성에게 보냈다. 하지만 되돌아온 현성의 시선 또한 두 손을 올리며 어깨를 으쓱일 뿐 전혀 모른다는 제스처를 취했다.

"안녕하세요. 이현성 씨."

낯선 여인이 문을 열고 들어섰다.

도도하고 화려한 치장을 한 여인.

다혜가 소화하기엔 엄두조차 낼 수 없는 강렬한 보라색의 원피스가 그녀의 화려함을 극대화시켰다. 다혜는 여자와 시선을 마주했다. 처음 보는 모습인데도 이상하게 익숙하게 느껴졌다. 다혜는 직감적으로 그녀가 누구인지를 눈치챘다. 그녀에게서 어제 현성에게 맡은 낯선 향기가 진동했다.

"제가 못 올 곳은 온 건 아니겠죠?"

'그래. 못 올 곳 왔다 너!'

다혜는 뜬금없이 나타난 여자를 바라보았다. 당당하고도 화려한 여자는 사무실 주인인 현성이 채 말을 내뱉기도 전에 눈

웃음을 지어 보이며 바로 코앞까지 다가왔다. 곧 가까이 다가오는 미주의 모습에 현성의 표정이 굳어지는 게 보였다. 딱딱하게 굳은 표정만큼이나 나지막한 음성이 현성에게서 흘러나왔다.

"여긴 무슨 일이십니까?"

"어제 제가 말했잖아요. 곧 만날 거라고요. 그리고 옷깃만 스쳐도 인연이라는데 너무 딱딱하게 나오시네요."

얼어 죽을 무슨 옷깃이라고 하루에 수십 번, 많게는 훨씬 더 많은 사람들의 옷깃을 스치고 지나가는 일이 허다한데 저런 말을 하고 있는지 다혜는 아니꼬운 표정을 풀 수가 없었다. 하지만 생각이 없는지 아니면 생각을 안 한 것인지 미주는 다혜의 존재 따위는 신경도 안 쓴 채, 현성만을 보며 말했다.

"서운하네요. 정말 제가 못 올 곳이라도 온 듯하잖아요. 그러지 말고 좀 앉죠? 보다시피 제가 서 있기엔 좀 힘드네요. 그리고 차 한 잔 부탁해요."

자연스럽게 소파에 다리를 꼬고 앉아 차를 달라고 하는 모습이 어이가 없었다. 거기다 안하무인처럼 행동하는 데는 전혀 거리낌이 없어 보였다. 마치 제 남자의 사무실을 온 것마냥 자연스러운 태도가 다혜의 인내심을 살살 깎아 내렸다.

"뭐 해요? 차 좀 내오라니까요. 커피로 부탁해요."

태연스럽게 커피를 주문하는 미주의 모습에 다혜는 소리 없는 헛웃음을 터트렸다. 기가 막혔다. 지금 이 여자가 무슨 말을 하고 있는지, 아니 사람을 어떻게 보고 이러는지 어이가 없을 정도였다.

"이봐."

"저는 장미주예요. 어제 통성명은 제대로 한 듯한데 아닌가요?"

"여기 차 가져다줄 사람 없어. 그리고 용건을 말해."

"당신이 마음에 든다고 했잖아요. 차 한 잔 마시면서 같이 이야기라도 해 보려고 찾아왔죠."

"난 내 시간을 방해받고 싶은 생각이 없어. 나가 주길 바라."

적어도 그는 메주의 방문을 반기지 않았다. 단호하게 내뱉은 현성의 말 때문이었을까. 안하무인처럼 굴던 여자가 당황한 기색이 엿보인 표정으로 그를 바라보았다.

좀 전까지 봄날처럼 따듯했던 사무실의 분위기는 오만방자한 여자로 인해 순식간에 한겨울의 영하 날씨처럼 냉랭하게 변했다. 거기다 코를 찌르는 진한 향수로 인해 이미 다혜는 두통이 밀려온 상태였다.

"너무한 거 아니에요?"

"초대받지 않은 손님은 내 알 바가 아니야. 경비원의 안내를 받고 싶다면 사양하진 않겠어."

불쾌감이 가득 담긴 현성의 말에 그제야 여자가 자리에서 일어났다. 하지만 일어난 여자의 시선은 현성이 아닌 다혜에게로 향했다. 알 만하다는 표정을 지은 채 머리부터 발끝까지 내리깐 시선으로 쳐다본 그녀는 피식 웃었다.

"그럼 당신이 내 라이벌인가?"

후려치는 단어가 귓가를 어지럽게 만들었다.

뚱딴지같은 말을 내뱉는 여자.

"장미주 씨!"

"뭐 앞으로 시간은 많으니까요."

"장미주 씨에게 시간을 허비할 생각은 없어."

"훗, 그건 모르는 거죠. 그럼 두 분이서 즐거운 시간 보내세요. 다음에 보도록 하죠."

볼일 다 봤다는 듯 장미주가 사라지고 짙은 향수 냄새가 주변을 떠다녔다. 다혜는 보란 듯이 조소를 짓고 떠난 여자를 보며 쓴웃음을 애써 참아 냈다.

데이트하기 딱 좋은 일요일.

앞의 말도 안 되는 여자 하나 때문에 망치고 싶지 않았다. 부글부글 끓어오르는 속을 숨긴 다혜가 분노를 감춘 채, 미소를 지었다.

"현성 씨. 맛있는 거 뭐 사 줄 거예요?"

"어?"

"가요."

다혜는 전투에 임하는 자세로 현성을 끌고 나갔다. 속에서는 불이 나고 있으나 일단은 불 여시 같은 여자에게서 자신의 남자를 지키는 게 먼저였다. 비록 겉으로는 웃고 있지만 다혜는 자신도 이렇게 질투에 바르르 떠는 여자라는 걸 다시 한번 느껴야 했다.

다혜는 무슨 이렇게 무례한 여자가 있나 싶었다.

일요일, 장미주 그녀를 본 뒤 정확하게 일주일이 흘렀다. 그리고 어떻게 알았는지 대뜸 전화를 걸어와 보자고 한 지 한 시간 만에 서로 마주 보고 앉아 있게 되었다.

"아마 이런 쪽은 잘 모르시나 본데. 사람에 따라 격이라는 게 있어요. 그리고 이 바닥을 잘 안다면 이해할 거예요."

"장미주 씨."

"난 이현성, 그가 마음에 들어요. 그러니 가져야겠어요."

보란 듯이 말하는 여자의 표정은 오만하면서도 당당했다. 단 시간 안에 사람의 기분을 엉망으로 만드는 데 천부적인 재능을 가진 듯 다혜의 눈에 보이는 미주는 그야말로 최악이었다.

"누굴 가진다고요?"

"이현성 씨요."

안하무인도 이럴 수는 없을 정도로 미주라는 여자는 너무나 당당했다. 다혜는 개떡 같은 상황에 어이없는 헛웃음만 터트렸다. 김다혜의 남자 이현성을 지금 가지겠다고 저 여자가 씨부리고 있었다.

생각으로 그쳤을 때보다 직접 듣고 있자니 기분이 더러웠다. 가관도 이런 가관이 없을 정도로 여자의 상태는 상당히 안 좋아 보였다. 두고 보기엔 더 이상 기가 찰 일도 없을 듯해 확실하게 이야기해 줄 필요성이 느꼈다.

"장미주 씨라고 하셨나요? 제가 알기론 현성 씨는 확실히 미주 씨를 거절한 것 같은데요? 그리고 저와 결혼을 전제로 만나고 있기도 하구요."

"그게 어때서요? 지금 그는 미혼이잖아요. 골키퍼 있다고 공이 못 들어가나요?"

뻔뻔하게 아무렇지도 않은 표정으로 이야기를 하는 여자를 보며 다혜는 파르르 떨리는 숨을 조용히 내쉬었다.

"난 이현성 씨를 가져야겠어요. 이쯤에서 그만 정리하지 그래요?"

지금 이 상황은 그녀 저 여자가 북 치고 장구 치고 하는 것이다. 결코 현성과는 상관이 없는 일이다 하면서 스스로를 달래었다. 그런데 지금 이 여자가 참고 있는 다혜의 인내심을 싹둑싹둑 동강내기 시작했다.

참을 인으로 연결하고 있는 인내가 점점 끊겨 갔다.

어이가 없는 여자의 말은 다혜의 한계를 시험하고 있었다. 다혜는 짧게 한숨을 내쉬고는 그녀를 바라보며 한 자, 한 자 끊어서 그녀에게 말했다.

"장미주 씨. 더는 이 자리에 앉아 있을 필요성을 못 느끼네요. 이만 일어나죠."

"내 말, 제대로 들었어요?"

"장미주 씨. 다 큰 성인이죠?"

"그게 왜요? 딱 보니까 사귄 지 얼마 되지 않은 듯한데 얼

320

마면 되겠어요? 얼마를 주면 떨어져 나가 줄래요?"

툭.

기어코 인내의 끈이 끊어졌다. 자고로 눈에는 눈, 이에는 이 이런 말이 괜히 있는 게 아니었다. 다혜는 이 여자 식대로 대화를 해야 했다.

"흠? 한 장? 두 장? 얼마를 원하죠? 지금 액수를 불러 봐요. 이 자리서 우리 합의를 보죠."

"장미주 씨. 학교에서 제대로 배운 거 맞아요? 남의 것을 탐내다니요. 기본적으로 어린아이도 안답니다. 남의 것을 탐하는 것은 나쁘다는 것을요. 설마 제대로 된 사고방식을 가지고 있다면 성인인 당신이 모르는 건 아니겠죠?"

뻔뻔했던 여자의 얼굴에 붉은 기가 서서히 도는 게 보였다. 감히 어디서 김다혜의 남자를 넘보려고 하는 것인가. 누구 앞에서 지금 같잖게도 돈 유세인지 다혜는 상상 속에서는 벌써 메주의 머리채를 몇 백 번이고 휘어잡고 흔들고 있었다.

"말 다 했어? 뭐 이런 게 다 있어!"

눈앞에 메주는 자신보다 나이도 어린 주제에 손가락질하며 별별 들어 보지도 못한 상소리를 연이어 해 댔다. 뚝 끊긴 인내가 심연의 그 너머로 사라졌다. 이금순 여사의 피를 아주 진하게 물려받은 김다혜의 본모습이 드러났다.

"말 다 못 했다. 말귀 못 알아들어? 초등학생들도 아는 걸 왜 몰라? 대체 그 머리는 장식이야? 머리란 게 있으면 이해를 해 보려는 노력이라도 해 봐. 그리고 돈이 얼마나 많기에 그래? 그래, 많다 치자. 그럼 얼마 줄거니? 100억이라도 줄래?"

"야!"

"야? 너 몇 살이야? 어따 대고 소리를 질러! 나보다 어려 보이는데 어른에게는 존대하라는 거 못 배웠어? 기본적인 사고방식이 왜 그 모양이야? 현성 씨는 내 남자라고도 말했잖아. 갑자기 굴러온 돌이 누구보고 가져야겠다느니 어쩌느니 그러는 거야? 그리고 뭐 돈을 줘? 이걸 그냥 확!"

조금은 과한 모션을 취했는지 메주가 주춤거렸다. 다혜는 씩씩거리는 가쁜 숨을 가라앉혔다. 조금은 흥분을 한 채 다다다 일장 연설을 하고야 말았다. 그녀의 말에 제대로 말대꾸도 못하던 미주가 갑자기 이상한 말을 내뱉었다.

"그래서 당신이 이현성 씨한테 뭘 해 줄 수 있는데? 당신과 난 급이 달라. 나를 선택하는 순간 이현성 씨에게 따라올 이익이 어마어마하다고."

다혜는 메주의 시선이 자신의 머리부터 발끝까지 훑고 지나가는 걸 알 수 있었다. 그 시선 속에 담긴 여자의 비웃음 따위는 알 바가 아니었다. 현재 이현성은 자신의 남자였다. 겨우 돈만 많은 메주에게 질 수 없었다.

"적어도 당신보다 난 그에게 줄 수 있는 게 많아!"

"얼씨구? 아직도 정신을 못 차렸네."

대단한 배경을 가졌다는 이 여자가 지금 그걸 무기로 삼았다. 다혜는 뭐 이런 인간이 다 있냐는 눈빛을 그녀에게 보냈다. 솔직히 미주가 걸고 있는 조건은 다혜에겐 모욕이었다. 그럴 만한 위치나 배경이 그녀에게는 없었다. 그런데 지금 장미주라는 여자는 보복이라도 하듯 비웃으며 말했다.

"넌 현성 씨에게 아무것도 주지 못할 거면 입 다물어!"

"너나 입 좀 다물어 주렴. 도대체가 돈이 그렇게 많은 집 아가씨가 어떻게 상황 파악도 못 하고 상식도 없는 거니. 학교 다닐 때 하라는 공부는 안 하고 드라마만 봐 댔니?"

"뭐? 내가 왜 상식이 딸려? 엉? 너 뭐야 뭐냐고!"

"선생님이다. 이 메주야."

메주라는 단어에 좀 전보다 더 흥분한 미주가 미친년이 널뛰기 하듯 날뛰기 시작했다. 겨우 이런 여자와 현성을 두고 티격태격해야 하다니 자신의 모습이 왠지 모르게 한심했다.

더 이상 이런 자리에 있고 싶지 않았다.

"한 번만 더 내 앞에서 돈지랄해 봐! 가만 안 둬!"

밖으로 나가려는 다혜를 향해 미주가 발광하듯 소리를 질렀다. 당장에라도 달려들 듯 나서는 미주를 보며 다혜는 안쓰럽게 바라봤다.

"두고 봐! 결국 이현성 그 사람은 당신보다 날 택하게 될 테니."

"당신, 딱해 보여."

다혜는 싸늘한 시선을 던진 채 카페에서 나왔다. 더 말해 봤자 입만 아플 뿐이었다. 또다시 주말을 메주로 인해 망칠 수는 없었다.

"두고 보자고 한 인간 하나도 안 무섭다. 흥!"

오전부터 시작된 중요한 미팅은 점심시간을 지나 오후가 되어서야 끝이 났다. 연달아 두 건의 미팅을 끝내고 나니 생각보다 많은 시간이 지났다. 좀 있으면 다혜가 오기로 했는데 빨리 일을 마무리해야만 했다. 현성이 막 사장실 문을 열려고 하는 순간 비서가 그에게 말했다.

"안에 손님이 와 계십니다."

다혜가 벌써 올 리는 없는데 이상하게 여기며 현성이 사장실 문을 열자 낯익은 여인이 보였다.

장 회장의 무남독녀 외동딸, 장미주.

현성의 미간이 찌푸려졌다. 두 번 다시 보고 싶지 않은 여자가 그를 기다리고 있었다.

"또 무슨 일이지?"

"제 연락을 안 받으니까 직접 올 수밖에요."

현성의 꽉 다문 턱에 힘이 실렸다. 불청객이 사무실에 쳐들어온 이유 때문이었다. 분명 현성은 자신의 의사를 제대로 다 밝혔다. 그런데도 장미주라는 여자는 말귀를 못 알아들었는지 연락을 무시하니 사무실에 쳐들어왔다. 저번 그 일 이후 벌써 한 달이 다 되어 가고 있었다.

대체 무슨 생각으로 대책 없이 미래를 이야기할 수 있는지 모를 일이었다. 짜증이 몰려왔다. 요즘 들어 이 여자가 다혜와 달콤한 시간을 방해한 것도 모자라서 말 같지도 않는 이야기를 남발해 기가 막히는 상황까지 연출해서 짜증이 솟구치고 있는 중이었다.

"더는 할 말이 없어."

"당신과 결혼하고 싶어요."

"장미주 씨. 내가 무슨 여지라도 주었나?"

생각지도 못한 눈앞에 미쳐 날뛰는 여자로 인해 이미 관자놀이가 지끈거리며 신경을 긁어대었다.

"그, 그건."

"난 어떠한 것도 이야기한 적이 없어. 그런데 내가 왜 장미주 씨 때문에 매번 내 시간을 방해받아야 하지?"

"화부터 내지 말아요. 나를 선택하는 순간 당신은 지금의 부보다 더한 것을 얻게 된다고요. 내가 탐이 나지 않아요?"

개념을 탑재하지 않은 여자는 아직도 사태 파악을 못하고 있었다. 저 여자가 내세우는 부와 권력이란 장 회장의 배경을 뜻하는 것이었다. 그의 돈줄은 알 만한 사람들은 다 알고 있는 사실이지만 아무리 내세운다 해도 장 회장의 딸은 상종 못 할 인간이었다.

"장미주 씨. 똑똑히 들어. 내 대답을 말하지."

미친 여자를 상대로 일분일초도 허비하기가 싫었다. 이 개 같은 상황을 빨리 정리해야겠다는 생각뿐이 들지 않았다.

"다시 한 번 말하지만 난 결혼할 여자가 있어. 물론 그 상대가 장미주 씨가 될 일은 절대 없어."

"저번 그 여자인가요? 별 볼 일 없는 여자를 아내로 맞겠다고요? 당신이 뭐가 아쉬워서요?"

"당신은 그 입 좀 닥쳐! 짱알짱알 역겨우니까."

현성의 폭언에 미주의 말문이 막혔다. 감히 다혜를 별 볼일 없는 여자라고 하다니. 현성은 죽일 듯이 여자를 노려보았다.

"가서 장 회장님께 전해. 투자 건은 백지화시키겠다고."

"뭐라고요?"

"똑똑히 들어. 난 너 같은 여자 한 트럭으로 가져다 줘도싫어. 그러니 내 눈앞에서 꺼져."

"지금 뭐, 뭐라고 했어요?"

"꺼지라고. 다시는 내 앞에 나타나지 마. 너의 그 지독한향내 역겨워."

"감히 내게!"

여자의 동공에 깊숙하게 내리박힌 기대가 분노로 바뀌는 데는 몇 초도 걸리지 않았다. 하지만 지금 현성에게는 이 여자의분노 따위는 안중에도 없었다.

"한 번만 내 앞에 나타나서 말 같지도 않은 소리 지껄이면가만 두지 않아."

"당신, 지금 나를 거절해? 당신 후회할 거야."

"후회? 오늘은 너라는 인간이 여자란 것에 감사하게 생각해. 다시 내 눈에 띈다면 그때는 이리 쉽게 끝나지 않아. 꺼져."

장미주의 앙칼진 시선이 몰렸다.

"얼마나 당신이 잘났는데?"

미저리 같은 장미주가 갑자기 달려들어 그의 목을 끌어안았다. 이 여자는 미쳤다. 그렇지 않고서 이렇게까지 행동할 수는 없었다. 다짜고짜 덤비는 여자의 얼굴을 밀쳐내려는 순간 싸늘한 시선이 느껴졌다.

시간이 되면 같이 저녁식사를 하자는 현성의 전화를 받고 다혜는 그의 회사로 향하고 있었다. 불타는 금요일이라서 그런지 사람들이 거리에 많았다. 연인들로 보이는 커플들도 많았고, 친구들 가족들 단위로 인산인해를 이루고 있었다.

그러고 보니 현성과 같이 이 거리를 다니면 앞서 가고 있는 커플처럼 다른 이들 눈에 보일 것이다.

갑자기 그런 생각을 하자 자신도 모르게 미소가 입가에 그려진다. 어느새 그를 만나고 사귀기까지의 고난스러웠던 날들. 두 사람만의 추억.

불과 몇 달 지났을 뿐인데 이렇게 달라질 수 있단 말인가. 어제와 오늘이 달랐고 내일도 다를 것이다. 비록 요즘 갑자기 나타난 장미주라는 여자 때문에 피곤은 하지만 일방적인 들이댐이라는 걸 알고 있었다. 얼마나 끈질긴지 시시때때로 자신과 그에게 전화를 걸어오니 진저리가 날 정도였다. 이미 다혜의 폰에 스팸으로 등록된 지 오래였다.

현성 또한 장미주라면 이를 갈 정도로 싫어한다는 걸 알고 있었다. 거기다가 솔직하게 다 말하는 그를 믿으니까 크게 걱정되지 않았다.

"생각보다 좀 일찍 왔는데 괜찮을까? 일하는 데 방해되면 어쩌지."

다혜는 가벼운 발걸음으로 도착한 그의 회사 로비를 가로질러 엘리베이터에 몸을 실었다. 종종 회사에 들른 덕분인지 별다른 제지 없이 그의 사무실 앞까지 당도할 수 있었다. 그런데 막 문을 여는데 생각지도 못한 충격적인 장면이 눈에 들어왔다.

"뭐하는 거예요?"

장미주가 현성을 목의 껴안고 그의 입술에 입맞춤을 하려는 게 아닌가. 현성의 고개가 모로 돌아갔다. 참혹한 불륜의 현장을 목격한 기분이었다.

"가, 갈게요."

뒷걸음질이 쳐진다. 생각지도 못한 장면이 뇌리에서 떠나지를 않는다. 방금 본 것은 대체 무엇일까. 손이 떨려 왔다. 걷는 다리에 힘이 제대로 들어가는지도 모를 정도로 두 다리가 후들거린다.

현성은 그녀를 찾는 데 혈안이 되어 있었다. 좀 전 그도 당황스러웠는데 다혜는 오죽할까. 장미주를 밀쳐내고 다혜를 찾으러 나왔는데 그녀가 안 보였다. 마음이 불안했다. 설마 그녀가 자신을 버리고 갔으면 어쩌나 하는 기분으로 주변을 두리번거리는데 저 앞 엘리베이터 앞에 그녀가 보였다.

"다혜야."

현성은 불러도 대답이 없는 그녀에게 빠르게 다가갔다. 가까이 다가갈수록 불안감은 점점 배가 되어 현성을 안절부절못하게 만들었다.

"다혜야."

다시 한 번 그녀를 불렀다. 그런데 분명 들었음에도 그녀는 대답은 고사하고 눈조차 마주치지 않았다. 일단 그녀의 안색을 살폈다. 화가 난 게 분명했다. 그것도 단순히 토라졌거나 삐친 정도가 아니라 그야말로 머리끝까지 분노가 꾹꾹 치밀어 오른 게 보였다. 심기가 불편한 듯 입을 꾹 다물고 있는 그 모습이 그녀의 기분을 대신해 주었다.

여전히 딱딱하게 굳어진 다혜의 얼굴은 도통 펴질 기미가 안 보였다. 현성은 살며시 다혜의 어깨에 손을 올려 그녀를 돌려 세워 시선을 마주 보게 했다. 지금은 그녀에게 무슨 말이든지 해서라도 화를 조금이나마 풀어 주고 싶었다.

"놔요."

"미안해. 그런데 오해야. 난 저 여자가 저렇게까지……. 아악!"

순식간에 생각지도 못한 아픔이 정강이에 느껴졌다. 다혜가 킥에 일가견이 있다는 것을 알았지만 또다시 이런 사태를 맞이할 줄은 생각지도 못했다.

"아무 사이도 아니라면서요?"

"그, 그게."

현성은 억울했다. 갑자기 쳐들어온 장미주가 다짜고짜 목을 껴안고 입술을 부딪히려는 걸 힘으로 밀쳐내려는 순간 다혜가 그 장면을 본 것이었다.

"아무 사이도 아닌데 저 여자가 괜히 저래요?"

저릿하게 타고 올라오는 아픔사이로 벌겋게 얼굴을 붉힌 다혜의 표정이 인내하다가 폭발한 듯 보였다. 저 안에서 아직도 온갖 패악을 부리는 여자와 아무런 사이가 아니라고 이야기해도 그녀의 기분은 풀리지 않았다.

"나쁜 놈!"

"다, 다혜야."

"나 정말 많이 화났어요."

"다혜야. 나한테도 말할 시간을 줘야지. 나도 예상하지 못한 일이라고! 일방적으로 저 여자가 쳐들어와서 그런 거라고. 진짜야."

타이밍도 죽이게 그때 마침 엘리베이터 문이 열렸다. 정강이에 느껴지는 아픔을 애써 무시하며 현성은 쩔뚝이는 걸음으로 그녀를 붙잡았다. 그런데 현성은 그녀를 더 이상 붙잡고 있을 수가 없었다. 또다시 강력한 새로운 킥이 다른 쪽 정강이에 날아들었다.

"으윽."

눈앞이 까맣다 못해 하얗게 변해 주변의 빛이 사라졌다. 연달아 느껴지는 무지막지한 고통에 제대로 서 있는 게 힘들었다. 하지만 이대로 다혜를 보낼 수가 없어 다시 한 번 그녀를 붙잡으려 했으나 그녀가 빨랐다.

그녀의 차가운 표정이, 시선이 닫히는 문 사이로 보였다.

그녀가 갔다. 붙잡았는데도 그녀가 떠났다. 사태의 심각성이, 불길함이 사정없이 현성을 조였다. 현성은 그녀가 타고 내려선 엘리베이터 층수를 확인한 뒤 옆에 엘리베이터에 몸을 실었다. 그러곤 그녀에게 연락을 취했지만 통화연결음만 들릴 뿐, 다혜의 청량한 음성은 들리지 않았다.

몸이 신호를 보낸다. 머리가 신호를 한다. 무조건 다혜를 잡아야 한다고.

오늘따라 느릿하게 느껴지는 엘리베이터를 탓하며 숫자판을 확인했다. 그리고 곧 땡 소리와 함께 문이 열리자마자 현성은 달렸다.

곧바로 뒤따라 내려온다고 내려왔는데 다혜가 보이지 않았다. 다시 한 번 다혜에게 연락을 해 보았지만 여전히 통화음 너머로 친숙한 기계음의 여자 목소리만 들릴 뿐이었다.

"다혜야, 제발 이러지 마."

현성은 급히 차를 몰아 다혜의 집 앞에서 대기 중이었다. 다혜가 어떤 교통수단을 사용한다 한들 이보다는 빠르게 올 수는 없을 정도로 급히도 왔다. 그런데 정작 30분을 넘어 한 시간, 두 시간이 지나도 그녀의 머리카락 한 올조차 볼 수가 없었다. 여전히 다혜와 연락은 불통이었다.

"어디로 간 거야, 대체!"

사정없이 조여드는 조바심에 현성은 안절부절못하며 그녀를 기다렸다. 해는 이미 떨어져 어두워졌는데 그녀는 아직도 돌아오지 않고 있었다. 시계는 이미 9시를 가리키고 있었다.

"전화라도 좀 받아라. 김다혜."

사람의 애간장이 다 녹아 타들어 가 더 이상 탈 것도 없을 때쯤, 고개를 푹 숙이고 바닥만 내려다보며 오고 있는 그의 여자 김다혜가 보였다. 놓치면 안 된다. 반드시 오늘 안으로 모든 상황을 종료되어야 했다.

현성은 재빠르게 차 문을 열고 나가 성큼성큼 다가가 다혜를 꽉 품에 안았다.

"어, 엄마야!"

갑자기 들이닥친 상황에 그녀가 백으로 손으로 정신없이 등짝을 후려 팼지만 현성은 놓지 않았다. 만약 또 품 안에서 떨어지면 이대로 그녀가 집으로 들어가 영영 안녕이라고 할지 모른다는 불안감 때문이었다. 맞을 때는 맞더라도 혹은 반성할 때는 반성하더라도 우선은 그의 하나뿐인 여자를 잡아야 했다.

"사, 사람 살려!"

"다혜야."

정신없이 등짝과 머리에 압력을 가하던 그녀가 순식간에 동작이 멈추었다. 아마 치한으로 오해하고 사정없이 후려치고 있었던 듯했다.

"뭐, 뭐예요?"

"김 선생. 한 번만 나 좀 봐줘."

"이, 이거 놓고……."

"나 지금 죽을 거 같아."

딱 지금 그의 심정이 그랬다. 냉정하게 그를 버리고 그녀가 떠났지 아니한가.

"그니까 좀 놓고 이야기를 하자고요. 이거 못 놔요?"

"너 내 말을 못 믿어? 그래?"

현성은 당황하는 그녀의 표정을 보면서도 손을 풀지 않았다. 오히려 더욱 손에 힘을 주어 그녀를 품에 가두었다.

"조, 좀 놓아 달라고요!"

"싫어. 대답부터 해."

현성은 더욱 억세게 다혜를 품에 안았다. 다혜의 두 손이 올라서는 걸 보자 이번엔 한 치의 틈도 없이 꽉 안아 아무런 행동도 취할 수 없게 만들었다.

"비, 비켜 봐요."

"대답 아직이잖아."

"숨 막힌다고요!"

그녀의 말에 놀란 현성이 다혜의 얼굴을 살펴보자 정말 숨이 막히는지 절실하게 놓아 달라는 눈빛을 하고 있었다. 자신의 실수에 당황한 현성이 안고 있던 팔에 힘을 조금 풀었다.

그러자 느슨해진 틈을 타 살기가 모락모락 피어오르는 김 선생이 불끈 앙증맞은 주먹을 쥐었다. 낮의 킥이 떠오른 현성의 몸이 주먹에 잠시 움찔댔지만 안고 있던 팔은 풀지 않았다.

"누굴 죽일 작정이에요? 그리고 좀 놓죠?"

"대답."

"이현성 씨!"

"대답."

확실한 답을 들을 때까지는 놓아줄 수가 없었다. 어디로 튈지 모르는 그녀 때문에 마음 졸이며 기다렸던 시간을 생각하니 더더욱 안 되었다.

"김다혜."

"왜, 왜 이래요?"

"생각해 보니 나 은근 기분 나쁘다? 그리고 난 확실히 그 여자에게서 내 입술을 지켜냈어."

갑자기 예기치 않은 상황 때문인지 그녀의 얼굴에 당혹감이 서리는 게 보였다. 가만히 생각해 보니 그녀와 자신을 이렇게 몰아붙이는 상황이 기분이 나빴다. 아니 정확하게는 그녀가 자신을 믿지 않았다는 게 더 기분이 나빴다. 현성은 삐딱한 미소를 지어 보이며 그녀를 품에 가둔 채 벽 쪽으로 이동했다.

다혜를 벽에 딱 붙일 때까지 몰아대고 나자 슬슬 화가 나기 시작했다. 분명 오해였다고 말했는데 끝까지 그녀는 그를 믿지 못해 버려두고 사라졌었다.

"김 선생. 나 못 믿었나 봐?"

"저기 우리 대화를……."

"대화를 하자고 할 때는 안 해 놓고는?"

"그거야 아까는 너무 화가 나니까……."

"난 김 선생을 믿었는데 말이지. 나 지금 생각해 보니까 파렴치한 인간이 된 거 맞지?"

말을 내뱉으면 내뱉을수록 못마땅해지는 표정이 관리가 되지 않았다. 현성은 그녀의 얼굴에 가까이 고개를 숙이고 되물었다.

"그렇지?"

"꼭 그런 게 아니라……. 아니 현성 씨가 잘못한 거 맞잖아요! 누가 여자랑 그러고 있으랬나."

화가 났다는 것도 잊어버렸다. 입술을 내밀고 심통 난 표정으로 말하는데 그 모습이 미치게도 귀여웠다. 저 툭 나온 반들반들한 입술에 도장을 찍어 달라고 유혹하는 것처럼 느껴질 정도였다.

"김 선생. 나도 화났어. 말해 봐. 나에 대한 너의 믿음은 어디까지야?"

"현성 씨?"

"나도 화가 나. 김 선생이 나 안 믿어 줘서."

차가운 음성에 고개를 들자 바로 코앞에 그의 눈이 보였다. 다혜는 심장이 벌렁거리는 뜀박질에 시선을 어디다가 둬야 할지 몰랐다. 근데 귓가에 얄미울 정도로 그가 계속 이야기를 하니 도무지 어찌해야 할지를 모를 정도였다.

"김 선생. 이건 반칙이야."

"반칙?"

처음에는 사람을 숨 못 쉬도록 끌어안다가 화가 났다고 하더니 이제는 반칙이라고 하니 도통 이 사람이 무슨 의도로 이러고 있는지를 몰라 다혜는 눈만 끔뻑거렸다.

"그래. 반칙."

그가 저를 가두고 있던 한쪽 손을 떼었다. 그러곤 그의 기다란 손가락이 자신의 얼굴선을 따라 천천히 움직여 내려왔다. 간질간질거리는 손길이 턱까지 내려갔다가 다시 거슬러 올라와 입술을 쓸었다. 거기다 한껏 냉기가 풀풀 도는 표정으로 점점 다가오는 그의 고개를 막으려 했지만 역부족이었다. 지금 이 상황에서 차라리 미안하다고 말을 하는 게 낫지 않을까 고민을 하기엔 이미 늦은 감까지 느껴졌다.

"저, 저기."

"나만 안달 난 거 같았거든, 오늘 일이 아니었다면 난 김 선생을 조금 더 놔줄 수 있었을 거 같았는데……. 이젠 내가 힘들어서 안 되겠어."

"힘, 힘들어요?"

"그래. 너무 힘들어."

다혜는 뭐라고 말을 해야 할지 몰라 입술을 꽉 깨물었다. 힘들다는 그의 말 한마디에 마음이 불안했다. 그가 무슨 말을 하려는지 이제는 두려움이 몰려왔다.

조금만 덜 튕길걸, 조금만 화를 낼걸. 낮에 그의 이야기를 다 들어주고 풀어 버릴걸. 이느새 목구녕에서 차마 나오기 어려운 미안하다는 말을 쏟아냈지만 아무런 효과가 없었다.

"그러니까 현성 씨 지금 그 말은 그러니까……."

다혜는 그 뒷말을 내뱉을 수가 없었다. 뭐라고 말을 해야 할지 몰라 입술을 꽉 깨물었다. 그가 힘들다고 할 때는 그 나름의 이유가 있는 법이었다. 지금 그가 냉소를 지으며 말하려는 것은 단 하나뿐이 없었다.

문득 떠오르는 단어 하나.

무언가 눈을 다 가려 버린 듯 갑자기 또렷하게 보였던 그의 얼굴이 뿌옇게 변해 가기 시작했다. 그를 사랑한다. 그를 사랑하게 되었다. 몸에서 힘이 풀리고 담벼락에 기대었던 몸은 힘이 풀려서인지 서서히 주저 앉으려 했다.

"그래. 그래서 김 선생이 나 책임져 줘야 할 거 같아."

"책임요?"

"당신도 불안하지? 나도 불안해. 그러니까 나 좀 책임져 줘."

"그, 그러니까."

"김 선생, 아니 김다혜 양. 당신 인생에 나 좀 초대해 줘."

다혜가 생각했던 단어가 아니었다. 정작 그의 입에서 나온 말은 다른 이야기를 하고 있었다. 순식간에 주저앉으려는 몸이 그에게 끌어 당겨졌다. 그리고 곧 입안에 뜨끈하고 짭짤한 것이 느껴졌다.

"흐읍."

어느새 저가 흘렸던 눈물이 볼을 타고 내려와 그의 입맞춤과 함께 했나 보다. 보드라웠고 격한 그의 숨결이 넘실대며 그녀의 안으로 스며들었다.

밑도 끝도 없이 밀고 들어오는 그의 입술에 숨을 헐떡이며 다혜는 정신없이 그를 받아들였다. 뭉개지듯 거칠게 덮쳐오는 현성으로 인해 턱턱 막히는 호흡을 내뱉은 채 그렇게 오랜 시간 입술을 내줘야 했다.

"하아."

한바탕 회오리가 휩쓸고 지나가자 어느새 다혜는 그의 가슴에 머리를 기댔다.

"김다혜."

"……."

아직도 숨 가쁘게 헐떡이는 호흡을 고르게 내뱉지도 못하는데 그의 손길에 고개를 들었다. 곧 그의 따뜻한 숨결이 이마에 머물더니 눈가에 맺힌 눈물을 핥으며 조그맣게 물었다.

"허락해 줄 거야?"

그를 사랑하게 만든 백만 불짜리 미소가 눈물로 온통 흐려진 다혜의 눈에 들어왔다. 이 남자를 어찌 거절할 수 있겠는가.

"나쁜 사람……. 반칙이잖아요."

"받아 줄 거지?"

찬란하고도 벅찬 감정이 물밀려오듯 밀려왔다.

어두운 밤인데도 불구하고 다혜는 그의 깊고 깊은 눈동자를 들여다볼 수 있었다. 자신도 모르게 그에게 손을 뻗었다. 그리고 그가 그랬던 거처럼 그의 얼굴을 어루만졌다. 그가 바라보는 시선처럼 따듯하다.

"하는 거 봐서요."

고요한 정적을 깨며 키득거리는 웃음소리가 퍼졌다. 그의 웃음소리인지 자신의 웃음소리인지 모르겠지만 지금 서로의 얼굴을 바라보며 그렇게 웃었다.

행복감이 전신으로 퍼져 나갔다.

11. 인생은 해피엔딩

석 달 후.

꿈같은 시간을 보내고 있었다. 다혜가 함께하자는 허락을 하자마자 현성은 그 특유의 저돌적인 성격으로 빠르게 밀어붙이기 시작했다.

그의 밀어붙이는 저력은 상당했다. 거기다가 타당한 이유까지 들먹이며 난리 아닌 난리를 쳤다.

이유라는 게 하나같이 그 메주 사건에 기인한 것이었다.

1. 여자가 막무가내로 찾아오거나 유혹하는, 이런 일은 또 일어날 수 있다.

2. 이런 일이 또 일어나지 않으려면 내가 유부남이어야 한다.

3. 고로 결혼하면 된다.

4. 이 선생과 나는 혼기가 꽉 찬 나이다. 거기다 서로 마음의 확인까지 했으며 입도 맞추었다.

5. 그러니 결론은 결혼하자.

그가 하루하루 가져오는 이유는 우습기 그지없는 이유였다. 그럼에도 그는 항상 그녀에게 똑같이 말했다. 이런 결론에 도달했으니 결혼을 해야 한다고.

이미 양쪽 집안에서 교제를 허락받고 얼마 지나지 않아 상견례를 하였다. 둘 다 결혼 적령기인 데다가 특별한 문제가 있거나 눈 밖에 나는 성격이 아니었기에 양쪽의 반응은 긍정적이었다. 솔직히 그 안으로 들어간다면 이 여사가 가장 환호의 함성을 질렀던 게 떠올랐다.

무난하지 않게 시작했던 교제와는 다르게 결혼이라는 과정을 이상할 정도로 빠르게 진전되었다.

양가의 허락을 받고 나니 현성은 세상 부러울 게 없다며 환하게 웃었다. 그가 즐거워하는 모습을 보니 다혜 또한 기분이 좋았다.

'그래…… 그건 좋은데 말이야.'

좋은 것은 좋은 것이고 최근 연속적으로 일어나는 지금의 전개는 무엇인지 한 번 정도는 현성에게 물어볼 필요가 있었다. 뒤에서 안은 채 정수리에 턱을 괸 그가 한숨을 내쉬었다. 하지만 정작 한숨을 내쉬고 싶은 이는 다혜였다.

"현성 씨."

"김 선생."

"왜요?"

"나 심심하다."

무엇이 그는 심심한 것일까. 즐거운 데이트도 했고 헤어지는 게 아쉬워 잠시 그의 집에 들러 차까지 마시고 있는데 무엇이 그는 이다지도 심심한 것일까. 아니 심심한 것과 이 발칙하고도 못된 손하고의 관련성은 과연 무엇일까.

다혜는 지금 이게 뭐하자는 것이냐며 어이없는 시선으로 뒤돌아보려 했다. 그런데 생각보다 정수리에 턱을 괸 그의 힘이 다부졌다. 고개를 돌릴 수가 없었다.

"이 손은 좀 치워 주시죠?"

"왜?"

"이현성 씨!"

다혜는 그의 이름을 차디차게 부르며 엉성하게 묶여 있던 손으로 그의 손을 찰싹 소리가 나게 때렸다. 하지만 잠깐 물러났던 손은 다시 원래의 위치대로, 그것도 전보다도 더 단단하게 다혜의 허리를 감쌌다.

"내가 정말!"

다혜는 현성과의 만남을 지속할수록 그를 향한 마음과 설렘이 커져 행복한 시간의 연속이었다. 그런데 어느 순간부터 그가 변했다. 생각해 보니 그 시점이 인생의 초대를 원한다고 한 그 이후 엉큼하게 바뀌었다. 물론 그전부터 그는 엉큼했다.

그의 초대에 허락한 것은 다혜였지만 지금의 스킨십은 다혜에게 야릇하면서도 당혹스러웠다. 허리에 감겨 있는 손을 살짝 꼬집으며 다혜가 엄포를 놓았다.

"당장 손 원위치 안 시켜요?"

또다. 이번엔 그의 못된 손이 제대로 발동이 걸렸나 보다. 허리께에 있던 그의 손이 점점 위로 상승하기 시작했다. 안 되겠다 싶어 제지를 가하려고 거세게 고개를 돌린 순간 그대로 그에게 당해야 했다.

"흐읍!"

요즘 들어 만났다 하면 스킨십은 기본이요, 어느새 헤아릴 수 없을 만큼의 키스를 그가 해 왔다. 장소 불문, 어느 시간에서나 다혜가 조금이라도 방심하고 있노라면 현성은 기다렸다는 듯 먹이를 향해 달려드는 늑대마냥 입을 벌려 왔다. 물고 빨고 핥는 건 이제 기본이 되었다.

다혜는 지금도 떨리는 두 손을 주먹으로 꼭 말아 쥐었다. 미치겠다. 언제부터 이리되었을까. 언제부터 그가 더듬는 손이 이리도 달콤하고 뜨거웠는지 모를 일이었다.

"하아."

"김 선생."

다혜는 야릇하게 귓가를 파고드는 뜨거운 숨결에 간질거림을 느끼며 몸서리를 쳤다. 그는 변해도 너무 변했다. 마치 굶주린 인간이라도 되는 듯 더듬고 탐하려고 했다. 그리 입술을 내주었는데도 부족하다고 안달을 부렸다.

하물며 며칠 전에는 어떠했는가. 아직도 그 생각을 하면 얼굴이 벌게져서 김민성이라는 사람을 볼 수가 없을 정도였다. 전에야 미수로 그친 키스 사건이 있었다 치고 3일 전에는 미수로 그친 게 아니라 진행 중에 그의 친구에게 그 현장을 목격당했다.

드디어 한 건 잡았다며 능글맞은 웃음을 터트리는 민성을 꼭지가 열리다 못해 터진 현성은 그를 가둬 버렸다.

토요일 낮, 아무도 없는 사무실에 민성이 열어 달라고 외쳤지만 문 앞에 의자까지 걸어 버린 격분한 현성은 고소하다는 듯 박장대소를 하였다. 그리고 그렇게 그를 두고 도망칠 줄은 생각지도 못했다.

물론 그 와중에 걱정하는 자신을 붙잡고 야무지게 못다 한 자기 욕심을 채웠다. 그날 그녀의 입술이 닳아 없어지진 않을까 하는 경험을 할 정도였다. 다혜는 아직도 3일 전의 사건을 생각하면 머리가 지끈거렸다.

"호색한!"

"어허! 김 선생. 이건 남자의 본능이야."

"무, 무슨!"

"예쁘니까."

처음에는 나름 강직하고 무게도 있던 사람이 점점 능청스러워지니 상대하다 보면 어느새 그의 페이스에 빨려 들어가는 게 느껴질 정도였다.

"왜 이리 예쁜 거야?"

부끄러움에 그의 시선에서 벗어나고 싶어 고개를 돌리려 하자 현성이 고개를 옴짝달싹 못하게 붙잡고 놓아주지 않았다. 다혜는 곧 자신을 탐색하듯 바라보는 현성 때문에 부담스럽고 부끄러움에 미쳐 버릴 만큼 몸 둘 바를 몰랐다.

"현성 씨 눈에만 예뻐 보이나 봐요."

"내 눈에만 예뻐 보이면 되지 딴 놈은 필요 없어."

그가 피식 웃었다. 양 뺨을 잡고 눈을 맞추더니 조심스레 참새 뽀뽀를 해 주더니 그의 손길이 스쳐 내려가 어느새 손을 잡아 깍지를 꼈다. 곧 고개는 자유스러워졌으나 손은 여전히 그에게 잡혀 있었다. 슬금슬금 깍지를 잡아 낀 사이에서 간질거림이 느껴진다.

언제부터 현성과 이렇게 친밀한 스킨십을 나누게 되었을까. 그런데 그 모든 게 하나도 싫지가 않았다. 오히려 다혜의 수줍은 마음속에서 좀 더 그와 함께 하나하나 나누고 싶은 생각이 간절해져 갔다.

"너무 예쁘니까 날파리가 꼬이는 거야."

"아직도 박 선생님 때문에 그래요?"

"어."

"정말 아무 사이도 아닌데."

유독 현성은 학교에 같이 근무하고 있는 박 선생님을 경계했다. 도통 그 선생님은 절대 그런 마음을 먹을 분이 아니시라고 해도 듣지도 않고서는 으르렁거릴 뿐이었다. 조금이라도 박 선생의 편을 드는 날이라도 되면 그날 다혜의 입술은 부어

터질 때까지 혹사를 당해야 했다.

그런데도 이 남자의 질투가 새삼 좋게 느껴졌다. 이 사내도 질투를 느끼는구나. 이현성도 김다혜라는 여자로 인해 여럿 감정을 느낀다는 걸 알게 되자 더욱 가슴이 펴지고 당당해지는 묘한 행동이 다혜에게 서렸다.

"다혜야."

"네?"

"난 참을 수 있을 거라 생각했거든?"

"뭐를요?"

"순진무구한 김 선생은 모를 거야. 내가 지금 무슨 상상을 하는지."

다혜는 의문의 눈초리로 현성을 바라보았다. 도대체 알 수 없는 의미의 이야기만 하고 있으니 오죽 답답한 게 아니었다. 무슨 뜻일까 곰곰이 그의 말을 헤아리려는 순간 목덜미에 그의 숨결이 와 닿았다. 다혜는 목덜미에 그가 얼굴을 묻자 아까와는 다른 묘하고도 미묘한 간질거림을 느꼈다.

"안고 싶어."

얼굴이 화끈거렸다. 간질간질 그가 한마디를 내뱉을 때마다 목 언저리가 간지러웠다. 또한 자잘한 솜털이 죄다 쭈뼛 일어서는 느낌을 받아야 했다.

"언제 난 김다혜를 통째로 아그작아그작 먹을 수 있을까?"

"네에?"

다혜는 알아차린 의도에 안절부절못하며 현성의 어깨를 밀어냈다. 그렇다고 밀려날 그가 아니었다. 열심히 그의 어깨를 밀어내었지만 철썩 붙기라도 한 듯 그의 얼굴은 목덜미에서 떨어지지 않았다.

"이, 이것 좀."

"싫어."

"이현성 씨 비켜 봐요. 진짜 이러기예요?"

"김 선생은 잔인해."

등짝을 찰싹찰싹 소리가 나게 때리자 투덜대며 그가 떨어졌다. 그렇다고 완전히 떨어진 게 아니었다. 얼굴 가까이 겨우 주먹 하나 그 사이에 자리 잡을 만큼의 틈새만큼 현성은 가까웠다.

"그러니까 왜 이리 예쁜 거야?"

"자, 자꾸 그런 말 할래요?"

현성의 말에 다혜는 당황스러웠다. 첫 만남부터 대체 무엇이 그리 예쁘다고 하는 것일까. 정말 이현성 이 남자의 눈에 콩깍지가 얼마나 심하게 씌어 있으면 저러는 걸까.

하지만 그 생각은 계속 이어 나갈 수가 없었다. 낮은 한숨을 내신 그가 도로 고개를 파묻었다. 그러고는 그녀의 허리를 잡아 채 자신에게로 당겼다.

"나 죽겠다. 김 선생."

그의 나지막하고 허스키한 음성이 들렸다. 다혜는 그의 목소리가 잠긴걸 알아채곤 고개를 내려 살펴보려 했으나 그가 더 빨랐다. 현성이 뒷머리를 감싸 안으며 강하게 입을 맞췄다.

아무리 이번엔 등을 때려도 소용이 없었다. 그의 키스는 진행 중이었다. 도톰한 아랫입술을 살짝 깨물며 시작했던 키스는 어느새 윗입술도 욕심나게 빨아들이며 입안으로 밀고 들어섰다.

목이 꺾일 정도로 강하게 입을 맞추고도 그는 놓아주지 않았다. 계속 그녀의 입안에 머물며 자신의 입안 사이를 오갔다.

다혜의 거친 호흡과 신음이 입안에서 부서져 내렸다. 몸부림을 더할수록 현성은 더 집요하게 부딪혀 왔다. 혀를 휘감아 빨아들이는가 하면 어느새 손은 뒷머리에서 허리로 허리에서 가슴께에 있었다.

정신없이 숨이 턱턱 막히는 현성의 키스를 받으면서도 다혜는 가슴 언저리에서 느껴지는 손길에 당혹감에 몸을 비틀어대며 신음을 내질렀다. 못된 손이 점점 가슴 중앙으로 향하고 있었다. 자연스럽게 옮겨진 손은 어느새 소유권이라도 주장하듯이 가슴을 움켜잡기까지 했다.

"헉."

숨이 넘어가려는 찰나 간신히 떨어진 입술 사이로 다혜의 단말마와도 같은 소리가 흘러나왔다. 다혜는 한 줌의 공기를 들이마시려던 찰나 또다시 부딪혀 오는 입술 때문에 고개를 돌렸다.

"그, 그만!"

다혜는 숨을 헉헉거리며 몰아쉬기 시작했다. 이대로 더 그의 키스를 받는다면 분명 오늘 자정이 넘어가기도 전에 질식

해 죽을지도 모른다는 경보가 울렸기 때문이었다. 한참 숨을 고르고 있다 보니 가슴께에서 조물락조물락거리는 움직임이 느껴졌다.

"이 짐승!"

현성의 손은 가슴에 입술은 그녀의 귓불을 잘근잘근 씹다 말아 입안으로 삼키고 있었다. 아직도 자기 것인 마냥 가슴을 움켜잡고 놓아주지 않는 현성의 손을 때리며 다혜는 후다닥 뒤로 물러섰다.

아쉬움이 가득 담긴 그의 표정이 불만 어린 시선으로 노려볼지언정 다혜는 최대한 그에게서 멀찍이 떨어졌다. 어느새 블라우스 단추를 이리도 풀어헤쳤는지 벌써 단추가 3개나 열려 있었다. 그걸 보며 다혜는 그악스러운 표정으로 소리를 질렀다.

"이 호색한! 짐승!"

"김 선생. 정말 짐승이 뭔지 보여 줘?"

가까이 다가오려는 그를 제지했다. 아직도 입술 언저리나 가슴에서 그의 뜨거운 입김과 손길이 느껴졌기 때문이었다. 오히려 뒤늦게 알게 된 이 뜨거움이 머릿속을 어지럽게 만들었다. 온몸이 흐물흐물 녹아내리는 거 같았다. 더 이상은 여기 있다가는 다혜도 사고를 칠지 모른다는 불안한 생각이 들었다.

"나 갈래요!"

"역시 잔인했어."

"뭐라고욧!"

다혜는 그의 투정 어린 불만 소리를 들으면서 옷매무새를 바로잡았다. 풀러진 단추를 마저 목 언저리까지 다 채우고 나서야 현성에게 다가갔다.

그는 이번만큼은 나 삐졌소 하는 모양새를 갖추고 있었다. 마치 아이가 맛나게 빨던 사탕이라도 뺏긴 듯 앵돌아 토라져 있는 모습이 가여우면서도 웃겼다. 다혜는 쪽 소리 나게 그의 볼에 뽀뽀를 한 번 해 주며 집에 갈 의사를 밝혔다.

"나 갈게요. 늑대 씨."

"잔인한 김 선생. 날 말려 죽여라, 죽여."

뒤따라와 데려다 준다는 그에게 열이라도 식히라면서 다혜는 청랑한 웃음을 내뱉으며 욕망에 사로잡힌 그를 두고 나왔다.

현성에게는 근래 데이트를 마무리하는 시간이 곤혹스러웠다. 그냥 있자니 더 보고 싶은데 얼굴을 볼 때마다 놓아주기가 싫을 정도로 다혜와 있는 시간이 좋았다. 얼굴을 안 보고 통화로 이야기를 나눌 때야 참을 만했는데 같이 시간을 보내고 헤어질 때만 되면 그렇게 손이 근질거릴 수가 없었다.

사랑스럽다. 그 단어 하나가 머릿속을 점령했다. 사랑스럽다 보니 이제는 그녀를 만지고 싶고 키스도 하고 부둥켜안고도 싶었다. 하지만 거기서 그치지를 못했다. 부둥켜안고 있자니 다혜이 살내음에 저 밑에 숨어 있던 욕망이 스멀스멀 피어

올랐다.

"아, 미치겠다. 김 선생을!"

예전과 다른 미치고 팔딱 뛸 일이었다. 전에야 그녀의 마음을 사로잡고 싶어서, 관심을 끌어 보고 싶어서 환장을 했다면 이번에는 좀 더 그녀와 같이 있는 시간을, 아직 좀 더 솔직하게 내면 안으로 들어간다면 그녀의 보드라운 살결을 마음껏 음미하며 안고 싶은 열망이 도사리는 게 문제였다.

연애를 하면 이 답답한 마음이 다 해결될 줄 알았는데 그게 아니었다. 더 욕심이 났다. 더 그녀를 통째로 가지고 싶은 소유욕이 들끓었다.

잠깐 그녀를 탐한 그 순간이 그렇게 아찔할 수가 없었다. 이성이 나가고 본능이 앞서는 그런 시간. 그게 곧 천국이었다. 만약 다혜를 안게 된다면 그는 천국 이상의 기쁨을 만끽할 듯했다.

하지만 절대로 호락호락하지 않은 김 선생은 꿈쩍도 하지 않았다. 일주일 전만 해도 잔인하게 열에 들뜬 그에게 뽀뽀만 하고 가지 않았던가. 갑자기 그 이전의 생각을 하니 단전 밑에서부터 열기가 치솟아 올랐다.

"아, 결혼하고 싶어. 빨리!"

푸근한 집을 바탕으로 열기가 가득 피어오르는 다혜와의 신혼생활이 떠올랐다. 하얀 앞치마를 입고 청량한 목소리로 그를 깨우는 다혜의 모습이. 퇴근하고 오면 서로 그날 있었던 이야기를 나누면서 보낼 저녁 시간을 그리고 그 이후의 침실의……

"침 떨어지겠다."

헉 소리를 내며 현성은 현실로 돌아왔다. 어느새 눈앞에 웬수 같은 민성이 알 만하다는 눈초리로 웃음을 짓고 있었다.

"너 욕구불만이냐?"

"야!"

"짜식. 나 노크까지 했는데 너 모르더라? 그런데 들어와 보니 혼자 보기 아까운 표정을 하고 있더라고."

무슨 상상을 했냐는 질문을 그가 나불대든 말든 현성은 이 웬수를 어떻게 돌려보낼지 궁리하기 시작했다. 조금 있으면 다혜하고 약속시간이 다가오는데 웬수는 이상하게도 타이밍 한번 저질스럽게 맞춰 잘만 때맞춰 찾아왔다.

지난번에도 눈치 없이 구는 바람에 나갈 진도의 반도 나가지 못했다. 못된 놈, 이럴 때는 친구가 아니라 웬수도 상 웬수였다.

"김민성."

"왜?"

"그만 가. 나 약속 있어."

"왜? 또 나 가두고 가 보지 그러냐?"

아직도 그전의 사무실에 가둬놓고 간 일을 잊지 않았는지 노려보며 말하는 폼새가 쉬이 금방 갈 생각이 없어 보였다.

"왜 다혜 씨하고 행복한 시간을 보낼 생각을 하니 입안에 침부터 고이더냐?"

"김민성!"

"맞나 보군. 꼭 뭐 마려운 강아지마냥 그러고 있는 폼이 예전에 내가 알던 이현성을 그립게 하네."

"알지도 못하면서 그런 소리 내뱉지도 마!"

현성은 속으로 뜨끔거렸다. 정말 뭐 마려운 강아지마냥 그리 보였나 싶은 생각이 들었다. 이 눈치 빠른 놈이 알아차리면 두고두고 놀려 먹을 게 뻔했다.

그랬다. 지금 현성은 딱 욕구불만 상태였다. 사랑하는 여자에게 미쳐 있기도 하지만 그 여자를 안고 싶어 안달 난 사내이기도 했었다. 매번 도전할 때마다 거부당해 봐라. 안 미치고 배길까.

"왜? 다혜 씨가 너 싫대?"

"저런 쳐 죽일 소리를!"

현성이 관자놀이가 지끈거렸다. 밉살스러운 놈은 지극히 현성의 아픈 곳만 콕콕 집어 내뱉으며 아픈곳을 찔러대었다.

"너 다혜 씨 언제 만나 봤냐?"

"일주일 전."

"욕구불만 맞네. 그러니 표정이 좀 그런 위험한 상상을……."

"그 입 다물어라."

현성은 일어나고 싶었지만 아랫부분이 불편해서 일어설 수가 없었다. 마치 이 모든 것을 다 알기라도 한단 듯 밉살스러운 놈의 눈초리가 책상 너머 아래로 향했다가 현성의 표정을 한 번 보고는 파안대소를 하기 시작했다.

"아, 천하의 이현성이, 푸하하하."

현성은 얼굴이 벌겋게 변했다. 지금 이 순간이 쪽팔렸다. 다혜와의 신혼을 꿈꾸던 생각이 정직하게 몸에 반응해서 나타난 순간 민성이 와서 이러지도 저러지도 못하게 된 것이었다.

현성이 책상 주변에 쌓여 있는 파일 중 가장 두껍고 위협스러운 것을 찾기 시작했다. 그런 생각을 아는지 모르는지 민성은 열심히 입을 놀렸다.

"친구. 자고로 여자는 분위기에 약하단다. 너 예전처럼 무조건 예쁩니다 하고 달려들 생각하는 건 아니지? 설마 허니문 베이비를 생각해서."

현성은 눈앞에 보이는 서류철을 민성에게 확 내던지고는 재빠르게 사무실을 나왔다. 이 창피함을 무릅쓰고서라도 지금 다혜를 만나러 가야 하는 게 중요했다. 성큼성큼 불편한 걸음으로 재빠르게 주차장까지 내려간 현성은 그 기분을 나타내 주기라도 하듯 거칠게 차를 몰았다.

현성은 약속시간에 늦지 않게 제시간에 맞춰 다혜를 만났다. 반짝반짝 초롱초롱하고도 순결한 저 눈동자를 보니 아까 그 나름의 상상을 했던 게 부끄러우면서도 미련처럼 남아 있는 감정이 또다시 솟구쳐 올랐다.

황금 같은 주말을 보내기로 해서인지 약간은 들떴으면서도 중간중간 서로 일에 관한 이야기도 나누고 요즘 이슈화되는 이야기도 나눴다.

원래대로라면 결혼해 필요한 물품과 가구를 보러 다니고 같이 이것저것 해야 할 게 많았지만 그럴 시간이 단축되어 버렸다. 현성의 집에서는 부모님들이 두 손을 들고 무조건 맨몸으로 와도 된다는 환영을 했다. 다혜의 집안에서는 물론 이번 년도에 딸을 보내겠다는 강력한 다짐을 했다.

그 결과, 두 집안이 일사천리로 결혼 주인공들을 빼고 일처리를 해 버렸다. 결국 현성과 다혜가 할 일은 결혼 예물과 결혼예복만 고르면 되는 것뿐이었다.

"오늘 예복 보러 가는 날이죠?"

"응."

"시간 다 되었네요. 어서 가요."

시간에 맞춰 예복을 보러 드레스샵에 들어선 순간 순백의 드레스들이 눈을 어지럽게 만들었다. 현성은 다혜와 함께 샵 매니저의 추천과 함께 여러 벌의 드레스를 골랐다.

다혜가 입고 나온다고 들어간 지 꽤 오랜 시간이 지나고 드디어 촤르륵 소리와 함께 고아한 다혜가 드레스를 입은 자태로 눈앞에 서 있었다.

"어, 어때요?"

평소에도 예쁘다 예쁘다 했지만 순백의 드레스를 입고 올림머리를 한 다혜의 모습은 형용할 수 없는 아름다움을 뿜어냈다. 현성은 할 말도 잃어버리고 그저 멍하니 다혜의 고운 자태만을 바라볼 수밖에 없었다.

"현성 씨?"

"어. 어?"

"별로예요?"

현성은 고개를 절레절레 흔들었다. 말로 표현할 수 없는 아름다움이었다. 그 감탄은 다혜가 드레스를 몇 번 갈아입는 내내 계속되었다.

사람들은 드레스를 같이 고르다 보면 신랑은 힘들어한다고 하지만 현성은 전혀 그러지 않았다. 아니 도리어 앞에 입었던 것도, 지금 입었던 것도 전부 마음에 들었다. 힘겹게 그중 가장 다혜에게 빛을 더해 주는 드레스를 골랐다. 그리고 샵을 나온 순간 현성은 다리에 힘이 풀리는 현상을 겪어야 했다.

"현성 씨?"

한계다. 이제 결혼식만 올리면 된다. 그런데 그때까지 버틸 수 없었다. 그녀를 향한 욕망이 들끓는다.

현성은 길거리에서 다혜를 힘 있게 안아 들었다. 예쁘다. 이렇게 어여쁜 여자가 그의 신부가 되는 것이다. 곧 며칠 있다 보면 그녀와 한 가정을 이루게 된다는 게 믿기지가 않았다.

"김 선생. 어쩌지? 나 오늘 김 선생 못 돌려보낼 거 같아."

"네?"

"보낼 수가 없어."

아까 샵에서 봤던 순백의 드레스 차림의 다혜는 여신처럼 아름다웠다. 그 모습이 잔잔했던 현성의 마음에 불을 지폈다.

그냥 돌려보낼 수가 없어 다그치듯 다혜를 붙잡았다. 그리고 힘겹게 허락이 떨어진 다혜의 긍정의 고갯짓에 샘솟는 용기를 내어 지금 이렇게 둘만이 한 공간에 남게 되었다.

쭈뼛쭈뼛 어색하게 다혜가 고개를 돌렸다. 들어서기 전까지도 안절부절못하더니 방 안에 들어선 순간은 더했다. 짙게 물든 열망에 다혜를 붙잡은 현성도 그건 마찬가지였다. 떨렸다. 그녀와 이렇게 한공간에 있는 게 오늘처럼 떨려 보기는 처음이었다.

"다혜야. 널 많이 사랑해."

닭살이 돋는다 해도 어쩔 수 없었다. 지금 이 말을 꼭 그녀에게 해 주고 싶었다. 현성은 조심스럽게 눈도 마주치지 못하고 있는 다혜에게 다가갔다. 이미 서로가 결심하고 모든 준비를 맞췄으나 떨리기는 매한가지였다.

현성은 가까이 다가가 다혜의 허리를 감싸 안아 당겼다. 부드럽게 끌려오는 다혜를 제 가슴에 안착시키며 조심스럽게 그녀의 입술에 입을 맞췄다.

보드랍고 말캉한 입술이 수줍게 벌어졌다. 마치 그의 노크에 대한 초대에 응한다는 듯 맞이하는 앙증맞은 혀가 맞닿았다. 부드럽게 천천히 시작하려 했던 키스는 막상 숨 막힐 정도로 깊게 거칠게 변해 버렸다. 곧 거추장스러웠던 가운이 떨어져 나갔다. 현성은 다혜의 숨결을, 호흡을 모조리 훔쳤다.

"예쁘다, 김 선생."

현성은 태곳적 원초적인 그녀의 여체를 눈부시게 바라봤다. 아름답다. 그 무엇으로 형용할 수 없을 만큼 그녀는 아름다웠다. 현성은 자신도 모르게 떨려 오는 손으로 부드럽게 와 닿는 자극적인 그녀의 맨살을 쓸어내리며 깊은 숨을 거칠게 토해 냈다.

"정말 예쁘다."

언제부터 호흡이 빨라졌는지 알 수 없었다. 그저 거친 키스로 인한 달뜬 숨결이 넘실대는 와중에 현성은 이번엔 그녀의 손에 입을 맞췄다. 손끝 하나하나, 그러곤 맥박이 거칠게 뛰고 있는 손목을 수없이 입을 맞췄다. 다혜의 모든 게 새로웠고 소중했다.

"현, 현성 씨."

다혜의 놀라는 소리도 소리였지만 현성의 눈과 손은 바빴다. 여전히 그녀의 여체를 쓸어내리는 움직임은 멈추지 않았다. 오히려 보드라운 여체 앞에서 본능이 앞서는 사내가 되지 않기 위해 피나는 이성과의 싸움을 벌이고 있었다.

"김다혜."

뜨거운 입김이 내뱉어졌다. 다혜의 발그레한 얼굴빛이 홍조로 물들었다. 지독히도 다혜가 아름다웠다. 믿을 수 없을 만큼, 지금 이 현실이 꿈이 아닌지 생각할 여력이 없을 만큼 믿기지가 않았다.

"널 원해."

그녀가 떨고 있다. 그 떨림이 사무치게 좋았다. 현성은 다혜의 양 뺨에 손을 가져갔다. 부끄러운지 다혜의 재빨리 옆으로 고개를 돌려 비켰다. 하지만 현성은 다혜의 고개를 원래대로 마주 보게 한 다음 다시 고개를 떨어뜨려 입술을 탐했다.

달짝지근하다. 이토록 달콤할 수가 없다. 지금 다혜의 어디 어느 한 군데라도 안 달콤한 곳이 없었다. 한 곳 한 곳 소중하게 입맞춤을 시작했다. 입술에서 시작한 키스는 이마로 코로 눈가로 다시 입술로 그러곤 하강하며 목덜미를 배회했다.

움푹 패인 쇄골 뼈가 도드라지게 나타나자 자맥질하는 숨결이 느껴졌다. 가쁜 숨을 몰아쉬는 다혜의 모습이 사랑스러워 그의 욕구에 더욱 불을 지폈다. 두근두근 심장의 울림이 쿵쾅쿵쾅 맹렬하게 뛰어 대기 시작했다. 열기가 피어오른다. 잿더미가 될 것처럼 몸이 뜨거웠다.

쇄골에서 헤매던 입술이 이제는 다혜의 가슴골로 내려갔다. 앙증맞게 고개를 내밀고 있는 정점이 보였다. 현성은 그 정점을 소중하게 만지작거리며 한쪽에 그대로 입술을 내렸다.

"흐읏."

다혜의 억눌린 신음 소리가 울려 퍼졌다. 현성의 입술은 달콤한 과즙이라도 먹는 듯 어김없이 유실을 핥고 빨았다. 그리고 남은 한쪽의 정점을 한 손으로 아쉬움이 남지 않게 어루만졌다.

"하악."

몸을 관통하는 짜릿함이 소스라치게 좋았다. 다혜의 신음 소리가 새어 나올수록 현성의 인내하고 있던 이성의 끈도 희미해져 가기 시작했다. 현성에게도 낮은 신음 소리가 흘러나왔다. 점점 마음속에서는 이제 소중한 그녀를 가지고자 하는 욕심이 발동이라도 걸린 듯 난리가 났다.

"하아."

그녀의 신음 소리에 자극이라도 받은 듯 이미 그의 성난 분신도 어서 빨리 해방시켜 달라고 성을 부리기 시작했다.

다혜의 아름답고 순결한 몸에 붉은 낙인을 찍듯 찍어 내렸다. 머리부터 발끝까지 그의 손과 입술이 닿지 않은 곳이 없었다. 어느새 그녀의 다리를 서서히 거슬러 올라가며 그녀의 은밀한 꽃잎에 깊숙이 손가락을 묻었다. 애처로운 정도로 가는 허벅지가 떨린다.

"현성 씨!"

소스라치게 놀라 몸을 뒤로 빼려는 다혜를 안심시키며 현성은 촉촉한 속살에 좀 더 깊게 자신의 손가락을 찔러 넣었다.

"흐읏."

촉촉한 내벽은 뜨겁고 부드러웠다. 깊숙이 파고들수록 손가락을 꽉 조이는 감각에 벌써 아찔한 쾌감이 아래로 몰렸다. 흠칫거리며 다혜가 다리에 가득 힘을 주고 더 이상 그의 손이 움직이지 못하게 했다.

"제발."

단지 손이 닿았을 뿐인데 바들거리며 떨고 있는 그녀를 바라보며 손을 거두었다. 그리고 다시 한 번 긴장으로 굳어진 다혜를 안심시키기 콧등에 입술에 입맞춤하며 어루만졌다.

"다혜야."

현성의 땀방울이 몽글몽글 타고 내려와 다혜의 가슴을 적셨다. 필사적으로 좁디좁은 그녀의 따뜻한 안에 남성을 묻어 버리고 마음껏 탐하고 싶은 욕구를 억눌러야 했다. 하지만 아직 다혜의 몸이 열리지 않았다는 걸 안 현성은 더 없이 그녀의 몸을 소중하게 어루만졌다.

얼마나 그랬을까. 다혜의 숨결이 좀 전과는 다르게 미묘하게 바뀌었다. 현성은 민감하게 반응하는 여린 여체를 달래듯 쓰다듬으며 다혜가 주춤하는 사이 천천히 그 누구도 침범하지 않은 그녀의 꽃잎 속에 자신을 파묻었다.

"아악."

단말마 같은 날카로운 비명 소리와 함께 시트를 움켜잡은 다혜의 모습이 어른거렸다. 이미 그녀 안에서 짜릿하고도 주체할 수 없는 감각에 혼미해져 가는 정신을 가다듬고 다혜의 그 모습을 보고 있던 현성은 다혜의 아픔에 자제하면서 조심스럽게 움직였다.

"하아."

"괜찮아?"

그녀에게 시간이 필요했다. 현성을 가질 수 있는 시간이, 현성이 그녀를 가질 수 있는 시간이 서로에게 필요했다.

땀과 함께 눈물 한 가닥을 흘리는 다혜의 눈가에 눈물을 머금었다. 그의 아래서 그녀의 얕은 숨소리가 들려왔다.

"괜찮아요."

다혜가 약간 찡그린 표정으로 그의 목에 팔을 감았다. 현성은 그녀의 목소리에 도화선이 된 듯 천천히 움직임을 시작했다.

느릿느릿하게 움직일수록 가냘픈 다혜의 신음 소리가 적막한 공간을 울렸다. 그에 함께 수반되어 오는 짜릿한 감각에 현성은 아찔함을 느꼈다.

뜨겁게 타올랐던 몸이 그대로 녹아내릴 것만 같은 열기에 휩싸여 참을 수가 없었다. 그 정도로 다혜가 주는 희열은 상상을 초월했다.

최고의 열락의 시간.

호흡이 가빠질수록 현성과 다혜에게도 변화가 시작되었다. 현성은 좀 더 허리를 거세게 움직였고 아픔에 조금씩 허덕이던 다혜의 호흡도 차츰 숨 가쁘게 변해 갔다. 시트자락을 쥐고 있는 다혜의 손을 잡고 손가락 사이사이에 그도 똑같이 깍지를 끼었다. 그렇게 다혜의 가녀린 여체가 현성의 강인한 육체와 하나로 얽혀들었다.

"하읏."

잔뜩 흥분된 남성이 여성을 가득 채웠다. 천천히 들어섰던 것과 달리 빠르게 깊숙이 은밀한 내부에 진퇴운동을 하며 숨김없이 욕망을 드러냈다. 입술과 입술이 맞닿았고 혀와 혀가 서로를 오가며 그렇게 현성은 다혜를 지배해 가기 시작했다. 오롯이 다혜를 가지기 위해 현성은 달렸다.

열기로 가득 찬 뜨거움을 가득품고 있는 다혜를 안으며 뜨겁게 달아오른 피부에 입을 맞췄다.

한 줌의 다혜의 가는 허리를 쓰다듬으며 이마며 귓볼 눈코 입을 배회할수록 현성의 허리놀림은 거침이 없어졌다. 파고들면 들수록 다혜의 열에 들뜬 신음 소리가 공간을 더욱 울렸고 그와 함께 현성의 나지막한 신음 소리도 같이 뒤섞였다. 그녀의 속살이 조여들수록 뭉근한 열기가 결합된 부분에서 피어올라 전신으로 퍼져 나왔다.

미칠 것 같은 야릇한 감각이 온몸을 지배했다. 은밀하고도 따뜻한 그녀의 안이 그를 더욱 흥분하게 만들었다.

뜨겁게 달궈진 공간에는 오로지 둘만의 소리로 그득했다. 열락의 정점으로 치달아 갈수록 이성의 끈을 쥐어 잡고 있던 현성은 이성이란 끈을 놓아 버렸다.

온전히 다혜를 가지기 위해, 터질 듯한 심장을 움켜잡기 위해 현성은 다혜와 한 몸을 이루며 그의 사랑을 전했다.

"하악."

치달은 쾌락의 절정에 현성은 다혜를 꼭 끌어안았다. 열락이 찾아왔다. 치솟아 오르는 지독한 쾌감이, 희열이 머리를 하얗게 물들었다. 지금 이 순간이 현성에게 천국 그 이상이었다. 상상 그 이상이었다. 극도의 흥분감이 아직도 열기를 내뿜으며 그녀 안에서 깊이 자리했다.

격한 감격이 몰려와서 그랬을까. 현성은 재차 그녀의 몸에 자신의 입술을 내리눌렀다. 안 그래도 다혜의 몸은 이미 그가 지나간 자리마다 수없이 많은 열꽃이 피어 있었다. 그의 숨결이 닿았던 곳마다 현성이 안 지분거린 곳이 없었다.

"김다혜."

이제야 마음이 안정되어 간다. 이제야 다혜가 오롯이 자신의 여자같이 느껴졌다. 마음에 안식이, 안정이 찾아온다.

현성은 사랑을 다 나누고도 잠깐 그대로 다혜를 꼭 끌어안았다.

"김 선생."

현성은 가시지 않는 열기 속 거친 호흡이 잦아드는 중에 다혜를 불렀다. 사랑스러운 자신의 여자를. 곧 그의 하나뿐이 신부가 될 여자를.

김다혜의 모든 것이 좋다. 그녀가 그를 미치게 만들었다. 그녀가 오롯이 사내 이현성을 있게 만들었다.

"앞으로 나 많이 사랑해 줘."

얼굴을 붉히며 수줍음에 말이 없는 그녀가 너무나 사랑스러웠다. 정말이지 가슴이 터질 만큼 벅찬 감정이 밀려왔다.

"김 선생. 정말 이제는 나 버리면 안 돼."

현성은 조심스럽게 몸을 돌려 서로의 위치를 바꿨다. 누구의 심장박동 소리인지 모를 불규칙하고 주체할 수 없는 소리가 뜀박질하고 있었다.

현성은 다혜의 어깨에 얼굴을 묻었다. 나른한 기운이 돌면서도 아직도 만족하지 못한 그의 분신이 욕심껏 제 뜻을 알아달라고 성화였다.

큰일 났다. 그녀 없인 못 살 거 같다.

"사랑해. 다혜야."

현성은 다혜가 제 품 안에서 사라질세라 다시 꽉 끌어안았
다.

행복했다. 그녀 김다혜가 이현성 인생에 나타나 주어서 이
렇게 온전히 사랑할 수 있게 되어서 더없이 행복했다.

—fin

에필로그

　하필이면 그 순간 그가 문을 열고 들어설 줄은 생각도 못했다. 물기가 채 가시지 않은 물방울을 매단 채 욕실에서 나온 순간 그와 시선이 마주쳤을 때 다혜는 후회했었다. 타이밍도 참 저질스러웠다. 왜 그가 이 시간에 집에 온 것일까. 아직 퇴근하려면 2시간은 더 있어야 할 텐데.

　"달링. 섹시한데?"

　섹시는 얼어 죽을? 다혜는 황급히 목욕가운의 끈을 단단히 묶었다. 하지만 반짝이는 그의 눈빛은 이미 가운에 가려진 그 안을 투시라도 하듯 뚫어지게 바라볼 뿐이었다. 일 났다. 아무래도 그에게 뿜어 나오는 예사롭지 않은 눈빛이 신경을 곤두세우게 만들었다.

　"왔어요?"

"응. 오늘 중요한 미팅만 끝내고 왔어."

서슴없이 다가오는 그를 보며 다혜는 욕실 문에 등을 바짝 기대었다. 성큼성큼 그가 다가올수록 다혜는 욕실문과 한 몸을 이룰 태세로 달라붙었다. 하지만 그런 반응이 재미있기라도 한지 그는 지척까지 다가와 야릇한 미소를 지으며 숨을 들이마셨다.

"언제나 느끼는 건데 향 좋다."

꿀꺽. 마른침을 삼켰다.

안 되겠다. 이대로 가다간 제대로 머리조차 말리지 못하고 침대에 던져지고 말겠다. 다혜는 그의 눈치를 보며 슬금슬금 움직였다.

"살짝살짝 보이는 이 쇄골은…… 나 유혹하는 거지?"

움직일 때마다 쇄골이 보였나 보다. 그의 두 눈이 반짝반짝 빛나 보인다면 착각일까.

아무래도 눈빛이 심상치가 않았다. 다혜는 그가 붙잡기 전 꽁지에 불이라도 붙은 듯 잽싸게 침실로 도망갔다.

"김 선생. 서운해."

도망가도 어차피 잡히기는 매한가지였다. 어느새 슈트를 벗어젖히는 그를 보며 다혜는 단단한 근육이 자리 잡은 그의 상반신을 홀린듯 바라봤다. 신이 내린 몸매와 얼굴로 상의를 탈의한 채 서 있는 모습은 하나의 예술품 같았다.

"김 선생."

"헛, 머리 말리려고. 앉으려고 했어요."

그의 몸을 너무 노골적으로 쳐다본 민망함에 다혜는 부끄러워 대뜸 화장대에 앉아 머리의 물기를 털어 냈다.

"내가 말려 줄까?"

"아, 아뇨. 씻고 와요."

"그래. 이따 보자고."

그 보자는 게 침대에서 보게 될 줄은 상상도 못했다. 아니 어쩌면 조금은 알고 있었을지도 모른다.

"흐읏."

어느새 동그란 엉덩이를 거머쥐고 방만하게 벌어진 다리 사이를 누비는 그로 인해 다혜는 몰려오는 극심한 쾌락에 눈앞이 아찔했다.

"하아앗."

머릿속이 하얗게 변하는 기분이었다. 그는 욕심껏 몸을 핥아 내렸다. 그의 분신은 깊숙이 다혜의 속살을 파고들면서도 성이 차지 않았나 보다. 다시 힘껏 밀어 넣기를 반복하며 그녀를 채워 나갔다. 짜릿한 쾌감이 발작적으로 터져 나왔다. 아랫도리에 느껴지는 이물감은 그녀의 여성을 온통 가득 채워 그크기를 키웠다. 간헐적인 신음이 토해지고 숨을 헐떡인다.

"예쁘다."

입술에 입맞춤하더니 이번엔 그녀의 다리를 어깨에 걸친 채그는 거칠게 좁은 여성 안을 짓이기듯 파고들었다. 예쁘면 조금만 일찍 재워 주면 안 될까 하려던 말은 다혜의 입안에서맴돌았다. 이미 항의 어린 한숨은 거침없이 파고든 그의 입술에 의해 사라져 버리고 말았다.

열린 창 사이로 따스한 바람이 넘실거리며 불어왔다. 달콤한 낮잠을 빠져들었던 다혜는 기지개를 피며 침대에서 몸을 일으켰다.

"아우."

나른하고 노곤한 몸이 아직도 새벽녘까지 시달렸던 여파 때문인지 제 몸 같지 않게 온몸의 삭신이 쑤셔 왔다. 아무래도 변강쇠를 남편으로 맞이한 것인지 밤마다 열정에 화르륵 타오르는 그를 상대하다 보니 뻐근한 통증에 삐거덕거리며 흔들리는 듯했다.

"아흐. 진짜 이 인간을."

그가 출근하는 바람에 푹 자고 났더니 몸이 그나마 컨디션을 찾아가는지 새벽녘보다는 훨씬 나았다. 지칠 줄 모르는 늑대 본성을 가진 남정네와 사는 게 이렇게 고단할 줄 알았다면 조금은 결혼을 재고해 봐야 하지 않았나 싶은 생각이 들 정도였다.

밥 먹다가도 눈이 마주치기만 하면 엎치락뒤치락한다지만 다혜는 요즘 눈만 마주치면 도망가고 싶은 생각이 먼저 들었다. 마치 그동안 못했던 만큼 다 해치우겠다는 일념을 가진 듯 그녀의 몸을 조물락거리며 만지작대는 건 기본이요, 장소 불문 누울 수 있기만 하면 돌진하는 그의 욕망에 두 손 두 발을 다 들었다.

오늘만 해도 어땠는가. 새벽녘 동트기 전까지 그에게 잡혀 요리조리 요리당하지 않았겠는가.

남들이 들으면 행복에 겨운 말이라고 하겠지만, 정도라는 게 있다. 그런데 도통 이현성 이 남정네에게는 그 정도가 통하지가 않았다. 미약한 저항을 해 본들 그의 대답은 매한가지였다. 예쁜데 어쩌냐. 누가 그리 사랑스럽게 보이라고 했더냐. 덥석덥석 물고 빨고 핥아 대는 그로 인해 몸이 닳아 없어질까 봐 걱정이 들 정도였다.

그렇게 신혼생활은 뼈와 살이 타는 격정의 밤으로 내리 쭉 이어져 오고 있었다. 거기다 똑같이 힘을 썼는데 왜 병든 닭처럼 비실대는 건 자신뿐이요, 그는 아주 말짱하다는 게 문제였다.

"대체 무슨 차이야? 나 몰래 보약이라도 먹고 있는거 아냐?"

시간을 확인하니 어느덧 오후 4시가 지나가고 있었다. 더는 침대에서 늦장을 부릴 때가 아니었다.

"아구구."

저녁을 준비해야 할 시간이 되었다. 간단한 스트레칭으로 몸을 푼 뒤 주방으로 내려간 다혜는 냉장고를 열었다.

"오늘은 무엇을 할까?"

나름 이제 한 가정의 어엿한 새색시라고 다혜는 가득 채워진 냉장고 안을 요리조리 살펴보았다. 뭘 할까. 무엇을 해야 맛이 있을까. 고민하던 차에 신선한 달걀 한 판이 눈에 들어왔다.

"그래. 오늘은 너로 정했어!"

새색시가 된 다혜의 하루는 같았다. 함께 잠이 든 서방과 아침을 맞이하고 간단한 아침 식사 후 모닝 키스를 시작으로 각자 출근을 해 퇴근하기까지 주구장창 연락을 주고받으며 하루를 보내는 일과였다.

오늘은 특별히 다혜에게 한가로운 토요일 주말이었으나 격정의 밤을 지새운 터로 약간의 컨디션 저하가 있을 뿐이었다.

오늘이 쉬는 토요일이기에 망정이지 안 그랬다면 삭신이 쑤셔 대는 몸을 이끌고 흐물흐물거리며 학교를 누벼야 했을 거다. 생각만 해도 아찔했다.

"에잇. 스트레칭을 백날 하면 뭐 하냐고. 안 풀리잖아, 안 풀려!"

한껏 쑤셔 대는 몸에 짜증을 부리며 양파와 파를 찾아 도마 위에 올려놓고 나름 열심히 썰었다.

"내가 이렇게 애정을 담아 저녁을 차리잖아. 그럼 하루는 봐줘야지."

찡한 눈물을 머금고 썰어 놓은 양파와 파를 한 옆에 둔 채 다혜는 그릇에 계란 3개를 풀었다.

탁탁탁.

노른자와 흰자가 서로 얽히고설켜 풀어지자 양파와 파를 넣고 계란말이 할 준비가 끝났다. 이제 프라이팬에 기름을 두르고 적당히 달궈지자 풀어 놓은 계란을 투하하기만 하면 된다.

"아, 나날이 발전해 간다."

다혜는 언제 그랬냐는 듯 흥얼거리며 콧노래를 불렀다. 요리에 젬병인 자신이 모처럼 음식을 하는 게 여간 자랑스러운 게 아니었다. 완성된 계란말이를 옆에 두고 이번엔 무엇을 하면 되나 살펴본 뒤 싱크대 선반에서 양념통을 꺼냈다. 이제 재료를 가지고 요리만 하면 된다.

다혜는 눈을 빛내며 눈앞에 놓여 있는 계란 한판을 쳐다보았다.

오늘의 주 메뉴가 될 계란.

"뭐 현성 씨가 좋아한다고 했으니까."

보글보글.

맛있게 끓는 소리가 주방을 가득 울려 퍼졌다.

"훗. 이럴 때 요리할 맛이 난다니까."

띵동.

어느 정도 차려진 식탁을 바라보며 뿌듯함에 미소를 짓고 있을 때 초인종 소리가 들려왔다. 딱 맞춰 그가 퇴근해서 돌아온 것이었다.

"이게 뭐야?"

그의 표정에 놀라움이 가득 담겨 있었다. 어느새 씻었는지 향긋한 냄새를 풍기고 편한 차림으로 다가온 그는 경악스러움을 담아 눈앞에 펼쳐진 싱과 다혜를 보며 물었다.

"저녁이요. 잉? 계란 좋아한다고 했잖아요."

"계란찜, 계란말이, 계란샐러드, 계란 볶음밥, 설마 저기 보글보글 끓고 있는 건 설마 계란탕은 아니겠지?"

"맞는데요?"

계란 한 판을 사용해 공들여 만든 애정 어린 식탁이었다. 하지만 현성은 의자에 앉지도 않고 멍하니 서 있을 뿐이었다. 처음 그에게 음식을 만들어 줬을 때 그가 맛있다고 최고라고 찬사를 한 음식들인데 왜 저런 표정을 짓고 있단 말인가.

"안 앉아요? 빨리 먹고 설거지한 후 저번부터 벼르던 영화를 봐야 해요."

며칠 전부터 함께 보고 싶었던 영화가 있었다.

다혜가 제일 좋아하는 영화.

오늘은 기필코 함께 보고 말리라, 다짐하며 다혜는 그에게 빨리 먹자고 종용했다. 하지만 그는 의자에 앉기도 전에 실소를 터트렸다.

"다혜야."

"네?"

"입에서 병아리가 부화하겠다."

현성이 설거지를 해 주는 동안 다혜는 과일을 깎았다. 접시에 가지런히 깎은 과일을 놓는데 어느새 현성이 따뜻한 차 두 잔을 들고 다가왔다.

"다 했어요?"

"응."

"와!"

너무 기쁜 나머지 현성의 끌어안고 볼에 쪽쪽거리며 **뽀뽀**를 했다. 사실 다혜는 설거지를 싫어했다. 이상하게 다른 일은 할 만했는데 설거지는 손이 잘 가지 않았다. 그런데 착한 남편을 둔 복으로 저녁 설거지는 그가 담당했다.

"최고!"

현성이 설거지를 하는 동안 다혜는 영화를 볼 준비를 하고 있었다. 일을 마친 그가 그녀의 옆에 앉자 영화는 시작되었다.

스칼렛 오하라가 주연으로 나오는 '바람과 함께 사라지다' 라는 제목이 화면에 나오고 있었다. 이제야 그와 함께 보게 된 다는 기대감에 다혜는 한층 들떠 있었다. 그에 비해 현성은 뚱 한 표정으로 대체 무슨 내용이기에 이리 좋아하냐고 물었다. 다혜는 대충 그에게 설명한 뒤 알아서 보라며 시선을 돌렸다.

스크린 속으로 빨려 들어갈 듯 보던 그녀가 기대앉았던 소 파에서 내려와 무릎을 세우고 스크린에 집중했다. 뒤에서 투 덜거리는 그의 말소리가 들렸지만 다혜는 무시했다.

곧 사방이 고요하고 오직 화면 속에서 나오는 소리만이 거 실을 가득 울렸다. 너무 조용해 살짝 뒤돌아보니 현성은 소파 에 등을 기대 반쯤 눕다시피 앉아 있었다.

"어떻게 저래? 헐."

어느새 내용이 중반을 향해 달려가고 있었다. 다혜는 스칼 렛 오하라 그녀의 격정적인 삶이, 이기적인 사랑이 눈을 뗄 수가 없었다. 몇 번을 보아도 바람과 함께 사라지다는 명작이었다. 시선을 사로잡고 놓아주질 않는다.

"으잉? 하지 마요."

한참을 빠져들어 보고 있는데 갑자기 목 언저리에 노골적으로 스치는 손길이 다혜의 시청을 방해하는 게 아닌가. 고개를 돌려 그를 째려보며 경고의 한마디를 던지고 다시 화면에 집중했다.

"아. 어쩌면 좋아."

이미 다혜는 스칼렛 오하라에게 이입이 되어 폭풍 감성을 쏟아 내고 있었다. 너무나 안타까웠다. 어쩌면 저럴 수가 있을까. 저렇게 진취적인 여인네가 어쩌다가! 차라리 감정을 확인하지 아쉬움을 담아 속으로 이야기하는데, 불현듯 이런 생각을 방해하는 손길이 느껴졌다.

느릿느릿 움직이는 손가락이 충분히 선정적인 의미를 담아 움직이는데 여간 신경 쓰이는 게 아니었다. 한가로운 주말 사람답게 문화생활 좀 하겠다는데 이렇게 방해를 하다니. 몇 주를 벼르고 있었는데 이렇게 방해를 하다니.

"난 지금 이 영화를 조용히 보고 싶어요."

새벽녘까지 얼마나 고된 노동을 했는지는 몰라서 이러는 걸까. 지금 그녀에겐 휴식이 필요했다. 찌리릿 째려보며 말을 하는데 노골적인 손길이 또다시 목 언저리를 배회하더니 이제는 귓가를 살살 문지르는 게 아닌가.

"손 좀 치워요."

지금 다혜에게 이보다 중요한 순간이 없었다. 한참 클라이맥스를 향해 가고 있는 화면속의 주인공들은 흥미진진했다.

"나 심심해."

한참 감성에 젖어 있는 사람에게 그의 말은 제대로 들리지 않았다. 그럼에도 끈질기게 목 언저리와 쇄골을 만지작거리는 손길은 멈추질 않았다. 다혜는 그의 손길이 안 닿는 자리로 이동하려고 조심히 물러서려 했으나 어깨를 그러지고 누르는 그의 손으로 그마저도 할 수 없었다.

"으읏."

무시하고 싶은데도 간질간질거리는 스킨십이 점점 쇄골을 타고 내려와 묘한 열기를 품은 채 점점 아래로 내려오기 시작했다.

움찔움찔.

눈은 화면에 가 있으나 모든 감각의 세포는 그의 손길에 따라 예민하게 움직이며 반응을 하려 한다.

"진짜 하지 좀 마…… 으잇."

다혜는 순식간에 거실 바닥에서 소파 위 정확하게 그의 장딴지에 앉았다. 깜짝 놀란 다혜가 이게 무슨 짓이냐고 말하기도 전에 그가 느슨하게 묶여 있던 옷깃을 풀어헤치기 시작했다. 충분한 의도가 느껴지는 손길. 곧 일어날 일에 다혜는 기겁을 하며 손을 뻗어 그를 밀쳐내려 했다. 하지만 거뜬하게 두 손을 움켜잡은 그가 입꼬리를 늘어트리며 미소를 지어보였다.

"나 심심해. 나랑 놀자."

"꺄악."

틈새 없이 밀착된 몸 때문에 도망갈 수도 없었다. 어린양을 불쌍히 여기시어 단 하루 꿀 같은 휴식을 내려 줍사 빌었으나 단호한 거절의 눈빛이 날아왔다.

"하지 마요. 아직 다 보지 못했단…… 흐읍."

거부하는 입술 안으로 말캉한 혀가 파고들었다. 게걸스럽게 입안을 핥고 빨아 대는 그는 좀체 떨어지지 않았다. 숨이 가빠오고 산소 공급이 필요했다. 하지만 욕심껏 맛을 봐야 놓아주는 그라는 걸 알기에 다혜는 아등바등 그의 품에서 몸을 들썩일 수밖에 없었다.

"하아."

"나랑 놀아야지. 저런 건 안 봐도 돼."

야트막한 신음이 흘러나왔다. 대체 노는 것과 이게 무슨 상관이냐고 묻기도 전에 이미 주인을 배신한 몸은 충실하게 반응을 나타냈다.

"흐읏."

달뜬 숨결과 서로의 타액이 입술 안으로 흘러 들어왔다. 그의 뜨거운 입김이 예민한 피부에 닿을 때마다 온몸이 저릿해져 왔다. 어느새 그가 속옷을 말려 올려 뽀얗게 드러난 가슴 한쪽을 꽉 움켜쥐며 욕심껏 빨아 재꼈다. 한손은 다른 쪽 가슴을 주물러 대며 점점 아래로 내려가 그녀 다리 사이의 은밀한 곳을 더듬고 있었다.

"아앗."

"오늘은 한층 더 예쁜데?"

또다시 나지막한 음성이 귓속을 파고들자 다혜는 숨을 헐떡거려야 했다.

이현성은 그녀의 귓가가 약점인 걸 너무나 잘 알고 있었다. 목덜미와 가슴을 지분거리며 배회하던 입술이 노골적으로 귓가에 속삭이며 그녀의 반응을 한층 끌어 올렸다. 뭉근한 열기를 피어올랐다.

느릿느릿 은밀한 속살을 헤집으며 흥분한 아랫도리의 존재를 아주 생생하게 알려 주는 그로 인해 정신을 차릴 수가 없었다. 다혜는 적나라하게 느껴지는, 금방이라도 뚫고 나올 그의 남성에 벗어나려고 발버둥을 쳤다. 그러자 그가 허리를 감아 더욱 바짝 끌어당겼다.

"너, 너무해."

"바람과 함께 사라지기 전에 나랑 놀아야 돼."

이미 다혜의 머릿속에는 스칼렛 오하라의 존재는 물론 귓가를 파고드는 그의 뜨거운 숨결로 인해 영화의 음향은 저 멀리 사라진 지 오래였다.

서슴없이 은밀한 곳에 파고든 그의 손가락이 부드럽게 꽃잎을 매만진다. 허리가 들썩이고 야트막한 신음을 흘리며 바르작거리는 다혜를 움켜잡고 그가 밤새 새겨 놓은 붉은 낙인 위에 또다시 입을 맞추었다. 그 위에 더 찐한 덧칠을 하려는 듯 낱낱이 그녀의 몸에 흔적을 새겨 넣었다.

"언제 봐도 탐스러워."

"나, 나빴어!"

빙그레 웃는 그가 흘러내리는 머리칼을 귀 뒤로 넘기더니 입술을 매만졌다. 곧 그의 혀가 탐욕적으로 입안을 정신없이 헤집었다. 치열을 가르고 천장을 핥아 대는 와중에 그의 두 손은 바쁘게 돌아다녔다.

"아앗."

이윽고 그가 허리를 움켜잡고 팽창된 남성이 들어섰다. 아래에서부터 침입해 들어온 그로 인해 허리가 크게 휘어졌다.

"흐읏."

호흡이 뜨거워지고 몸이 떨려 왔다. 전신에 이미 맴돌던 쾌감이 그의 허리놀림이 연신 삽입과 후퇴로 정점을 찍어 가고 있었다. 안을 꽉 채우며 들이차는 남성을 더 깊숙이 채우려는지 더욱 그녀의 허리를 바짝 잡아 당겨 단숨에 쳐올렸다.

"하아악."

어느덧 거친 허리 놀림이 격하게 몰아친다.

뜨거운 교성, 날카로운 신음이 토해지고 절정을 맞이했다. 아찔한 쾌감을 느끼며 현성의 뜨끈한 결정체들이 한 방울도 빠짐없이 그녀의 내부에 스며들었다.

"아, 진짜 좋아."

온몸이 녹아내릴 만큼의 나른함이 그녀를 덮쳤다. 하지만 자신과는 반대로 그는 거친 숨을 몰아쉬며 녹진해진 그녀의 몸을 쓰다듬었다. 절정의 여운으로 가쁜 숨을 토해 내는데 자신과는 반대로 그는 거친 숨을 몰아쉬며 그녀의 입술에 자잘한 입맞춤을 하며 나른함을 즐겼다. 그러던 어느 순간 다시 밀착된 그의 남성이 그 크기를 키워 가는 게 느껴졌다.

"서, 설마?"

다혜는 기겁을 하며 그에게서 몸을 떼려 했다. 하지만 그가 반항하는 몸을 아랑곳없이 가볍게 들어 올렸다.

"2라운드는 침실에서."

"허헛. 안 돼요, 그건. 흐흡."

거부의 말은 가차 없이 사그라졌다. 집요하게 파고드는 입술은 만족을 몰랐다.

맙소사. 이제 시작이었다.

변강쇠 같은 남편과 함께해야 할 불타는 밤이.

내일이 일요일인 걸 감사하게 여겨야 하는 심정을 어디다가 말할까.

이미 영화는 끝난 지 오래였다. 과연 언제 저 영화를 온전히 마지막까지 그와 함께 볼 수 있을까.

아직도 숨을 몰아쉬고 있는 그녀의 귓가에 그가 나지막하게 속삭였다.

"김 선생. 오늘 잠 다 잔 줄 알아."

한가롭게 영화를 타령할 때가 아니었다. 과연 침실에서 온전하게 벗어날 수 있을지 그게 오히려 더 걱정되는 주말의 밤이었다.

작가 후기

세 번째 종이책을 출간하게 되었습니다.

발칙한 늑대를 연재했던 게 엊그제 같은데 어느새 종이책으로 현성이와 다혜를 다시 만나게 되었다니, 아직도 믿기지가 않네요.

처음 시도한 로맨틱코미디였는데 쓰는 내내 유쾌했고 행복한 기분으로 썼던 글입니다. 그래서 그런지 후기를 써내려가는 지금 이 순간도 현성과 다혜를 생각하며 혼자 흐뭇해하고 있답니다. 저만 즐거운지 모르겠지만 부디 다른 분들에게도 유쾌한 글이 되길 바랍니다.

힘들고 지칠 때 서로 히히덕 웃으면서 힘을 내게 해 준 우리 골방 패밀리! 항상 잊지 않고 함께해 주시며 큰 힘을 주셨던 독자님들, 우리 로맨스화원 카페 가족분들, 그리고 발칙한 늑대를 연휴 동안 보시느라 고생하신 정 팀장님과 좋은 기회를 주신 출판사 관계자분 모두에게 감사함을 가득 담아 전합니다.

마지막으로 행복하시길 바랍니다.

— 이하운 드림

발칙한 늑대

초판 1쇄 찍음 2014년 6월 5일
초판 1쇄 펴냄 2014년 6월 13일

지은이 | 이하윤
펴낸이 | 정 필
펴낸곳 | 도서출판 **뿔미디어**

편집장 | 이재권
기획 · 편집 | 정시연

출판등록 | 2002년 9월 11일 (제1081-1-132호)
주소 | 경기도 부천시 원미구 상동로 117번길 49(상동) 503호
전화 | 032)651-6513 / 팩스 | 032)651-6094
E-mail | dahyangs@naver.com
블로그 | http://blog.naver.com/dahyangs
홈페이지 | http://bbulmedia.com

값 9,000원

ISBN 979-11-315-1992-9 03810

도서출판 뿔미디어 홈페이지 OPEN*!!*

안녕하세요.
지금껏 저희 뿔미디어를 응원해 주신
독자님들의 성원에 힘입어
이번에 새롭게 홈페이지를 오픈하였습니다.

저희 뿔미디어는 홈페이지에서 독자님들께서
보다 빠른 출간 소식과 미리보기 등
알찬 내용을 제공하기 위해 많은 노력을 기울였습니다.
또한 독자님들에게 도서 할인, 이벤트 등
다양한 혜택을 제공하고자 합니다.

저희 뿔미디어 홈페이지 오픈을 계기로
한층 더 독자님들과 가까워질 수 있는 기회가 되었으면 합니

보다 많은 관심과 사랑 부탁드리며,
앞으로도 더 좋은 컨텐츠 제공에 힘쓰도록 하겠습니다.

감사합니다.

-도서출판 뿔미디어 올림-

www.bbulmedia.com

www.bbulmedia.com

www.bbulmedia.com